ALPHAS VERLANGEN

RENEE ROSE

LEE SAVINO

Übersetzt von

STEPHANIE KOTZ

MIDNIGHT ROMANCE PUBLICATIONS

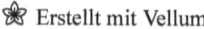 Erstellt mit Vellum

KAPITEL EINS

ared

DREI MONATE BIN ich nun schon hart für diesen Menschen.

Ich weiß, wehe mir, stimmt's? Versuch mal, das meinem Schwanz zu erzählen, wenn sie in ihren winzigen Shorts oben auf dieser Bühne steht und ihren kleinen Go-go-Tanz für alle Gäste des Nachtclubs meines Alphas aufführt.

Angelina. Der rothaarige Dynamo, der im Alleingang das Eklipse zu *dem* angesagten Laden samstagabends in Tucson gemacht hat.

Und gerade jetzt hat irgendein Arschloch seine Hände auf ihre Schenkel gelegt.

Ich dränge mich durch den Nachtclub, bereit, Schädel einzuschlagen. Zum Glück für mich – zum Unglück für das grapschende Arschloch – ist das mein Job.

Hitze strahlt in Wellen von der Menge ab. Die Musik hämmert ihren Beat. Die Clubber teilen sich, um Platz für meinen massigen Körper zu machen. Ich trage zweihundert-zwanzig Pfund solider, tätowierter Muskelmasse mit mir herum. Nur wenige versuchen, mir oder einem der anderen Türsteher des Eklipse blöd zu kommen.

Wir müssen nicht einmal auf unsere Gestaltwandlerkraft zugreifen, um Stärke zu zeigen.

Garrett mag es nicht, wenn seine Türsteher übermäßig aggressiv werden, aber einen Gang runterzuschalten, ist ein Ding der Unmöglichkeit für mich, als ich Angelinas Verärgerung über die unablässige Anmache des Grapschers sehe.

Ich dränge meinen Körper zwischen ihn und Angelinas Go-go-Bühne und verschränke die Arme vor der Brust, hauptsächlich um mich davon abzuhalten, meine Faust um seinen zarten Menschenhals zu schließen.

„Whoa, whoa!" Er hebt seine übergriffigen Patschehänd-chen unter viel Aufhebens in die Höhe, als würde ich überreagieren.

„Hände von den Tänzerinnen. Mach das noch mal und du fliegst raus."

„O-*kay*. Meine Fresse. Ich habe nur Hallo gesagt."

„Willst du wirklich mit mir streiten?", fordere ich ihn heraus. Natürlich brenne ich darauf, dass er Ja sagt, denn ihm dieses Getue mit den Fäusten auszutreiben, wäre fast so befriedigend wie der dankbare Blick, den mir Angelina zuwirft.

Komm nach Ladenschluss in den Lagerraum und ich werde dir erlauben, mir anständig zu danken.

Ich wünschte, ich könnte das tun. Nicht, dass sie mir keine Signale gesendet hätte. Nicht, dass ich seit der Eröffnung des Eklipse nicht mindestens einhundert Menschenmädels in eben diesem Lagerraum gevögelt hätte.

Aber ich stehe ein bisschen zu sehr auf sie.

Und Menschen sind für Beziehungen tabu. Zumindest

waren sie das, bevor Garrett beschloss, sich mit einem zu paaren.

Außerdem spielt sie in einer völlig anderen Liga als ich.

Sie ist jugendlich frisch und leidenschaftlich und studiert Tanz an der Universität. Sie könnte nicht adretter und unschuldiger sein.

Ich hingegen stehe auf Motorräder und Tattoos.

Und bin ein Gestaltwandler.

Definitiv nicht der richtige Mann für sie. Und wenn ich diesen heißen kleinen Körper vögeln würde? Dann würde ich sie für alle anderen ruinieren.

Ich will nicht arrogant bezüglich meiner Fähigkeiten klingen, aber ich achte darauf, was einer Frau gefällt. Ich bin übertrieben grob und dominant, aber ich zwinge nie, verletze nie. Ich überzeuge sie nur davon, sich mir zu unterwerfen, und zeige ihnen die Art und Weise des Wolfs.

Trey nennt es Jaredieren. Wenn eine Frau einmal eine Kostprobe davon hatte, kommt sie für mehr zurück. Und dann muss ich die Sache beenden und Gefühle werden verletzt. Etwas, das Angelina niemals verdient.

Der Grapscher tritt den Rückzug an. Er ist anscheinend klüger, als er sich anfangs gab. „Nein, Mann. Ich will nicht streiten. Mannomann." Er schüttelt den Kopf, während er sich abwendet und in der Menge verschwindet.

Ich schaue zu Angelina hoch. „Bist du okay, Baby?"

Fuck, sie fährt doch tatsächlich mit ihren Fingern über meine kurz geschorenen Haare und ihr breites Lächeln offenbart ein tiefes Grübchen. „Dankeschön", brüllt sie über die Musik. „Du bist mein Ritter in schillernder Rüstung!"

Die Musik springt zu einem von Lady Gagas neuesten Hits. Angelina hüpft auf und ab, eindeutig begeistert von der Wahl des DJs. „Woohoo!"

Ich bleibe und grinse wie ein Idiot zu ihr hoch, weil mich dieses Mädel wie ein Magnet anzieht.

Ich sehe das Funkeln von Aufregung in ihren Augen, kurz bevor sie sich auf mich stürzt. Während sie sich rittlings auf eine meiner Schultern setzt, stößt sie ihre Faust in die Luft.

Heiliges Kanonenrohr. Meine Hand fliegt zu ihrem Rücken, um sie festzuhalten, während sie verdammt nochmal ihr Becken kreisen lässt und auf meiner Schulter tanzt.

Zumindest glaube ich, dass sie tanzt. Mein Gehirn sagt mir, dass man diese Aktivität so nennt, aber mein Schwanz ist sich sicher, dass sie darum bettelt, gevögelt zu werden. Vor allem angesichts dessen, dass sich ihre Pussy nur *Zentimeter* von meinem Gesicht entfernt befindet.

Ich versenke meine Zähne in ihrem Innenschenkel.

Sie schreit und packt meinen Kopf mit beiden Händen, was meinen Schwanz nur auf den Gedanken bringt, dass sie mehr will.

Yeah, das wird nicht funktionieren. Wenn ich sie jetzt nicht wieder auf diese kleine Bühne stelle, wird mein Mund mit diesem kleinen Stofffetzen, der zwischen mir und dieser süßen Pussy steht, *kurzen Prozess machen.*

Ich gehe leicht in die Hocke, um meine Schulter zu senken, und lasse sie widerwillig von mir rutschen und zurück auf ihr Podest. Ich kann einfach nicht anders, als ihr einen Klaps auf diesen unwiderstehlichen Arsch zu verpassen, bevor ich mich umdrehe und weglaufe.

Ich schaue nicht zurück – *ich kann nicht* – aber ich bin zufrieden mit dem Wissen, dass ich einen hübschen Handabdruck auf ihrem nackten Po hinterlassen habe, mit dem sie schon die ganze Nacht für alle wackelt.

Und im Ernst, ich werde ihr vielleicht sagen müssen, dass sie nächste Woche mit einem verhüllten Hinterteil kommen soll.

Nein. Das kann ich nicht. Denn:

A) Die kurzen Shorts, die nur die Hälfte eines Frauenhinterns verhüllen, sind im Moment angesagt. Alle College-Mädchen tragen sie.

B) Die Go-go-Tänzerinnen und ihre knackigen Ärsche sind unter anderem dafür verantwortlich, dass der Club jeden Samstagabend rappelvoll ist. Garrett würde es nicht gutheißen, wenn ich Veränderungen an ihren Kostümen vornähme. Nicht dass wir irgendwelche künstlerischen Freiheiten bezüglich ihres Auftritts hätten.

Es ist Angelinas Show. Ihr genialer Einfall, ihr Vorschlag, ihre Umsetzung. Sie brachte ihre Tänzertruppe mit und gemeinsam hauchen sie dem Laden Leben ein.

Wenn sie mir doch nur nicht jedes Mal, wenn sie auftritt, so schlimme blaue Eier verschaffen würde.

~

Angelina

OH, Herr im Himmel.

Jared, der muskulöse Türsteher mit den Tattoos und seinem düsteren, sexy Auftreten bringt meinen ganzen Körper zum Kribbeln. Mein Hintern brennt dort, wo er mich geschlagen hat, und ich muss nicht nachschauen, um zu wissen, dass er einen großen, roten Handabdruck hinterlassen hat, den alle sehen können.

Ich habe das Gefühl, dass das seine Absicht war.

Zum Teufel mit meinem blassen Teint, dem Fluch der Rothaarigen. Denn die Röte, die meinen Hals hochkriecht und sich auf meinem Gesicht ausbreitet, ist vermutlich ebenfalls für alle zu sehen.

Ich beobachte, wie er in der Menge verschwindet, und bin enttäuscht, dass er nicht zurückschaut. Der Mann ist hübsch. Ein perfektes Exemplar roher Maskulinität. Er ist barsch und tätowiert, aber verdammt, er besitzt genügend Charme, um seiner andernfalls einschüchternden Präsenz die Schärfe zu nehmen.

Und wow, diese kleine Machtdemonstration an dem Kerl, der mich genervt hat?

Absolut heiß. Ich hatte stand schon immer auf Helden.

Ich drehe meinen Kopf, um den Blick der anderen zwei Tänzerinnen aufzufangen, die heute Dienst haben, und wir drei gehen in eine zuvor vereinbarte Choreographie über, wechseln von Freestyle zu synchronisierten Bewegungen.

Talya und Remy sind beide leicht angetrunken, aber wir kennen diese Choreographie alle so gut, dass wir sie im Schlaf tanzen könnten. Außerdem können professionelle oder semiprofessionelle Tänzer wie wir, denen so viel Training in den Knochen steckt, alles aussehen lassen, als wäre es Absicht und Teil einer Choreographie.

Das Lied endet und unser Auftritt ist vorbei. Die letzte Stunde haben wir stets frei, damit wir selbst auf den Putz hauen können – und die Drinks gehen aufs Haus. Das war der Deal, den ich mit dem Besitzer aushandelte, einem weiteren riesigen und recht einschüchternden Mann namens Garrett Green. Fünfzig Mäuse für jede Tänzerin und kostenlose Getränke, damit wir jeden Samstagabend go-go-tanzen. Die meisten der Mädels in meinem improvisierten Tanzteam würden es allein für die kostenlosen Drinks und die Aufmerksamkeit tun, die sie dort oben auf den kleinen Bühnen erhalten.

Ich? Ich weiß nicht, warum ich es tue. Nicht wegen der Getränke – ich vertrage Alkohol nicht sonderlich gut. Allein aus der Freude an der Kreation, schätze ich. Es macht Spaß einen echten Tanz ins Alltagsleben zu integrieren.

Ja, ich bin der Typ, der Musicals liebt, in denen Menschen plötzlich an öffentlichen Orten zu einem Lied zu tanzen beginnen. Ich bin das Mädchen, das seinen Einkaufswagen durch den Gang im Supermarkt schiebt, einer Arabeske widersteht und in Gedanken einen Tanz für die Kunden aufführt, an denen sie vorbeikommt.

Keine Sorge, ich führe den Tanz nicht tatsächlich auf. Nicht, dass ich es nicht tun würde, wenn ich die anderen Tänzerinnen dazu überreden könnte, dass sie sich mir anschließen.

Ich schlängle mich durch die Menge und gebe vor, nicht nach dem sexy Bild von einem Mann namens Jared zu suchen. Dort. Neben der Tür zur hinteren Terrasse. Ich laufe zur Bar, weil ich nicht zu offensichtlich sein will. Ich glaube nicht, dass er echtes Interesse an mir hat. Ich meine, ich sende ihm schon seit Wochen Signale und obwohl er mir begehrliche Blicke zuwirft, fragt er nie nach meiner Nummer oder schlägt vor, dass ich nach Ladenschluss mit ihm abhänge.

Eine absolute Enttäuschung.

Ich stelle mich an die Bar und bestelle ein Tonic mit einer Limette. Das ist mein dämlicher Trick, damit es den Anschein macht, als würde ich einen Gin Tonic oder Vodka und Soda trinken, während ich in Wahrheit nur meinen Flüssigkeitshaushalt auffülle. Meine Freundinnen holen sich ihre Drinks und mischen sich unter die Leute, während ich mich cool gebe. Ein Kerl kommt zur mir, aber ich habe kein Interesse, weshalb ich ihn höflich anlächle und zu den Toiletten gehe.

Als ich rauskomme, steht Jared dort im Gang.

„Komm her, Kleines." Er krümmt einen Finger. Ich folge ihm durch die „nur für Personal"-Tür in den Lagerraum, in dem Alkoholkisten bis zur Decke gestapelt sind.

Verdammt, wenn eine Studentenverbindung jemals einen Laden ausrauben wollte, wäre das hier der Jackpot.

Mein Herz hämmert und mein Gesicht wird heiß, obwohl ich nicht weiß, was er will.

Ich meine, ich weiß, was ich *hoffe*, dass er will.

Und ich sollte nicht darauf hoffen.

Nach allem, was man so hört, ist Jared ein Weiberheld. Er vögelt unterschiedliche Frauen und ruft nie an. Das behaupten zumindest alle, einschließlich seines besten Kumpels, der andere Türsteher, Trey. Ich bin vor diesem Mann gewarnt worden, aber ich kann trotzdem nicht die begeisterten Schauer stoppen, die durch meinen Körper kribbeln.

Jared nimmt eine meiner Hände. Bevor ich irgendeine Ahnung habe, was er da tut, wirbelt er mich herum, sodass ich einer Wand zugewandt bin und klatscht meine Hand auf diese. Dann hebt er mein anderes Handgelenk hoch, legt es auf meine Hand und fixiert beide mit einer seiner kräftigen Hände.

Mir stockt der Atem, als seine Hand auf mein Hinterteil kracht. Wie zuvor erwischt er die Unterseite meines Pos, den nackten Teil unterhalb meiner kurzen Shorts.

Ich keuche, aber protestiere nicht, weil ich viel zu ange-törnt bin, um dem ein Ende setzen zu wollen.

Er schlägt genauso fest auf die andere Pobacke. „Das ist dafür, dass du Shorts trägst, die bei jedem Kerl in diesem Gebäude den Wunsch wecken, diesen knackigen Hintern zu vögeln."

Ich bin mir ziemlich sicher, dass ich zu atmen aufhöre. Noch nie hat jemand auf solch grobe und schmutzige Art mit mir geredet, aber ich beschwere mich definitiv nicht. Meine Mitte zieht sich zusammen, schwillt an und plant eine Party für das, was auch immer Jared sonst noch zu bieten hat.

Er dreht mich wieder zu sich herum. Mein Hintern trifft

auf die Wand und mir entweicht beim Ausatmen sämtliche Luft. Seine Hand schiebt sich direkt zwischen meine Beine und umfängt meinen Venushügel.

„Und das nächste Mal, wenn du diese Pussy so nahe an meinem Mund platzierst –" Er bewegt seine Hand und presst über meine Shorts nacheinander auf meine Klit und dann Anus. Ich keuche und hebe mich auf die Zehenspitzen. „– wirst du herausfinden, was genau ich gerne mit ihr anstellen würde."

Ein Zittern epischen Ausmaßes durchläuft mich. Eher ein Schaudern, aber das hört sich schlecht an. Und was ich fühle, ist wirklich ganz weit von schlecht entfernt. Mein Inneres wird flüssig, Hitze strömt meine Schenkel hinab und direkt zu meinen Fußballen.

Jetzt verstehe ich, woher der Spruch *er krümmt meine Zehen* kommt.

Langsam lässt er seine Finger mit festem Druck über den Stoff gerade oberhalb meiner Spalte gleiten, die meinen Slip völlig durchweicht hat. „Verstanden, Schönheit?"

Ich schlucke. „Ja." Meine Pussy zieht sich zusammen.

Seine Finger tauchen unter den Zwickel meiner Shorts, in meinen Slip und ich wimmere.

„Baby, wenn du diese Shorts noch mal ins Eklipse anziehst, werde ich dich hierherbringen und deinen knackigen Arsch so rot versohlen, dass jeder Mann, der dir beim Tanzen zusieht, wissen wird, dass dich jemand anderes beansprucht hat."

Er ruckt mit dem Kopf zurück und schüttelt ihn, als wäre er selbst von dem überrascht, was er gerade gesagt hat. Doch seine Finger gleiten, gleiten und gleiten über meine Spalte. Ich stöhne leise und mein Blick bleibt auf einer Höhe mit seiner Brust hängen.

„Augen zu mir, Baby", befiehlt er und ich gehorche, ohne

nachzudenken. Tänzer sind von Natur aus gehorsame Wesen. Wir verbringen unser Leben damit, unsere Körper und Verstand so zu formen, dass sie alles Mögliche tun, das ein Regisseur oder Lehrer von uns verlangt. Jeder Tänzer, der dazu nicht in der Lage ist, wird schnell aussortiert. Es warten stets zehn weitere darauf, deinen Platz einzunehmen, wenn du nicht gewillt bist, fünfhundert Prozent zu geben.

Er hält meinen Blick, während er einen Finger in mich stößt.

Ich wimmere, nicht vor Schmerz, sondern vor Verlangen. Ich bin keine Jungfrau, aber ich war buchstäblich noch nie in meinem Leben so angetörnt. Meine Nippel drängen sich gegen den straffen Stoff meines Shirts und meine Pussy läuft aus.

Ich winde mich in seinem Griff um meine Handgelenke und drücke mich nach unten, um seinen Finger tiefer aufzunehmen.

Er beugt seinen Kopf nach unten zu meinem, sodass sich unsere Schläfen berühren. „Bist du okay, Engel?"

Es ist etwas spät, jetzt nach meiner Erlaubnis zu fragen, aber ich weiß es zu schätzen, dass er es tut. „Ja", hauche ich.

„Gut." Er verändert seine Position und zwängt einen zweiten Finger in mich.

Ich bocke mit den Hüften und hebe mich auf die Zehen.

„Jetzt tanzt du für mich, was, Baby?"

„Oh Gott", stöhne ich.

Er hat beide Finger tief in mich geschoben und stellt jetzt sämtliche Bewegungen ein. Er hört einfach auf!

„W-was machst du?"

Sein Grinsen ist alle möglichen Arten von sexy. „Ich gehe nur sicher, dass du es auch wirklich willst."

Ich rolle mit den Hüften. „Ich sagte doch, dass ich es will."

Er pumpt seine Finger langsam vor und zurück. Zu langsam. „Sag es freundlich. Erzähl mir, für wen du tanzt."

„Dich. Ich tanze für dich", heule ich, da ich mich zunehmend verzweifelt nach meinem Höhepunkt sehne.

„Willst du mehr von meinen Fingern, Engel?"

„Jared", keuche ich.

Seine Augenlider senken sich.

Ein Teil von mir wird sauer. Hält er mich hier zum Narren?

Er muss meinen Widerstand spüren, denn er sagt: „Ne, scheiß drauf. Ich sollte dich anflehen. Ich kann es nicht erwarten, zuzuschauen, wie du über die Klippe springst, Schönheit." Er pumpt seine Finger rein und raus, bis meine schwankenden Beine bereit sind, unter mir wegzusacken. „Komm für mich, Angelina. Zeig mir, was du draufhast."

Ich habe keinen blassen Schimmer, was er damit meint, aber mein Körper gehorcht erneut seinem Befehl. Ich unterwerfe mich seiner gekonnten Folter. In dem Moment, in dem meine Muskeln seine Finger zu drücken beginnen, stößt er sie tief in mich und wartet, lässt mich in Wogen der Lust und Wonne an- und entspannen.

„Aw, fuck, Baby." Er lehnt seine Stirn an meine, während er seine Finger rauszieht. „Das war sogar noch besser, als ich es mir vorgestellt habe."

Ich bin mir nicht sicher, was er damit meint, da ich diejenige bin, die gekommen ist, aber es löst trotzdem ein Schwindelgefühl in mir aus, das mich aus der Entspannung reißt, die durch meine Muskeln strömt.

Jemand rüttelt am Türgriff und Jared springt zur Seite, lässt mich los und zieht den Saum meiner Shorts nach unten, kurz bevor die Tür aufschwingt.

Einer der Barkeeper eilt herein, dann stoppt er, als er uns sieht, und bedenkt uns mit einem neugierigen Blick.

Jared tritt vor mich, als wolle er mich vor dem forschenden Blick abschirmen, und ich weiß diese Geste zu schätzen, auch wenn sie etwas spät kommt.

„Ich werde besser meine Freundinnen suchen", murmle ich. Es ist nicht so, dass ich Jared verlassen will. Warte – doch, das will ich.

Scham überkommt mich zusammen mit der Erkenntnis, dass er vermutlich dutzende Mädchen hierhergebracht hat. Deswegen wirkt der Barkeeper auch nicht sonderlich überrascht.

Ich schiebe mich an Jared vorbei zur Tür.

„Warte, Engel. *Warte* einfach." Er fängt mich um die Taille ein.

Ich erstarre, aber schaue ihn nicht an.

„Es tut mir leid", murmelt er, wobei er mit so leiser Stimme spricht, dass nur ich ihn hören kann. „Ich wollte definitiv nicht, dass du dich benutzt oder billig fühlst."

Ich weiß nicht, ob das die Gefühle sind, die ich verspüre, aber jetzt da er es ausgesprochen hat, breitet sich ein widerliches Gefühl in meinem Bauch aus.

„Hey, ich muss jetzt wirklich gehen", beharre ich.

Jared gibt mich frei. Ich spüre seinen Widerwillen, obwohl ich mich weigere, ihm in die Augen zu blicken. Ich will einfach nur von dort verschwinden.

Ich bin die Einzige von meinen Freundinnen, die heute Nacht nichts getrunken hat, und ich bin die Einzige, die schlechte Entscheidungen trifft.

„Warte einfach. Kannst du mir eine Sekunde geben?"

Ich husche aus seiner Reichweite. „Das ist schon okay", murmle ich, ohne zurückzuschauen. „Wir können später reden." Ich stürme aus dem Lagerraum, bevor er noch irgendetwas sagen kann. Ich spüre ihn hinter mir, aber ich schaue nicht zurück, sondern laufe schnurstracks zur Bar, um meine Freundinnen zu suchen und dann die Fliege zu machen.

Was habe ich mir nur dabei gedacht? Anscheinend braucht es lediglich ein paar Hiebe auf meinen Po und schon erlaube ich einem Kerl, alles mit mir zu machen.

Verdammt. Ich muss meinen Freundinnen sagen, dass sie mich nie wieder mit Jared allein lassen dürfen. Jemals. Vor allem nicht, wenn ich meinen Eisprung habe.

Gefahrenzone.

Ich finde Talya und Remy genau in dem Moment, in dem die Neonlichter angehen und signalisieren, dass der Club schließt. Die Menge gibt ein kollektives Stöhnen von sich und die Leute hasten nach draußen wie Kakerlaken, die von der Sonne erwischt wurden.

„Kommt schon", dränge ich meine Freundinnen. „Lasst uns von hier verschwinden. Ich habe die Nase voll."

Jared

ICH HABE ES VERKACKT. Granatenmäßig

Ich *wusste*, dass ich meine Hände von Angelina lassen sollte. Sie ist mein weibliches Kryptonit. Meine Selbstbeherrschung geht in ihrer Nähe in Flammen auf.

Jetzt bin ich hingegangen und habe sie auf die schlimmste Weise gedemütigt.

Das war es fast wert. *Fast.*

Fuck, ich werde mir eine Woche lang jede Nacht einen runterholen zu der Erinnerung an ihr Orgasmusgesicht. Es war sogar noch besser, als ich es mir vorgestellt habe.

Ich lasse meinen Blick über die Menge schweifen, die

Leute, die dazu ermuntert werden müssen, zu gehen. Männer und Frauen, die versuchen jemanden aufzugabeln oder eine Eroberung zu sichern, bevor sie gehen.

„Die Zeit ist abgelaufen", rufe ich. „Alle miteinander raus."

Ich erhalte *fick mich* Blicke von einigen Mädchen, die sich zurückfallen lassen.

Ich bin nicht versucht. Nicht wirklich. Aber ein Teil von mir denkt, dass ich vielleichte eine von ihnen vögeln sollte, nur um diese rothaarige Schönheit aus meinem System zu kriegen. Aus meinen Fantasien. Verdammt, sie spielt die Hauptrolle in jeder einzelnen, seit sie zu Beginn des Semesters mit ihrer dreisten neuen Idee aufgetaucht ist, hier Go-go-Tänzerinnen auftreten zu lassen.

Irgendwie hatte ich mich sogar freiwillig gemeldet, die kleinen Bühnen zu bauen, auf denen die Tänzerinnen stehen.

Eine Blondine, die im gedämpften Licht hübscher war, als sie es im grellen Licht ist, taumelt auf Zehn-Zentimeter-Absätzen zu mir.

Ich mache ein finsteres Gesicht und schüttle ruckartig den Kopf und sie schwenkt ab und wankt stattdessen aus der Tür. Ich schüttle erneut den Kopf, mehr zu mir selbst als jemand anderem, und helfe, den Rest der Menge nach draußen zu befördern. Während ich mit dem Wischmopp über den Boden wische, um den Müll an Plastikbechern, Strohhalmen und Cocktailservietten aufzuräumen, bemühe ich mich, an etwas anderes zu denken – an alles außer die süßen Kurven von Angelinas Hintern, als sie auf dieser Bühne tanzte. Oder das leichte Kräuseln ihrer Lippen, als ich sie penetrierte. Wie sich ihr Mund öffnete und ihre Augen nach hinten rollten, als sie kam.

Selbst nachdem wir den Laden abgeschlossen haben, gehe ich die gesamte Begegnung noch gedanklich durch.

„Was ist nur mit dir los, Alter?", fragt Trey, während wir über den Parkplatz zu unseren geparkten Motorrädern laufen.

„Nichts." Ich klinge säuerlicher, als ich es beabsichtige.

„Ist etwas zwischen dir und dieser Tänzerin vorgefallen?"

„Halt die Fresse, Arschloch." Trey ist mein bester Freund, aber manchmal weiß er nicht, wann es besser wäre, die Klappe zu halten.

„Oh oh. Das dachte ich mir. Damian hat erzählt, dass du sie im Lagerraum gevögelt hast."

Ich packe Trey am Kragen und balle meine Faust in dem Stoff, ehe ich mein Gesicht direkt vor seine Visage bringe. „Ich habe sie *nicht* gevögelt."

„Okay", sagt er rasch und hält die Hände hoch. „Was auch immer du sagst, Kumpel."

Ich weiß, dass ich mir damit lediglich mein eigenes Grab geschaufelt habe, weshalb ich ihn loslasse und mit dem Kinn zu seinem Bike rucke. „Geh schon. Ich sehe dich später zu Hause."

„Wohin gehst du?", fragt er misstrauisch.

„Ich werde eine Runde mit dem Bike drehen."

Trey zuckt mit den Achseln und fährt davon. Ich warte, bis er fort ist, bevor ich mein Bein über mein Motorrad schwinge und es mit einem lauteren Aufheulen des Motors, als nötig ist, anlasse.

Ich brause vom Parkplatz. Es ist fast drei Uhr morgens und es sind keine Autos mehr auf den Straßen. Zumindest ist es das, was ich mir weismache. Die Wahrheit ist, dass ich noch immer in diesem verdammten Lagerraum bin und den Teil durchgehe, als es mit Angelina den Bach runterging.

Deswegen fahre ich aus der Gasse, ohne nachzuschauen.

Ich sehe das Auto nicht kommen. Nicht, bis ich über es fliege, während Glas zersplittert und in alle Richtungen fliegt wie eine Konfettiwolke aus einem Partyballon.

KAPITEL ZWEI

*A*ngelina

ICH WEISS NICHT, ob all die Schreie von mir kommen. Jemand wimmert auf dem Rücksitz.

Das wäre dann Remy. Talya sitzt neben mir auf dem Beifahrersitz. Ja, sie schreit auch.

Ich presse meine Lippen zusammen, um den schrecklichen Laut zu stoppen, und zwinge mein Gehirn zur Arbeit. Ich habe etwas angefahren. Jemanden.

Oh Gott. Ich habe gerade ein Motorrad angefahren.

Ich springe aus dem Auto und taumle um die Motorhaube. Der Aufprall hat meinen Kühlergrill zerquetscht und die Motorhaube eingedellt. Einer meiner Scheinwerfer ist aus – zerbrochen wegen des Aufpralls. Der andere beleuchtet die schreckliche Szene mit einem gruseligen Strahl. Ein riesiges Motorrad liegt vor dem Auto auf der Seite, aber der Fahrer –

Bitte lass ihn nicht unter dem Auto sein.

Ein mitleiderregendes Wimmern kommt aus meiner

17

Kehle. Ich sinke auf meine Knie, um unter das Fahrzeug zu spähen, aber ich kann nichts sehen.

Talya und Remy stolpern ebenfalls aus dem Fahrzeug. Sie waren betrunken, als wir das Eklipse verließen. Wir wären eigentlich schon längst zu Hause, doch Talya zwang mich, mit der Heimfahrt zu warten, bis sich das Auto nicht mehr für sie drehte.

„W-was ist los?", krächzt sie.

Remy starrt das Motorrad an. "Wo ist der Fahrer?"

„Ich weiß es nicht", schluchze ich und renne um den Wagen zum Kofferraum.

Dort.

Eine große zerknautschte Gestalt liegt hinter meinem Auto auf dem Asphalt der Gasse. Ich schlage mir die Hand vor den Mund. Ist er tot?

Bitte mach, dass er nicht tot ist.

Nein, er bewegt sich und versucht, sich aufzusetzen.

Ich renne zu ihm und gehe neben ihm in die Hocke. „I-ich glaube nicht, dass du dich bewegen solltest."

Er ächzt und zieht seinen Helm ab. Ein Arm schlingt sich schützend um seine Rippen.

„Jared!" Mein Herz schießt mir in die Kehle und würgt mich.

Ich habe Jared verletzt. Ich habe Jared angefahren. Das ist schlimm. Schlimm, schlimm, schlimm, schlimm.

„Jared, beweg dich nicht. Ich werde 911 anrufen." Ich taste in meiner hinteren Tasche nach dem Handy und verfluche mich, dass ich nicht in der Sekunde, in der es passierte, den Notruf wählte. Oder vielleicht ist das noch immer die Sekunde, in der es passierte. Ich weiß es nicht. Die Zeit scheint im Moment sehr langsam zu vergehen.

„Nein." Jared reißt mir das Handy aus der Hand und zerquetscht die Hülle in seinem kräftigen Griff.

Ich starre ihn mit offenem Mund an.

„Kein Krankenwagen." Er kommt taumelnd auf die Füße und schiebt mein Handy in seine Tasche. Blut läuft ihm über die Stirn und strömt in seine Augen.

Ich zitterte von Kopf bis Fuß und meine Beine können mich kaum noch tragen. „W-was? Nein, du brauchst einen Krankenwagen."

Er humpelt zu meinem Auto.

„Jared."

Er läuft zur Motorhaube und hebt – ja *hebt* – sein Motorrad hoch. Ich meine nicht vom Boden, ich meine, *in die Luft*. Er trägt es hinter einen Müllcontainer und verstaut es dort.

„Jared, geht's dir gut? Ich denke, du musst sofort medizinisch versorgt werden."

„Yeah, definitiv." Schock schwingt in Remys Stimme mit. Ich frage mich, ob meine genauso klingt.

Der riesige Mann – der Hulk – Neandertaler Jared macht einfach weiter und schleppt sich zur Fahrerseite meines Autos, in das er einsteigt.

„Was? Du kannst nicht fahren. Was machst du denn?" Ich weiß, ich klinge hier wie die Dumme, aber er benimmt sich verrückt. Er kann nicht einsteigen und ein Auto fahren. Er hat vermutlich gebrochene Knochen und eine Gehirnerschütterung. Nicht zu vergessen, dass seine Stirn genäht werden muss.

„Steig ein." Der Befehl ist tief und kratzig und es schwingt eine solche Befehlskraft darin, dass wir drei uns beeilen, ihm zu gehorchen, obwohl er nicht in der Position ist, die Kontrolle über diese Situation zu übernehmen.

Ich schiebe mich auf den Beifahrersitz und Remy und Talya springen auf die Rückbank.

Jared legt den Gang ein und fährt durch die Gasse. Ich

greife nach hinten zum Boden der Rückbank, wo ich meine Tanztasche aufbewahre und fische ein Paar Strumpfhosen heraus. „Äh, hier." Ich reiche sie ihm und deute auf seine blutende Stirn.

Verwirrung huscht zuerst über seine Miene, doch dann nimmt er den Stoff an, wischt damit über sein Gesicht und entfernt das Blut. „Danke." Er reicht ihn mir wieder, als müsste er ihn nicht als Kompresse benutzen. Als wäre es nur ein Kratzer.

„Fährst du zum Krankenhaus?"

Er schüttelt kurz den Kopf. „Ich fahre euch drei nach Hause. Du bist zu sehr durch den Wind, um fahren zu können, und die beiden sind betrunken."

Er ist so sachlich – klingt vollkommen kompetent – dass ich beinahe für einen Augenblick vergesse, dass er selbst nicht in der Verfassung zum Fahren ist.

„Sag mir, wo ich hinfahren soll."

„Ähm…" Mein Gehirn will einfach nicht arbeiten. Er hat recht, ich bin viel zu sehr durch den Wind. Ich kann nicht einmal denken.

„Wen setzt du zuerst ab?"

„Talya." Die Antwort ist wie eine Erlösung für mich. „Campbell und Third."

Er nickt, setzt den Blinker und fährt mein eingedelltes Auto, als wäre nichts passiert.

„I-ist das nicht illegal? Den Unfallort zu verlassen?"

Ein Lächeln zupft an seinen Lippen. „Die andere Partei ist bei dir im Auto."

„Aber müssen wir nicht die Cops benachrichtigen? Wie soll ich der Versicherung den Bericht schicken? Ich habe nichts getrunken oder so etwas. Hattest du Angst, dass ich Ärger kriegen würde?" Ich weiß, dass ich plappere. Ich kann mich nicht stoppen.

Nichts von all dem ergibt Sinn.

„Bist du verletzt?", fragt er plötzlich und blickt zu mir. Seine Stirn ist in Falten gelegt und in seinen Augen blitzt Sorge auf.

„Ähm." Ich reibe mir über den Nacken und untersuche ihn auf ein Schleudertrauma.

„Irgendjemand von euch?", blafft er und blickt in den Rückspiegel.

„Nein. Mir geht's gut", lallt Talya.

„Mir auch", sagt Remy.

„Angelina?" Er schaut wieder zu mir. „Rede mit mir, Baby."

„Jared, *du* bist verletzt", gelingt es mir zu sagen.

Er schüttelt abweisend den Kopf. „Ich werde morgen wieder so gut wie neu sein. Nur ein paar Beulen und Kratzer. Aber sag mir, dass es dir gut geht, oder ich drehe hier noch durch."

„Mir geht's gut."

Jareds Schultern entspannen sich, aber die Falte zwischen seinen Augenbrauen bleibt bestehen.

„Bist du dir sicher?"

„Ja, ich denke schon. Nur etwas erschüttert."

„Natürlich bist du das." Er lässt eine Hand auf mein Knie fallen, als böte er mir Trost. Das entspricht eher dem Jared, den ich kenne. Neandertaler Jared macht sich vom Acker.

„Es tut mir leid, dass ich dich angefahren habe", bricht es aus mir hervor und die Tränen, die mir schon seit dem Zusammenstoß drohten, fließen jetzt.

„Aw, nein. Es war meine Schuld, Baby. Ich habe nicht damit gerechnet, dass jemand um diese Uhrzeit aus der Gasse kommen würde, aber ich hätte zuerst schauen sollen."

„Hast *du* getrunken?" Ich will nicht wie ein Miststück

klingen, aber ich versuche noch immer, mir darüber klarzu-werden, warum er mich keine Hilfe rufen lässt.

„Nein, Baby. Mir geht's prima. Deswegen fahre ich schließlich." Er verschiebt seine Hand zu meinem Nacken und drückt ihn, ehe er meine Muskeln sanft knetet.

Wir erreichen die Third Avenue und ich deute auf Talyas Haus. Er fährt an den Straßenrand und sie steigt aus. „Seid ihr euch sicher, dass ihr klarkommt?" Sie beugt sich noch einmal durch die geöffnete Tür. Ihr Atem stinkt nach Alkohol.

„Ja, ja, uns geht's gut", sage ich. „Gute Nacht."

„Nacht." Sie winkt unbeholfen und knallt die Tür zu.

Jared wartet, bis sie sicher in ihrem Haus ist, bevor er wieder losfährt. Ich weise ihm den Weg zu Remys Haus und dann zu meiner kleinen Casita. Jared stoppt das Auto dort und steigt aus.

Kommt er etwa rein?

Ich sollte ihn definitiv bitten, zu bleiben, für den Fall, dass er während der Nacht ins Koma fällt oder so etwas. Doch als er um den Wagen läuft, um sich zu mir zu gesellen, humpelt er nicht mehr. Bei genauerem Hinsehen stelle ich fest, dass der Schnitt an seiner Stirn nicht mehr blutet. Tatsächlich sieht er nicht einmal mehr frisch aus. Er sieht aus wie Haut, die bereits vor einer Woche genäht wurde. Das muss eine optische Täuschung durch das Licht sein.

„Komm her." Jared schließt mich in eine ungestüme Umarmung.

Ich wusste nicht, wie sehr ich die brauchte, bis ich mich in seinen kräftigen Armen befinde und mein Gesicht an seine massive Brust gepresst wird.

Einige weitere Tränen kullern aus meinen Augen, während er seine Finger in meinen Haaren vergräbt und meinen Schädel massiert. Der Schock und die Nachbeben verwandeln sich rasch in etwas anderes. Etwas Gefährliches und Bedürftiges.

Ich weiche zurück, weil mir einfällt, wie peinlich unser Abschied im Eklipse war. Meine Hände zittern. „Ähm, willst du reinkommen? Ich meine, du solltest die Nacht über hierbleiben. Nur um sicherzugehen, dass es dir auch wirklich gut geht. Nicht weil ich möchte, dass du die Nacht hier verbringst –" Argh. Ich vermassle das Ganze.

Jared übernimmt wie üblich die Führung, greift meinen Ellbogen und führt mich zur Tür. „Ich werde auf deinem Sofa schlafen, wenn du eines hast. Um sicherzugehen, dass es dir gut geht."

Um sicherzugehen, dass es *mir* gut geht.

Dieser Typ hat eindeutig den Bezug zu seinem eigenen Körper verloren.

Allerdings macht er auch den Eindruck, als ginge es ihm gut. Er umklammert seine Rippen nicht mehr. Seine Pupillen haben die gleiche Größe. Wohin ist das Humpeln verschwunden?

Was zur Hölle ist gerade passiert?

Wir stoppen auf der Veranda, wo er meinen Schlüsselbund untersucht und richtig rät, welcher Schlüssel meine Tür öffnet. Drinnen sieht er sich in meinem winzigen Zuhause um und legt den Schlüsselbund auf die kleine Kommode im Eingangsbereich.

„Ich werde mich nur schnell saubermachen." Er schält sein blutiges Shirt von seinem Körper und geht in mein Bad.

Meine Kinnlade ist eventuell auf den Boden gefallen, als ich seine nackten Schultern und Arme sah. Tattoos winden sich um riesige Arme in der Größe von Telefonmästen. Die Muskeln an seinem Rücken würden Hulk vor Neid erblassen lassen.

Yum.

Aber nein.

Ich werde nicht mehr mit Jared rummachen, denn:

A) Er ist hier, um sich von dem Unfall zu erholen und

B) Er ist ein Aufreißer. Allerdings

C) Bin ich mir nicht sicher, ob mich das groß kümmert.

Ich folge ihm zum Bad, wobei ich mir einrede, dass ich das nur tue, weil ich mich vergewissern muss, dass es ihm gut geht. Weil ich mir seine Verletzungen selbst anschauen muss.

Es liegt *nicht* daran, dass ich seinen wunderschön gemeißelten Körper anglotzen will.

Er spritzt sich Wasser ins Gesicht, wäscht das Blut ab und als er sich aufrichtet, keuche ich.

Der Schnitt ist beinahe vollständig verschwunden.

Mein Gehirn versucht, sich einen Reim darauf zu machen und ein Szenario zu finden, in dem das Sinn ergibt, aber ich kann nicht. Ich sah, dass vor weniger als dreißig Minuten noch Blut aus diesem Schnitt strömte.

Er erwischt mich beim Starren und schlägt sich die Hand auf die Stirn, womit er den Schnitt verdeckt, was das Ganze noch verrückter macht. Im Sinne von *Twilight Zone* verrückt.

Ich taumle rückwärts und der Atem stockt mir in der Kehle. „Wer… was… *bist* du?"

*J*ARED

*F*UCK, *fuck und noch mal fuck.*

Ich lasse meine Hand sinken und greife nach ihr. Ich kann es nicht ertragen, wie ihr Gesicht erbleicht und sie vor mir zurückweicht, als wäre ich eine Art Freak.

Ich packe sie um die Taille, hebe sie hoch und setze sie

auf den Waschtisch. „Es ist okay, Baby. Du musst keine Angst haben. Nicht vor mir."

Sie schluckt. „Du hast meine Frage nicht beantwortet", flüstert sie.

Verdammt.

Wie komme ich aus dieser Nummer wieder raus?

Es geht gegen den Gestaltwandler-Kodex, sich einem Menschen zu offenbaren. Ich erinnere mich noch gut daran, als sich Garrett, mein Boss und Alpha, in die heiße kleine Anwältin verliebte, die nebenan wohnte. Bis er sich mit ihr paarte und ihr Schicksal mit unserem verband, machten uns Trey und ich scheißgroße Sorgen.

Der älteste Kodex besagt, dass Menschen, die Bescheid wissen, umgebracht werden müssen. *Eliminiert.*

In meinem Leben habe ich nicht gehört, dass das passiert wäre, aber ich bin mir sicher, dass es in irgendwelchen hinter-wäldlerischen Rudeln noch praktiziert wird.

Eine geläufigere Lösung besteht darin, einen Blutsauger anzuheuern, damit er die Erinnerungen des Menschen löscht. Aber das würde ich Angelina niemals antun. Sie verdient es nicht, dass irgendein beschissener Vampir an ihrem Gehirn rumpfuscht.

Ich muss mir etwas einfallen lassen, das ich sagen kann, ohne mich oder das Rudel zu offenbaren.

„Ich bin… äh… besonders", sage ich.

Yeah. Das ist brillant, J.

Sie starrt mit diesen großen blauen Augen zu mir hoch.

Ich lege meine Hände auf den Waschtisch und keile sie zwischen meinen Armen ein. „Nicht gefährlich."

„Nicht gefährlich", wiederholt sie. Ihre vollen Lippen sehen dabei so verführerisch aus, dass ich mich schwer zusammenreißen muss, diesen Schmollmund nicht zu erobern.

„Richtig."

„Inwiefern besonders?"

„Äh…" Ich erinnere mich daran, dass ich mein Motorrad vor ihr aufhob – etwas, das ich normalerweise nicht getan hätte, wäre ich nicht gerade über ein Auto geschleudert worden und auf meinem Kopf gelandet. „Ich bin wirklich stark. Und ich heile schnell. So ähnlich wie ein Superheld."

Ein Superheld.

Wow. Das ist ein super Spruch. Ich weiß nicht, warum ich den nicht öfter benutze, wenn ich mit Frauen zusammen bin.

Sie streckt ihre Fingerspitzen aus und streichelt zögerlich über meine Brust. Ein Blitz der Lust schießt bei dieser Berührung durch mich. „Also bist du… vollkommen gesund? Überhaupt nicht verletzt?"

Grundgütiger, fuck, ist das alles, das ihr Sorgen macht? Dem Schicksal sei Dank.

„Vollkommen gesund, Baby. Wirst du mir jetzt erlauben, dich zu küssen?"

Verdammt, ich hatte nicht vor, hier reinzumarschieren und sie zu verführen. Das war absolut nicht mein Plan. Aber ich kann meiner heißen kleinen Tänzerin nicht widerstehen.

Als sich ihre vollen Lippen teilen und ihre Augen zu meinen sinken, stoppe ich mich nicht. Ich lege eine Hand auf ihren Hinterkopf, um sie für meinen Kuss gefangen zu halten. Meine Lippen streifen über ihre, saugen, knabbern. Als ihre Zunge zwischen meine Lippen schnellt, verliere ich jegliche Beherrschung. Ich begrapsche ihren leicht bekleideten Hintern und rucke ihre Mitte direkt an meinen steifen Schwanz, während ich über ihren sexy Mund herfalle.

Sie öffnet sich mir und fügt sich willentlich. Ihre Beine schlingen sich um meine Taille und spannen sich an und *gottverdammt* ihre Innenschenkel sind stark! Das ist natürlich das Tanztraining.

Ich hebe sie hoch und trage sie ins Schlafzimmer. Ich will sie um den Verstand vögeln. Sie dafür belohnen, dass sie wegen meiner unnatürlichen Heilfähigkeiten nicht ausgeflippt ist. Zur Hölle, ich will sie dafür belohnen, dass sie sie ist.

Denn sie ist etwas Magisches und Einzigartiges.

Ich lasse sie auf das Bett fallen und greife nach dem Knopf ihrer Shorts. Der Geruch ihrer Erregung erfüllt den Raum. Ich reibe mit einem Knöchel über den Saum ihrer Hose, der über ihrer Spalte ruht, während ich den Knopf öffne.

Sie stöhnt und windet sich, was es mir vereinfacht, ihr die Hose auszuziehen. Ich lasse ihr die Go-go-Stiefel, weil – yeah – sie sind heiß.

Indem ich meine Hände unter ihre Knie hake, spreize ich sie weit. Einen Moment starre ich einfach nur, was mein Mädel dazu veranlasst, sich zu winden.

Röte kriecht ihren Hals hinauf und verteilt sich auf ihren Wangen. „W-was machst du da?"

„Ich schaue mir die perfekteste Pussy auf der Erdoberfläche an." Und das ist sie. Feucht und prall, ihr rosa Herz geöffnet, fleht sie mich an, geleckt zu werden. Und yeah, jetzt weiß ich, dass sie ohne jeden Zweifel ein natürlicher Rotschopf ist.

„Jared." Sie versucht, sich aus meinem Griff zu winden, aber ich halte sie fest und senke meinen Kopf, um einen sanften Kuss direkt auf ihre Klit zu drücken. Der letzte zärtliche Moment, den sie bekommen wird, bevor ich ihr alles zeige, das ich zu bieten habe.

Sie erschaudert und ihr flacher Bauch erbebt.

Ich spreize ihre Lippen mit meiner Zunge und fahre das Innere nach, ehe ich meine Zunge um ihre Klit wirbeln lasse.

Sie gibt süße Frauen-Sexlaute von sich – niedliche kleine

Ung-Ahs, die meinen bereits pochenden Schwanz härter als Stein werden lassen.

Heute Nacht hatte sie bereits meine Finger, weshalb ich sie weiterhin mit meiner Zunge bearbeite. Ich werde sie stimulieren, bis sie meinen Namen schreit und mir die Haare ausreißt. Sie braucht diesen Höhepunkt nach dem Schreck, den ich ihr mit dem Unfall eingejagt habe.

Ich sauge und knabbere und lecke, bis ihre Stimmlage einem verzweifelten Jammern gleicht. Daraufhin umschließe ich ihre Klit mit meinen Lippen und sauge fest. Ich gebe sie frei und schnalze mit meiner Zunge darüber. Dann wiederhole ich das Ganze. Weil ich ein versauter Kerl bin und auf Hintern stehe, kann ich mich nicht davon abhalten, meinen Daumen zwischen ihre Pobacken zu schieben und ihre kleine Rosette zu suchen.

In dem Moment, in dem ich sie berühre, kreischt sie, presst ihre Pobacken zusammen und drängt ihre tropfende Pussy an meinen Mund. Ich foltere sie weiterhin mit meiner Zunge, während ich mit meinem Daumen langsame Kreise beschreibe und ihren Anus massiere.

Sie wirft sich unter mir hin und her und plappert wirr.

Ich übe mit meinem Daumen etwas mehr Druck aus und sie kommt schreiend. Sie stößt sich meinem Mund entgegen und ihre Hände drücken mein Gesicht an ihre Mitte, während sich ihre Muskeln zusammenziehen, was ihren Orgasmus signalisiert.

„Das ist es, Schönheit", sage ich, als sie zum Ende kommt. „Ich liebe es, wie du kommst."

Sie gibt ein zittriges Lachen von sich, in dem Ungläubigkeit mitschwingt.

„Das tue ich." Ich greife nach oben und zwicke ihren Nippel durch ihr dünnes T-Shirt und BH. „Tänzerinnen müssen es besser machen."

Sie lächelt und schiebt sich die Haare aus dem Gesicht. „Ich bin mir sicher, dass wir das tun."

Ich drehe sie um. „Lass mich deinen festen kleinen Hintern anschauen." Ich verpasse ihm einen Klaps. Ihr Hintern besteht nur aus wohlgeformten Muskeln, genau wie ihre Schenkel. Er lädt geradezu dazu ein, versohlt zu werden.

Ich schiebe ihre Beine auseinander und massiere ihre Pussy mit meinen Fingern. Ich lasse meinen Daumen wieder auf Wanderschaft in Richtung ihres Anus gehen.

Sie spannt ihre Pobacken abermals an.

„Ich weiß, Baby. Du bist eine Anal-Jungfrau, oder?"

Sie antwortet nicht, aber ich bin mir sicher, dass sie das ist.

„Ich würde diesen Hintern liebend gern nehmen. Ich wette er ist so verdammt eng. Aber ich werde es nicht jetzt tun. Wir werden uns das für später aufheben, wenn du unartig warst und dir der Hintern noch mal versohlt werden muss."

Ihr Po spannt sich erneut an und ich gluckse.

Aber ich hätte nicht erwähnen sollen, was im Club passierte, denn es muss sie daran erinnern, wie sie sich anschließend gefühlt hat. Ich glaube, ich gab ihr das Gefühl, billig zu sein und als hätte ich sie benutzt – etwas, das ich niemals tun wollte.

Sie rollt sich herum und setzt sich auf, wobei sie die Decke über ihre Taille zieht. „Ich, ähm... ich weiß nicht, ob das eine gute Idee ist." Ihre Augen reisen nach unten zu der Wölbung in meiner Jeans und Schuld flackert in ihrem Gesicht auf.

Ich verlagere meinen Schwanz. *Ruhig Blut, Junge.* „Nein, du hast recht."

Ich kann mit diesem Mädel keine Beziehung führen und sie verdient so viel mehr als einen One-Night-Stand.

Ich weiche zurück. „Ich werde einfach, äh... Weißt du

was, ich sollte vermutlich gehen. Ich werde dein Auto zur Werkstatt meines Freundes Tank bringen. Wir werden es auf meine Kosten für dich reparieren, okay? Der Unfall war meine Schuld."

Sie starrt mich mit diesen arglosen, blauen Augen an, die so groß und wachsam sind, dass ich sämtliche Beherrschung aufbringen muss, damit ich nicht wieder zu ihr gehe und sie besinnungslos küsse.

„Kannst du Uber benutzen, bis ich es dir zurückbringe? Ich verspreche, dass ich es schnell reparieren werde."

„Ähm, yeah. Okay. Danke."

„Das ist das Mindeste, das ich tun kann. Wie lautet deine Telefonnummer?"

Ich gebe ihre Nummer in mein Handy ein und dann fällt mir ein, dass ich ihr Handy noch in meiner hinteren Hosentasche habe. Ich werfe es ihr zu. „Schlaf etwas. Ich schreibe dir, wenn es etwas Neues zu deinem Auto gibt." Nachdem ich mein Handy verstaut habe, stopfe ich meine Hände in meine Taschen, damit ich nicht nach ihr greife, und gebe mich stattdessen damit zufrieden, einen Kuss auf ihren Scheitel zu drücken.

„Gute Nacht, Engel."

„Nacht." Ihre Stimme ist leise und süß und diese einzelne Silbe weckt den Wunsch in mir, wieder zurückzugehen und sie erneut zwischen ihren Beinen zu verwöhnen, aber ich zwinge mich zum Gehen.

Verdammt. Ich habe es schon wieder vermasselt. Ich hoffe, sie hasst mich nicht dafür.

 ngelina

Iᴄʜ ᴡᴀᴄʜᴇ zur Mittagszeit auf und tapse wie auf Autopilot zum Badezimmer. Dann sehe ich das riesige, schwarze, blut-verkrustete T-Shirt auf meinem Boden und mir fällt alles wieder ein.

Jared und seine super Kraft. Seine super Heilfähigkeiten.

Was zur Hölle? War ich auf Drogen? Ich akzeptierte seine Erklärung gestern Nacht so ohne Weiteres, aber im Licht des Tages klingt sie verrückt.

Jared, der Superheld.

Allerdings verfügt er über sämtliche Qualitäten eines Superhelden, oder nicht? Held. Stark. Beschützend. Großzügig.

Oh Junge, war er gestern Nacht großzügig.

Und ich gab ihm absolut nichts im Gegenzug.

Denn ich will wirklich nicht eine weitere Kerbe in seinem

Bettpfosten sein oder wie auch immer das dumme Klischee lautet. Jared ist ein Aufreißer, mit Haut und Haaren.

Andererseits bin ich mit ihm schon ziemlich weit gegangen. Was ist der Unterschied zwischen Sex haben und dem, was wir taten? Wäre es so schrecklich gewesen, wenn er auch hätte kommen dürfen? In Anbetracht dessen, dass ich gekommen war, zweimal. Ich hätte ihn wenigstens blasen können. Ich wette, sein Penis ist so beeindruckend wie sein harter Körper...

Oh Gott, was denke ich da überhaupt?

Ich muss diesen Mann aus meinen Gedanken löschen. Er mag zwar heiß sein, charmant und über Superheldenkräfte verfügen, aber –

Nein, wirklich. Warum versuche ich, ihn aus meinen Gedanken zu löschen? Er ist besser als ein Filmheld. Ich trage sein blutbesudeltes Shirt zu meiner Waschkammer und werfe es in die Waschmaschine. Das Mindeste, das ich tun kann, ist seine Kleider für ihn zu waschen.

Das ruft alle möglichen entsetzlichen Bilder häuslicher Sklaverei in meinem Kopf hervor. Ich in einem fünfziger Jahre Hausfrauen-Outfit (natürlich nichts außer einer Schürze und einem Höschen und einem Paar roter Stöckelschuhe) wie ich mit dem Abendessen auf ihn warte, wenn er nach Hause kommt.

Ich, nackt bis auf ein Paar Perlen und einen Regenmantel, wie ich ihn bei der Arbeit überrasche...

Aber er arbeitet in einem Nachtclub. Und das hat meine Fantasie gerade komplett zerstört.

Nein, dieser Mann taugt nicht als Ehemann. Oder auch nur als fester Freund. Er ist ein heißer Fingerfick in einem Nachtclub. Eine Autofahrt nach Hause nach einem Autounfall.

Der Kerl, der dein Auto umsonst repariert.

Okay, das ist mehr als attraktiv für mich.

Denn, im Ernst, mein Dad wäre am Rad gedreht, hätte er von dem Unfall erfahren. Er hätte mir einen ellenlangen Vortrag über den Anstieg von Versicherungspreisen gehalten und darüber, wie unverantwortlich ich bin, weil ich um drei Uhr morgens von einem Nachtclub nach Hause gefahren bin.

Natürlich werde ich ihm heute Abend vermutlich trotzdem von dem Unfall erzählen müssen. Meine Eltern wohnen hier in Tucson und bestehen sonntags auf ein gemeinsames Abendessen. Manchmal wünsche ich mir wirklich, dass der beste Tanzstudiengang im Land nicht an der Universität in meiner Heimatstadt unterrichtet werden würde.

Ich grinse, weil ich mir vorstelle, dass ich jemanden wie Jared mitbringe, damit er meine Eltern kennenlernt. Sein Erscheinen allein würde ihr Zartgefühl zutiefst erschüttern.

Sie lassen immer wieder Hinweise fallen, dass sie mich einem örtlichen Software Multimillionär vorstellen wollen.

Kein. Interesse.

Und das liegt nur daran, dass mein Dad will, dass der Kerl seine kleine Softwarefirma, die nur eine spezielle Klientel bedient, aufkauft. Klar, Dad, verschachre deine Tochter für deinen eigenen Gewinn. Das sind definitiv immer noch mittelalterliche Zustände. Grrr.

Ich schalte die Waschmaschine an und werfe einen Blick auf mein Handy.

Jared hat mir bereits geschrieben. *Dein Auto ist in guten Händen. Ich werde es dir morgen zurückbringen und du wirst keinen Unterschied merken.*

Und mein Widerstand schmilzt noch etwas mehr.

Ich texte zurück: *Dankeschön. Was ist mit deinem Motorrad? Soll ich die Reparatur bezahlen?*

Nicht, dass ich irgendein Geld hätte, aber ich sollte es anbieten. Ich werde mir schon etwas überlegen, wenn ich muss. Vielleicht kann ich noch einen Tanzkurs im örtlichen Tanzstudio unterrichten.

Er antwortet sofort: *Hab mich schon darum gekümmert. Mach dir keine Gedanken.*

Ich lächle mein Handy an. Es ist wirklich schwer, sich beim Gedanken an Jared nicht warm und wohl zu fühlen. Und auch erregt und erpicht darauf, ihn wieder zu sehen.

Aber dem werde ich einen Riegel vorschieben. Ich will nicht sein Booty Call oder One-Night-Stand sein oder was auch immer er sonst tut.

Es war definitiv die richtige Entscheidung.

Also sollte ich aufhören, dieses Flattern im Bauch zu bekommen, wenn ich daran denke, dass er mir morgen mein Auto bringen wird. Oder wenn ich mir vorstelle, dass er mich um ein Date bittet. Oder an die Wand pinnt und mir noch mal den Hintern versohlt.

Yeah.

≈

JARED

WENN ICH NICHT GLAUBEN WÜRDE, dass er mir den Arsch aufreißt, würde ich meinem Alpha nicht einmal erzählen, was passiert ist.

Aber ein Autounfall in der Gasse vor seinem Club macht einen Anruf erforderlich. Vor allem wenn dabei ein Mädel sieht, wie sich mein Körper spontan heilt.

Verdammt.

Ich würde Angelina lieber komplett aus dem Gespräch raushalten, aber das kann ich auch nicht tun. Gestaltwandler können Unehrlichkeit nicht nur wahrnehmen, sondern es wäre auch ein Verstoß, Garrett anzulügen, für den ich verbannt werden könnte, obwohl er einer meiner engsten Freunde ist.

Aber ich schiebe den Anruf so lange vor mir her, wie ich kann. Es ist Sonntag und er hat eine neue Gefährtin. Er will nicht, dass ich ihn gleich am Morgen mit einer beschissenen Geschichte anrufe.

Ich warte bis zum späten Nachmittag, ehe ich ihn anrufe, weil ich mir selbst einrede, dass es besser ist, das Auto und Motorrad vorher zu reparieren.

Ich erzählte es Trey heute Morgen. Er schimpfte mich einen verdammten Idioten und meinte, wenn ich wirklich denke, dass Garrett es einfach durchgehen lassen würde, dass Angelina meine Verletzungen heilen sah, sei ich sogar noch dümmer, als ich aussehe. Aber das ist der übliche Mist, den wir uns an den Kopf werfen.

Ich stehe vor Tanks Autowerkstatt und lehne mit meinem Hintern am Truck unseres Rudelkumpels.

Garrett geht beim zweiten Klingeln dran. „Was gibt's?"

Sofort beginne ich zu erzählen, als würde das Ganze reibungsloser verlaufen, wenn ich nur in Bewegung blieb. „Hey, ich hatte gestern Nacht einen kleinen Vorfall."

„Was für eine Art von Vorfall? Beim Club?"

„Yeah. Ich fuhr, ohne nachzuschauen, in eine Gasse und Angelina, die kleine Go-go-Tänzerin, hat mich angefahren."

Garrett flucht. „Wurde sie verletzt?" Natürlich fragt er nicht, ob ich verletzt bin, denn – yeah – wir sind Gestalt-wandler.

„Nein. Genauso wenig wie die anderen zwei Tänzerinnen. Ich habe sie nach Hause gefahren und ihren Wagen zu Tank gebracht."

Es entsteht eine Pause und Garrett, der mich zu gut kennt, sagt: „Was erzählst du mir nicht?"

Ich lasse die Knöchel meiner freien Hand knacken. „Sie sah, wie sich ein Schnitt geheilt hat."

Garrett flucht erneut.

Ich höre seine Gefährtin Amber etwas im Hintergrund murmeln.

„Es ist okay. Nur Rudelmist. Mach dir keine Sorgen, Baby", höre ich ihn antworten. Zu mir sagt er: „Lass ihre Erinnerungen löschen."

Ich knirsche mit den Zähnen. Ich will ihre Erinnerungen nicht löschen lassen.

„Sie weiß es nicht", beharre ich, aber meine Behauptung klingt selbst in meinen Ohren fadenscheinig.

„Sie weiß, dass du ein Paranormaler bist. Du kennst die Regeln. Ihre Erinnerungen werden gelöscht."

„Du hast Ambers Erinnerungen nicht löschen lassen." Ich bin ein Arschloch, weil ich das anmerke, und handle auch aus einem künstlichen Sicherheitsgefühl heraus, denn wenn wir im gleichen Raum wären, hätte mich mein Alpha vermutlich auf den Rücken geworfen.

Garretts warnendes Knurren knistert durch das Handy. „Bei Amber ist es etwas anderes. Sie ist auch eine Paranormale."

Garretts Gefährtin verfügt über hellseherische Fähigkeiten, die er benutzte, um seine Schwester zu finden, als sie letzten Frühling von den Harvestern entführt worden war.

Yeah, nun Angelina ist eine hübsche Tänzerin mit einer strahlenden Zukunft. Richtig. Kein überzeugendes Argument. Wie gut, dass ich es nicht ausgesprochen habe.

„Jared?" Es liegt ein Alphabefehl in seiner Stimme.

„Ja, Sir."

„Zwing mich nicht, es dir ein zweites Mal zu sagen."

„Betrachte es als erledigt", murmle ich und beende den Anruf, bevor ich mir ein noch tieferes Grab schaufle.

Verdammt.

Ich reibe mir über die Stirn. Mir fällt keine Möglichkeit ein, wie ich Garretts Befehl umgehen kann. Ich schaue zum Himmel hoch. Die Sonne scheint noch. Ich werde bis nach Sonnenuntergang warten müssen, um mir Hilfe von einem Blutsauger zu holen, was Angelina noch ein paar Stunden gibt, in denen ihre Erinnerungen intakt sind.

Und ich muss mich noch mit einigen Gestaltwandlern aus San Diego treffen wegen der Organisation eines Kampfes in Tucson.

Vielleicht kann ich es morgen Abend tun. Wenn ich ihr das Auto zurückbringe.

Yeah, das sollte funktionieren. Und wenn Garrett fragt, werde ich ihm sagen, dass es so bald wie möglich passieren wird. Und morgen ist so bald wie möglich.

∽

Angelina

„DURCH DIE STADT ZU FAHREN, nachdem die Bars geschlossen haben, kommt einem Selbstmord gleich", belehrt mich mein Dad, während er sein Steak fein säuberlich in Stücke schneidet. Ich liebe den Mann, aber er treibt mich in den Wahnsinn. Wie vorhergesagt, dreht er wegen des Autounfalls durch.

Wir sitzen zum sonntäglichen Abendessen an ihrem langen formellen Esstisch und ich habe beschlossen, die Standpauke auszublenden, während ich den Babybrokkoli esse, den meine Mom für mich gedünstet hat. Wenigstens heute Abend essen sie und Dad das Gleiche wie ich, auch wenn ihr Gemüse mit Zitronenbutter verfeinert ist und meines nicht.

Während er sich weiterhin über meine Dummheit ergeht, spielt mein Gehirn noch einmal die Szenen mit Jared ab. Hauptsächlich die letzte. Wo er mir ganz genau zeigte, wie erfahren und geschickt er im Umgang mit seiner Zunge ist und mich dann in dem Moment vom Haken ließ, in dem ich mich unwohl zu fühlen begann.

Er ist wirklich ein Gentleman.

Witzig, dass meine Dankbarkeit, weil er mich mit solcher Ehre und Respekt behandelt hat, den Wunsch in mir weckt, zu ihm zu rennen und mich ihm an den Hals zu werfen. Mein Unwille, Sex mit ihm zu haben, ist vollkommen verflogen.

Doch nein. Ich bin die Sorte Mädchen, die anhänglich wird.

„Wie läuft es an der Universität, Schatz?", wirft meine Mom ein, um das Thema zu wechseln.

„Prima. Gut." Mein Magen verknotet sich.

„Wie ist das Vortanzen für das Frühlingskonzert gelaufen?"

„Ziemlich gut."

Das ist keine Lüge. Ich gab mein Bestes und ich werde vermutlich eine Rolle in mehreren Stücken bekommen. Aber die Wahrheit ist, dass ich mich in dem Tanzprogramm ziemlich fehl am Platz fühle. Nicht weil ich keine gute Tänzerin bin – ich bin ganz gut. Der Himmel weiß, meine Eltern haben genug Geld in mein Training investiert seit dem Tag, an dem ich drei Jahre alt wurde. Es ist nur so, dass ich kein Roboter mehr sein will. Ich will nicht hart arbeiten, um meine Lehrer zufriedenzustellen und zu hoffen, dass sie mir eine gute Rolle in ihren Tänzen geben.

Ich will meine eigenen Tänze choreografieren. Nein, nicht nur Tänze – Shows. Ich will mein eigenes Tanzensemble leiten. Große wagemutige Produktionen auf die Bühne bringen. Eine moderne Version von *Der Feuervogel*. Ein Ballett, das zu Lady GaGa getanzt wird.

Das Problem ist, dass das Programm des Grundstudiums nicht wirklich darauf ausgerichtet ist. Ich könnte bleiben und darauf hoffen, dass ich in dem Masterprogramm aufgenommen werde, aber ich habe es ehrlich gesagt satt, mich so sehr anzustrengen, um alle anderen zufriedenzustellen.

Mein ganzes Leben habe ich damit verbracht, meine Eltern stolz zu machen. Ich war die perfekte Prinzessin, die sie sich beide von mir wünschten. Es war meine Mom, die mich in einen Tanzkurs steckte. Ich habe keine Ahnung warum. Ehrlich gesagt, denke ich, dass es daran lag, dass irgendeine reiche Freundin ihre Tochter in ein Tanzstudio brachte, weshalb es etwas zu sein schien, das man machte.

Um mit den Reichen und Schönen und all dem mitzuhalten.

„Achtest du auf dein Gewicht?"

Ich setze meine Gabel ab. „Ja, Mom." Ich lege absolute Teenager-Ungeduld in meine Stimme. Denn meine Mutter reduziert mich innerhalb eines Wimpernschlags zu einem säuerlichen Teenager. Ich bin eine unabhängige fast Hochschulabsolventin, aber fünf Minuten in ihrem Haus und ich lehne mich wieder gegen die Fesseln meiner Kindheit auf.

„Nun, ich weiß, dass du dir um diese Dinge Sorgen machst."

„Nein, ich mache mir keine Sorgen. Ich hätte dir niemals von dem Fett-Brief erzählen sollen. Ich bin mir ohnehin sicher, dass es nur ein Mythos ist."

Es geht ein Gerücht um, dass einem die Fakultät einen Fett-Brief schickt, wenn sie der Meinung sind, dass man zu fett wird. Wegen mir sollen sie es ruhig wagen. Für mich wirkt das wie ein Fall von Bürgerrechtsverletzung. Aber was weiß ich schon? Ich bin keine Anwältin. Ich bin definitiv nicht so spindeldürr wie manche der Mädels im Programm, aber ich bin auch nicht mollig. Und ich will definitiv nicht so besessen von meinem Gewicht werden, wie es fast jeder Tänzer ist. Ich habe seit meinen High School Tagen, bei denen ich mit Essstörungen zu kämpfen hatte, schwer daran gearbeitet, meinen Körper zu lieben und all die harte Arbeit wertzuschätzen, die er für mich erledigt.

Ich bin ihr einziges Kind und meine Mom war eine Hausfrau, weshalb ich das Objekt eines Berges an Aufmerksamkeit wurde. Angelina Ballerina mit lauter Einsen, geraden Zähnen und guten Manieren. Ein braves Mädchen.

Gott, ich habe die Nase gestrichen voll davon.

„Ich weiß sowieso nicht, warum du diesen Job im Nachtclub behältst", sagt mein Dad, der wieder in Rednerlaune ist. „Du machst dort keine Kunst und die Bezahlung ist auch nicht so gut."

„Die Bezahlung ist perfekt." Mein Kiefer verspannt sich. Meine Zeit im Eklipse verteidige ich sogar noch mehr als mein Gewicht.

Es mag traurig sein, aber ich habe das Gefühl, als wäre das Aushandeln des Go-go-Tanz Arrangements im Eklipse für meine Freunde und mich die größte Sache, die ich erreicht habe, seit ich das Studium begann.

Ich schätze, das liegt daran, dass es ein winziger Schritt zur Leitung meines eigenen Ensembles war.

Aber meine Eltern unterstützen diesen Standpunkt überhaupt nicht.

Mein Dad zwang mich, einen zweiten Studiengang in Wirtschaft zu belegen, weil er denkt, ich sollte ein Tanzstudio leiten, wenn ich meinen Abschluss habe.

Was in Ordnung ist. Ich unterrichte gerne. Es ist nur… es

wäre schön, ausnahmsweise mal meinen eigenen Träumen zu folgen.

Anstatt den sorgsam aufgestellten Plänen, die meine Eltern für mich gemacht haben.

„Ich verstehe noch immer nicht, warum dieser Jared Mensch dein Auto mitgenommen hat, um es reparieren zu lassen. Das kommt mir spanisch vor. Wie gut kennst du diesen Kerl?"

Oh Gott, bitte mach, dass ich nicht erröte.

Manchmal hasse ich es, ein Rotschopf zu sein.

„Ich kenne ihn ziemlich gut, Dad. Er ist ein Türsteher im Club. Wirklich netter Mann. Ich habe euch doch schon gesagt, dass er meinte, es wäre seine Schuld, weil er einfach vor meinen Wagen gefahren ist. Und er hat einen Freund, dem eine Autowerkstatt gehört, also wollte er sich darum kümmern."

„Woher sollen wir wissen, ob diese Werkstatt seriös ist? Was, wenn er schlampige Arbeit leistet? Woher willst du wissen, dass er nicht einfach nur dein Auto gestohlen hat? Du hättest die Polizei rufen sollen. Hattest du getrunken?"

Ich verdrehe die Augen. „*Nein*, Dad. Ich habe nicht getrunken. Ich bin mir sicher, es wird professionell repariert werden und du solltest dankbar sein, dass ich die Polizei nicht gerufen und die Versicherung involviert habe, denn dann wären meine Versicherungsraten durch die Decke gegangen."

„Nun, das stimmt."

Mit seinem Geldbeutel kann man bei meinem Dad immer argumentieren.

„Wie läuft dein Geschäft, Dad?", frage ich demonstrativ.

Mein Vater trinkt einen Schluck Wein. „Gut. Ich arbeite noch immer an dem Übernahmeangebot für SeCure."

„Hast du schon einen Termin bei ihrem CEO erhalten?"

Frust huscht über das Gesicht meines Vaters und eine

Minute lang habe ich Mitleid mit ihm. Trotz seines Ehrgeizes und dominanter Tendenzen kann er nicht die ganze Welt seinem Willen beugen. Er hat eine Vision für seine Rente – mit einem Knall aufzuhören natürlich – aber er war noch nicht in der Lage, diese umzusetzen.

„Wir veranstalten eine Spendengala für seine Lieblings-wohltätigkeitsorganisation – Rettet die Catalina Mountains – und unsere Eventplanerin hat ihn gebeten, vorbeizuschauen, um die Teilnahme anderer Großspender zu sichern. Bei seiner Sekretärin hörte es sich so an, als würde er es in Erwägung ziehen."

„Das ist toll!" Ich freue mich ehrlich für ihn. Aber ich weiß auch, was als Nächstes kommt.

„Wir hätten gerne, dass du dabei bist, Liebes", zwitschert meine Mom. „Es ist ein wirklich wichtiges Event für deinen Dad."

„Natürlich", sage ich automatisch. Nach einem Leben, in dem ich der Gesellschaft als die perfekte Tochter präsentiert wurde, um die perfekte Familie zu komplementieren, bin ich gut trainiert. Ich werfe einen Blick auf die Teller meiner Eltern und sehe das ordentlich platzierte Besteck, woraufhin ich aufstehe. „Nun, ich gehe dann mal besser. Ich habe eine Menge Hausaufgaben zu erledigen." Ich nehme alle drei Teller und trage sie in die Küche, wo ich sie schnell unter den Wasserstrahl halte und in die Spülmaschine räume.

„Wie wäre es mit einem Kaffee?" Meine Mom folgt mir in die Küche. „Dein Vater und ich werden noch ein Dessert essen."

Natürlich wird sie mir keinen Kuchen anbieten. Und wenn ich danach fragen würde, würde ich eine Predigt über mein Gewicht erhalten. Seufz. Nur ein weiteres typisches Abendessen mit meinen Eltern.

„Nein Danke, Mom. Hab dich lieb." Ich küsse ihre Wange

und sause aus der Küche. „Bye. Man sieht sich, hab euch lieb!", rufe ich, während ich geradewegs zur Tür haste.

Das Uber fährt gerade vor, als ich nach draußen laufe, weshalb ich einsteige und mein Handy auf SMS überprüfe.

Ja, ich hoffe, noch einmal von Jared zu hören. Obwohl das überhaupt keinen Sinn macht.

Obwohl ich das nicht wollen sollte.

Ich sollte mich nicht darauf freuen, ihn zu sehen, wenn er mein Auto vorbeibringt. Ich sollte nicht mehr über seine mysteriösen Heilfähigkeiten wissen wollen.

Aber er ist wie eine Sucht. Jetzt, da ich meine erste Kostprobe hatte, kann ich nicht aufhören, über ihn nachzudenken.

*J*ARED

„ALSO, wann wirst du es tun?", fragt Trey.

Ich senke die Motorhaube von Angelinas Toyota und benutze den Lumpen, um ihn zu polieren. Tank kümmert sich um die größeren Reparaturarbeiten, aber ich konnte einfach nicht anders, als ihn zu besuchen und seine Arbeit unter die Lupe zu nehmen. Oder vielleicht habe ich auch nur eine masochistische Ader – weil ich noch einen Hauch von Angelinas süßem Duft will. „Was tun?"

Trey verdreht die Augen. „Der Tänzerin das Gedächtnis löschen lassen." Er lehnt an der Fahrerseite und ich werfe den Lumpen auf ihn.

„Hör auf, das Fenster zu verschmieren."

„Ach, entschuldige." Er fängt den Lumpen blitzschnell aus der Luft. „Ich wollte das Auto deiner Freundin nicht versauen."

„Sie ist nicht meine Freundin." Mein Magen verkrampft sich, noch während ich die Worte ausspreche. *Nicht meine Frau, wird niemals meine Frau sein.* Ich mag mehr Muskeln als Verstand haben, aber ich bin klug genug, das zu wissen.

Ein Pech, dass mein Wolf anderer Meinung ist.

Ich schnappe mir meine Werkzeuge und mache mich daran, alles aufzuräumen, wobei ich die Dinge kraftvoller als nötig herumwerfe und zuschlage.

„Verdammt, dich hat es schlimm erwischt", bemerkt Trey. „Vielleicht sollte ich sie zu dem Blutsauger bringen."

„Nur über meine Leiche." Ich richte mich auf und einen Finger auf den hochgewachsenen Gestaltwandler. Er ist mein bester Freund, aber gerade jetzt sieht mein Wolf ihn nur als Gegner. Als Feind. Konkurrent.

Trey breitet die Hände aus. „Immer mit der Ruhe. Ich werde nicht in ihre Nähe gehen. Aber du zögerst nur das Unvermeidliche heraus."

Er hat recht. Wenn ich es nicht tue, wird mir Garrett das Fell über die Ohren ziehen. Und dann wird er Tank oder Trey befehlen, es trotzdem zu tun.

„Es ist beschissen. Sie geht noch aufs College", Trey senkt seine Stimme, „eine Gedächtnislöschung könnte sie ernsthaft verkorksen, wenn es nicht richtig gemacht wird."

Ich werfe meine Werkzeuge scheppernd nach unten und will am liebsten auch noch gegen den Schrank treten. „Ich weiß. Ich weiß."

„Hast du –", setzt Trey an, als ein weißer Camaro auf den Parkplatz rollt. Mein Freund flucht. „Sag mir nicht, dass wir Kunden haben."

Trey läuft zur Tür und bleibt wie angewurzelt stehen, als drei Kerle aus dem Wagen steigen. Einer schwarzhaarig, einer grauhaarig und der dritte trägt einen altmodischen Hut – eine Art Fedora, wie ihn ein Gangster tragen würde – nur ist er so groß und dürr, dass er wie eine Vogelscheuche aussieht. „Hast du sie angerufen?"

„Ich habe Kontakt zu ihnen aufgenommen. Sie wollten sich treffen." Ich laufe zum Waschbecken, um mich zu putzen. „Wir werden eine Örtlichkeit besichtigen, an der Kämpfe ausgetragen werden können."

„Weiß Garrett Bescheid?"

„Er weiß es." Mein Alpha ist nicht glücklich, aber da sich immer mehr unserer Rudelmitglieder paaren, sieht er den Vorteil darin, ein Ventil für seine Junggesellen zu haben, damit sie ihrer Aggression Luft verschaffen können. Mehr als Schlägereien im Eklipse anzuzetteln. Insbesondere mein Wolf muss kämpfen und regelmäßig bluten.

So wie mich die Situation mit Angelina aufwühlt, könnte ich im Moment zwanzig Runden mit einem Bären überstehen.

Trey schlendert neben mir zum Parkplatz, wo die drei Besucher warten. Zwei von ihnen rauchen, während sich der dritte, der Große mit dem Fedora, im Hintergrund hält.

„Parker", begrüße ich den Grauhaarigen. Trotz seiner Haarfarbe sieht er nicht viel älter aus als ich. Er nickt mir zu und wendet meisterhaft den Blick ab – nicht unterwürfig, aber auch nicht herausfordernd.

Der Dunkelhaarige wirft seine Kippe auf den Boden und betrachtet uns, ohne zu sprechen. Declan, der Ire. Ich erinnere mich nicht an den Namen des dritten Kerls, aber so wie er über unsere Köpfe hinwegstarrt und nervös zuckt, wird er nicht viel sagen.

Mein Wolf wird unruhig, als er ihren Geruch wahrnimmt. Er ist ein bisschen... komisch. Kein Wunder, dass sie zu keinem Rudel gehören. Gesunde Gestaltwandler tolerieren die Verkorksten nicht lange. So wie diese Kerle riechen, ganz abgesehen davon wie der Große zuckt, würde jeder außer dem kontrolliertesten, mitfühlendsten Alpha sie aus dem

Verkehr ziehen. Ich weiß nicht genau, was Data-X diesen Männern angetan hat, aber den Gerüchten zufolge, die ich gehört habe, wäre der Tod vielleicht sogar eine Gnade.

„Freut mich, dass ihr kommen konntet. Ich habe nicht damit gerechnet, dass ihr Zeit für ein Treffen haben würdet."

„Wenn es eine Gelegenheit auf eine Expansion gibt, nehmen wir uns die Zeit." Parkers Stimme ist ein wenig kratzig. Seine Augen leuchten leicht – sein Tier ist nah an der Oberfläche. Ich habe keine Ahnung, was sein Tier eigentlich ist. Das macht meinen Wolf nicht glücklicher. Aber diese Männer halfen Sam, einem Rudelmitglied und Barkeeper im Eklipse. Und Sam vertraut ihnen.

„In Kalifornien wird's zu heiß für Gestaltwandlerkämpfe", verkündet Declan in seinem leicht irischen Akzent.

Trey macht ein finsteres Gesicht. „Hier wird es auch ziemlich heiß…"

Ich stoße ihn in die Rippen. „Sie reden nicht vom Wetter."

„Die Grube ist nicht so sicher, wie wir das gerne hätten", sagt Parker. „Männer haben sich dort umgesehen."

„Männer?" Ich schaue von Declans grimmigem Gesicht zu Parkers ausdruckslosem.

„Polizisten der Menschen." Parker rümpft die Nase. „Kommen vorbei und fragen nach illegalen Kämpfen und Glücksspiel. Wir denken, jemand hat sie uns auf den Hals gehetzt in dem Versuch, Gestaltwandler zu verscheuchen."

„Ich dachte, die Schwierigkeiten wären vorbei." Ich vermied es, Data-X direkt anzusprechen.

Parker schneidet eine Grimasse. „Nicht ganz."

Der dritte Kerl zuckt so heftig, dass sein Fedora von seinem Kopf fliegt. Declan stößt ein hundeähnliches Jaulen aus, das aufhört, als Parker den Kopf scharf schüttelt.

„Ihr dürft hier gerne Kämpfe organisieren", sage ich und

bemühe mich, locker zu bleiben. Diese drei mögen zwar Sonderlinge sein, aber wenn es um die Austragung von Kämpfen und Wetten geht, sind sie die Besten.

„Gut", sagt Parker und Aufregung durchströmt mich. „Ich habe eine Menge Tiere, die kämpfen wollen, und keinen Ort, an dem ich sie unterbringen kann."

„Ganz zu schweigen von den Wetten", fügt Declan hinzu.

Ich nicke. „Lasst uns die Location besichtigen." Mein Wolf heult triumphierend, als wir zu unseren jeweiligen Fahrzeugen gehen.

„Verdammt", sagt Trey, der sich neben mir auf sein Motorrad schwingt. „Es passiert wirklich."

„Gestaltwandler Kampfclub. Genau wie wir es immer wollten." Wir grinsen uns an, aber als wir losrollen, verblasst meines. Heute Nacht werden wir eine Entscheidung bezüglich des Austragungsortes für die Kämpfe treffen. Morgen muss ich Angelina zu einem Blutsauger bringen. Er wird ihr Gedächtnis löschen, ihre Erinnerung an den Unfall zusammen mit wer weiß was sonst noch von ihrem Gehirn.

Es scheint nicht richtig zu sein, dass ich an dem Abend, bevor ich ihr Leben ruinieren werde, meinen Traum in die Tat umsetze.

～

AGENT DUNE

ER ÖFFNET das Vorhängeschloss an dem Zaun und duckt sich unter dem Plastikband hindurch, das die Polizei vor Monaten um das abgebrannte Labor gewickelt hat. Hier ist nichts zu finden. Er ist ein verdammt guter Agent, er hätte nichts übersehen. Aber vor Ort zu sein, sorgt manchmal dafür, dass sich die Rädchen in eine neue Richtung drehen.

Wenigstens gibt es ihm etwas Körperliches zu tun. Und ein Mann wie er braucht verdammt noch mal körperliche Arbeit. Wenn doch sämtliche hochrangige Agentenarbeit im Jason Bourne Stil wäre mit Verfolgungsjagden und Kämpfen. Doch das ist sie nicht. Es ist eine ganze Menge Detektivarbeit.

Und es ist eine Million Mal schwerer, wenn dir deine Vorgesetzten nicht alle notwendigen Informationen geben. Finde den Brandstifter. Vertusche es bei den Einheimischen. Informationen bezüglich des Laborzwecks und des Interesses der Regierung daran?

Redigiert.

Na schön. Sie wollten es ihm nicht erzählen? Er würde allein dahinterkommen. Genauso wie er es getan hatte, als sie ihn ohne Ressourcen außer seinem eigenen Verstand und einem Fadenkreuz auf der Stirn in Afghanistan allein gelassen hatten. Und in Nordkorea. Und im Irak.

Er hat einige Sekunden der Videoaufzeichnungen aus der Nacht der Explosionen. Der Rest wurde offensichtlich zensiert. Aber es gibt ein teilweise undeutliches Bild eines weißen Vans. Ein Foto von einigen Männern. Und ein Gesicht, das er aus der Spezialeinheit kennt. Nash.

Der Mann, den er schon seit Jahren zu finden versucht.

Er war davon ausgegangen, dass Nash früher oder später bei seinem Job auftauchen würde. Jeder, der so spurlos verschwindet, ist immer noch tief in Regierungsgeheimnisse verstrickt. Wie er.

Also wurde es für ihn interessanter, dieses Puzzle zu lösen. Persönlicher.

Denn Nash ist etwas anderes. Kein Mensch.

Und Charlie muss wissen, was er ist.

KAPITEL VIER

ared

AM NÄCHSTEN MORGEN fahre ich vor Angelinas Haus in ihrem frisch reparierten Toyota. Tank war ein echter Kumpel und hat ihn schnell repariert. Ich schulde ihm etwas, das steht fest.

Ich steige aus und klopfe an ihre Tür. Ich schickte ihr eine SMS, also rechnet sie mit mir, aber als sie zur Tür kommt, ist sie atemlos und ganz flattrig, was in mir den Wunsch weckt, sie in meine Arme zu ziehen und an die Tür zu drücken, um sie zu küssen.

Aber ich bin nicht zum Küssen hier. Ich bin wegen etwas weit Widerwärtigerem hier. Wegen etwas, das sie mir nicht verzeihen würde, würde sie sich daran erinnern. Aber natürlich wird sie sich nicht erinnern.

„Hi." Ihr Lipgloss-Lächeln strahlt so hell, dass es die frische Lackierung von ihrem Auto schmelzen könnte. Ich werde davon fast verwundet. Als würde es irgendwie in die Spalten in meiner Brust dringen und zu viel von ihrem reinen, guten Licht in mich füllen.

Ich lehne mich an den Türrahmen, um mich daran zu hindern, in ihren persönlichen Freiraum zu treten. „Hi, du."

Sie tritt zu mir, legt ihre Hände auf meine Brust und neigt ihr Gesicht nach oben.

Oh beim Schicksal, ich bin nicht stark genug dafür. Ich senke meinen Kopf, aber nehme mir keine Freiheiten heraus und sie drückt mir ein Küsschen auf die Wange. Ich bin sowohl erleichtert als auch entsetzt, dass sie nicht meine Lippen gewählt hat. Denn jetzt ist das Verlangen, ihren Mund anständig zu erobern, so stark, dass ich tief Luft holen und bis fünf zählen muss. Es ist, als wäre ich wieder ein Welpe und würde versuchen, mich daran zu hindern, in eine Schlägerei zu geraten.

Und meine Tendenz, mich auf Schlägereien einzulassen, ist einer der Gründe, aus denen ich meine Hände von diesem hübschen kleinen Menschen lassen muss. Sie ist wie eine Blume, die gerade erst erblüht ist, und ich bin der Rasenmäher, der sie abmähen würde. Ich weiß, ich sollte die Metaphern den Dichtern überlassen.

Ich gebe mich damit zufrieden, meine Hand an ihr Gesicht zu legen – nur kurz. Ich umfange es und streichle mit meinem Daumen über ihren Wangenknochen, wobei meine Hand groß und rau auf ihrer weichen Haut wirkt.

Ihre Augenlider flattern und drücken Überraschung sowie etwas anderes aus, das ich nicht beziffern kann. Zur Hölle, ich bin auch überrascht. Zärtliche Liebkosungen sind normalerweise nicht mein Ding. Ich bin mehr der vögle sie hart an der Wand Typ. Nicht, dass ich nicht absolut darauf brenne, *das* ebenfalls mit ihr zu tun.

Ich zwinge mich dazu, meine Hand zu entfernen, und

deute mit meinem Daumen zu dem Auto. „Sie ist repariert, Engel. Bereit zum Fahren."

Sie bedenkt mich wieder mit diesem strahlenden 1000-Watt-Lächeln. „Dankeschön. Ähm." Sie schlüpft wieder durch die Tür und kehrt mit meinem Shirt in ihrer Hand zurück. „Hier." Sie drückt es mir in die Hand. „Das ganze Blut ist rausgegangen."

Ich nehme es ihr ab und widerstehe dem Drang, es an meine Nase zu halten, um ihren Geruch zu inhalieren. „Das hättest du nicht tun müssen, aber Danke." Ich zögere. Normalerweise bin ich bei Frauen viel raffinierter, aber ich will nicht tun, was ich gleich tun werde, weshalb ich Zeit schinde.

„Oh, hast du, äh, willst du reinkommen?" Sie tritt zurück, als wolle sie mich durchlassen.

Ich schüttle den Kopf. „Nein, Baby. Aber kannst du mich zurück zum Club fahren? Und ich muss auf dem Weg noch einen kurzen Stopp einlegen. Okay?"

„Oh." Ihre Augen und Mund runden sich. Sie ist so verdammt ausdrucksstark, dass es ein Wunder ist, dass sie an Stelle einer Tänzerin keine Schauspielerin geworden ist. „Natürlich! Es tut mir leid, Ich –"

„Keine Entschuldigungen." Ich rucke mit dem Kopf zum Auto. „Gehen wir." Ich schlage ihr auf den Po, als sie an mir vorbeijoggt, eine Handtasche um ihre Schulter geschlungen. Dann bereue ich es sofort. Wir sind nicht im Nachtclub und sie hat sich nicht rittlings auf meine Schulter gesetzt. Es ist ein normaler Tag vor ihrem Haus und wir daten einander nicht einmal.

Was jedoch nicht bedeutet, dass ich nicht zuschaue, wie ihr sexy Hintern vor mir schwingt, während sie zu ihrem Auto läuft. „Sorry", sage ich. „Das war nicht angebracht. Ich werde es nicht noch einmal tun."

„Oh gut, ich dachte schon, ich würde einen der andere

Türsteher aus dem Eklipse rufen müssen, damit er dir sagt, wo du deine Hände lassen sollst."

Sie scherzt nur, aber die Worte *anderer Türsteher* führen dazu, dass sich meine Finger zu Fäusten krümmen. Doch als sie mir ein Lächeln über ihre Schulter zuwirft, sehe ich, dass sie errötet, und das stellt etwas Verdrehtes mit meinem Magen an. Ich will hinter sie rennen und sie um die Taille einfangen. Sie an ihr Auto drücken und ihr den Hintern versohlen, bis er die gleiche rosa Färbung hat. Ich will in ihren Hals beißen und meine Arme um sie schlingen. Und ungefähr ein halbes Dutzend noch verdorbenerer Dinge tun.

Verdammt, diesem Mädel gelingt es jedes Mal ihren Zauber bei mir zu wirken.

Sie läuft zur Fahrerseite, aber ich sage: „Ich werde fahren, Engel."

Sie dreht sich um und verzieht die Lippen zu einem Grinsen. „Du bist die Sorte Mann, die immer die Kontrolle haben muss, was?"

Ich zucke mit den Achseln. „Yeah." Ich nehme an, dass Ehrlichkeit hier die beste Option ist. „Und ich kümmere mich gerne um dich. Aber wenn du wirklich fahren willst, werde ich mich zurücknehmen."

Sie schüttelt den Kopf und läuft um den Wagen zur Beifahrerseite. „Das will ich nicht, wirklich." Als ihr Lächeln zittrig wird, zieht sich mein Herz zusammen.

„Oh Baby." Ich laufe schnell zu ihrer Seite des Wagens und ziehe sie in meine Arme, wobei ich mich bemühe, sie nicht an meiner Brust zu zerquetschen. Es fühlt sich so richtig, so notwendig an, sie zu halten. Es ist anders als das, was ich bei anderen Frauen gefühlt habe. Habe ich jemals eine andere Frau *trösten* müssen? „Bist du seit dem Unfall gefahren? Bist du nervös?"

Sie nimmt meine Umarmung an. „E-ein bisschen. Nicht

nervös, nicht wirklich. Nur – ich weiß nicht", murmelt sie an meiner Brust. „Es hat mir eine Heidenangst eingejagt, dass ich dich angefahren habe."

Ich fühle mich wie ein Arsch, weil ich nicht einmal daran gedacht habe, dass sie traumatisiert sein könnte, und ich sie dann dazu gedrängt habe, mich fahren zu lassen. Sie hätte sich gleich wieder hinters Steuer setzen sollen und ich beraubte sie dieser Gelegenheit.

Ich weiche zurück und halte sie in den Armen, während ich ihre nackten Oberarme mit meinen Daumen streichle. „Du fährst, Engel. Ich will, dass du dich wohlfühlst." Ich führe sie um den Wagen zur Fahrerseite und halte ihr die Tür auf. „Mach schon. Es wird alles gut gehen. Ich werde direkt neben dir sein."

Ich bezweifle, dass es irgendwelche Ängste lindern wird, wenn sie mich direkt neben sich hat, aber ich muss es sagen – das Bedürfnis, sie zu beruhigen, ist so stark. Mein Wolf, der seit dem Gespräch mit Garrett angespannt ist, entspannt sich ein wenig.

Sie steigt ein und dreht den Schlüssel um. Ein entschlossener Ausdruck liegt auf ihrem Gesicht und ich erkenne den inneren Stahl, von dem ich schon immer wusste, dass er in ihr steckt. Den kraftvollen Antrieb eines Menschen, der äußerlich so weich und beweglich wirkt. Das ist die Angelina, die sich die verrückte Idee von Go-go-Tänzerinnen im Eklipse ausgedacht und ausgeführt hat und die kein Nein als Antwort akzeptierte, bis Garrett zustimmte.

Garrett – der taffste, nüchternste Alpha in dieser Gegend.

Der einzige Hinweis auf Nervosität, den ich wahrnehme, ist das lange Einatmen, bevor sie vom Straßenrand wegfährt. Doch dann scheint sie sich wieder mit dem Fahren zurecht zu finden.

„Es ist okay, stimmt's? Genauso wie wieder aufs Pferd zu steigen?"

In ihrem Lächeln liegt Erleichterung und die Art und Weise, wie sie aus den Augenwinkeln zu mir blickt, lässt mich hart werden. „Ja. Danke. Sorry, ich meinte nicht –"

„Keine Entschuldigungen. Mir tut es leid, dass ich nicht daran gedacht habe."

„Du bist wirklich ein Gentleman, Jared."

In dem Lachen, das sich aus meiner Kehle löst, schwingt ein trockenes Kratzen mit. „Überrascht dich das?" Sowie ich frage, wünsche ich mir, ich hätte es nicht getan, denn ich kenne die Antwort. Es ist der gleiche Grund, aus dem sich mein Magen verdrehte, als sie es sagte.

Selbstverständlich sah sie keinen Gentleman in mir. Sie sieht nur den tätowierten Schwachkopf, von dem meine Eltern stets behaupteten, dass nichts aus ihm werden würde. Das Kind, das nie sein Temperament unter Kontrolle brachte. Das in nichts gut ist, außer mit seinen Fäusten.

Und darin, seinem Alpha zu gehorchen.

Ich bin der Vollstrecker des Alphas. Die Muskeln, die Garretts Gesetze durchsetzen. Darüber hinaus bin ich absolut nichts.

Sie errötet so niedlich, was mich jedes Mal hart werden lässt. „Nein. Es ist nur, ähm, wirklich in den Fokus gerückt. Vergiss es. Ich wollte es eigentlich nicht sagen." Sie fuchtelt mit ihrer Hand durch die Luft und läuft noch dunkler an.

Verdammt. Dass ich sie so nervös mache, gefällt dem dominanten Teil von mir und beruhigt den Teil, der auf etwas eindreschen will, weil ich sie nicht haben kann. Ich gehe ihr unter die Haut – zumindest im Moment – und das werde ich gerne annehmen.

„Wohin soll ich dich fahren?" Sie zieht das pralle Fleisch

ihrer Unterlippe zwischen ihre Zähne und ich muss meinen Schwanz in meiner Hose verlagern.

„Stadtzentrum, zum Club. Aber wir müssen auf dem Weg noch einen kurzen Halt einlegen. Auch in der Congress Street." Es fällt mir schwer, die klebrige Empfindung von Widerwillen in meinen Adern zu ignorieren, als ich an die bevorstehende Aufgabe denke.

Sie nickt und fährt ins Stadtzentrum und ich leite sie zu *No Return*, einem weiteren Nachtclub die Straße hoch vom Eklipse. Ich rief im Voraus an, um ein Treffen mit einem Blutsauger dort zu arrangieren. Er ist ein recht netter Kerl. Ich würde nicht sagen, dass ich ihm vertraue, aber ich misstraue ihm auch nicht. Wölfe vertrauen allerdings niemandem, der kein Teil ihres Rudels ist.

Sie parkt und blickt erwartungsvoll zu mir.

„Komm nur eine Sekunde mit mir rein. Ich möchte dir meinen Freund Fox vorstellen."

Sie blinzelt einen Augenblick.

Fuck.

Entweder nimmt sie meine Stimmung wahr oder ich bin ein beschissener Lügner. „Es wird schnell gehen."

Doch sie greift nach ihrer Handtasche. „Ähm, okay."

Ich bin mir sicher, sie fragt sich, warum ich ab hier nicht einfach laufen kann. Es sind nur ein paar Blöcke zum Eklipse – ein Mann wie ich sollte keinen Chauffeur brauchen.

Ich laufe um die Seite des Wagens und nehme ihre Hand. Sie sieht überrascht auf und ich zucke mit den Schultern. „Ich weiß, es ist nicht angemessen, aber mir ist im Moment danach, dich zu beschützen. Tu mir den Gefallen, okay?"

Ihr Lachen steckt voller Überraschung und es stellt etwas Verrücktes mit meinem Körper an. Ein Schwall Wärme flutet meine Glieder.

Der Club ist geschlossen, aber ich klopfe an die Hintertür

und sie öffnet sich nach einigen Momenten. Fox – stets jugendlich frisch, nie verändert – steht dort. Er hat stachelige blonde Haare und einen schwachen britischen Akzent, obwohl er schon über hundert Jahre in den USA lebt.

Er streckt eine kühle Hand aus und ich schüttle sie, obwohl ich Gänsehaut bekomme. „Jared."

„Fox." Ich räuspere mich. „Das ist Angelina…eine Freundin." Verdammt, wie gerne würde ich sagen, sie ist *meine* Freundin, nicht eine Freundin. *Eine* Freundin klingt fürchterlich falsch auf eine Weise, die in mir den Wunsch weckt, ein Loch in eine Wand zu schlagen oder einen Tisch umzuwerfen.

„Hi." Angelina nimmt noch immer meine merkwürdige Stimmung wahr, da bin ich mir sicher, denn ihr Blick ist aufmerksam. Nicht unbedingt argwöhnisch – das würde mich umbringen – aber wachsam. Sie versucht, herauszukriegen, was hier nicht stimmt.

Fox streckt seine Hand aus, um Angelinas zu nehmen, und als sie seinem Blick begegnet, wird ihrer leer und ihre Miene ausdruckslos.

Scheißkerl.

Sie unter seinem Einfluss zu sehen, weckt in mir den Wunsch, mich zu übergeben.

„Was soll ich löschen?", murmelt er, wobei er den Blick nicht von ihr abwendet.

Weißglühender Zorn brennt durch mich. Auf Fox. Auf Garrett, weil er mich zwingt, das hier zu tun. Ich kann mich kaum zum Sprechen zwingen, aber es gelingt mir zu blaffen: „Sie sah, wie ich heilte."

Doch dann schnellt meine Hand wie von selbst nach vorne und ich verdecke ihre Augen.

In dem Moment, in dem ich das tue, beginnt sie, sich zu wehren – vermutlich aus Angst. „Hey! Was ist hier los?"

„Nichts. Geh und warte draußen." Ich lasse sie los und schiebe meinen Körper zwischen sie und Fox.

„Was zum Henker?", knurrt er.

Ich kann keine Worte finden, weil ich nicht weiß, was zur Hölle ich gerade mache.

Ich blinzle und Fox ist fort. Verdammte Vampire! Ich wirble herum, gerade als Angelina schreit. Tatsächlich hebt sie dazu an, doch der Schrei erstirbt auf ihren Lippen, als Fox sie wieder unter seine Kontrolle bringt.

„Nein." Meine Faust schwingt und trifft die Seite von Fox Hals, wodurch er gegen die Wand geschleudert wird. Wäre er sterblich, hätte ihm das den Hals gebrochen. Aber das ist er nicht.

Angelina schreit dieses Mal ernsthaft und es hallt von den Wänden des Clubs wider.

Fox bewegt sich so schnell, dass ich ihn nicht sehen kann, bevor er mir direkt in die Fresse schlägt. Mit Vampirstärke. Ich lande mit dem Arsch auf dem Boden und Fox steht über mir.

Ich stelle keinen Augenkontakt her. Vampirtricks sollten bei Gestaltwandlern nicht funktionieren, aber man weiß nie. Ich gehe kein Risiko ein. Ich springe auf und stürze mich auf seine Taille, doch er ist bereits zur Tür verschwunden – der Tür, die Angelina geöffnet hat. Er schlägt sie vor ihrer Nase zu und sie kreischt erneut.

Der Schrecken in ihrer Stimme lässt mich rotsehen. Ich hebe einen der runden Tische hoch, die die Wand säumen und schwinge damit nach Fox. Er huscht weg.

„Was zum Henker stimmt mit dir nicht?" Seine Stimme erklingt hinter mir. Er lehnt an der Wand, die Arme vor der Brust verschränkt, als wäre er schon lange Zeit dort. Verdammter hinterlistiger Blutsauger. „Wenn sie davor nicht gelöscht werden musste, dann muss es jetzt auf jeden Fall geschehen." Er verschwindet erneut, als ich den Tisch schleudere. Er kracht gegen die Wand und hinterlässt ein Loch im Gips.

„Wenn du sie noch einmal anschaust, ramme ich dir einen Holzpflock direkt ins Herz, Vampir", knurre ich.

„Vampir", flüstert Angelina keuchend und drückt die Hintertür auf. „Vampire existieren nicht." Sie rennt, noch bevor ihre Füße den Asphalt berühren.

Kluges Mädchen.

Ich wirble herum, da ich mir sicher bin, dass Fox fort sein und sie verfolgen wird, doch er befindet sich noch an der gleichen Stelle.

„Sie hat mich gesehen. Sie weiß Bescheid."

„Ich weiß", würge ich hervor. Ich will hier keinen Vampir-Gestaltwandler-Krieg auslösen. Fox hat mir einen Gefallen gemacht und ich habe ihm gerade übelmitgespielt, ganz gewaltig, ganz zu schweigen von dem Schaden, den ich im Club angerichtet habe. Ich muss so schockiert aussehen, wie ich mich fühle, denn in Fox uralten blauen Augen liegt Mitgefühl.

„Du hast vierundzwanzig Stunden, um deinen Scheiß auf die Reihe zu kriegen. Du kennst die Gesetze. Keine ungelösten Probleme."

Ich bleibe nicht, um mich mit ihm zu streiten. Angelina ist dort draußen und hat fürchterliche Angst. Ich renne ihr hinterher. „Angelina."

Sie stoppt nicht. Ich hole sie ein, kurz bevor sie ihr Auto erreicht, und fange sie um die Taille ein. „Warte, Baby."

Sie rammt ihre Ferse nach hinten gegen mein Schienbein, dann stampft sie auf meinen Fußrücken und bricht die Knochen. An irgendeinem Punkt in ihrem Leben hatte meine kleine Tänzerin einen Kurs in Selbstverteidigung. Aus irgendeinem Grund bringt es mich wie einen Irren zum Grinsen, dass sie mich angreift.

Aber ich nehme meine Hände von ihr und halte sie hoch. „Ruhig Blut. Lass es ruhig angehen, Angelina. Es tut mir leid."

Sie wird reglos, aber bleibt dem Auto zugewandt stehen.

„Ich weiß, dass du Angst hast. Ich weiß, dass du verwirrt bist. Ich hab es vermasselt. Gewaltig. Aber ich werde dir nicht wehtun. Ich verspreche es. Und ich werde auch nicht zulassen, dass dir irgendjemand wehtut."

Als sie sich endlich umdreht, schimmern Tränen in ihren Augen.

Das reißt mir die Brust weit auf.

Dann, ohne Vorwarnung, stürzt sie zur Tür ihres Autos.

Ich bin das größte Arschloch der Welt, denn ich lasse meine Hand auf die Tür klatschen, um sie zuzuhalten. „Renn nicht weg. Bitte renn nicht vor mir weg. Die einzige Möglichkeit, wie ich das hier in Ordnung bringen kann, besteht darin, dass wir einander vertrauen."

Ich weiß nicht einmal, was ich da eigentlich sage, aber ich vermute, dass es auf irgendeiner Ebene stimmt. Wenn Angelina von hier wegläuft, werde ich keine andere Wahl haben, als ihr Fox sofort hinterher zu schicken.

Und wenn sie es nicht tut?

Auf diese Frage habe ich keine Antwort. Ich sollte sie noch immer zu Fox bringen. Mein Alpha gab mir einen Befehl. Fox gab mir eine Frist. Aber ich will verdammt sein, wenn ich es tue.

≈

Angelina

. . .

VAMPIRE EXISTIEREN NICHT. Vampire existieren nicht. Vampire existieren nicht. Oh mein Gott, existieren Vampire?

Ich zittere am ganzen Körper.

Wenn sie davor nicht gelöscht werden musste, dann muss es jetzt auf jeden Fall geschehen.

Ich weiß nicht, was dort drinnen gerade passiert ist, aber ich glaube, Jared hat mich hierhergebracht, um mein Gedächtnis löschen zu lassen. Oder mein Gehirn. Und dann hat er seine Meinung geändert. Wie auch immer, ich werde nicht hierbleiben, um es herauszufinden.

Dort drin ist ein *Vampir*, der vermutlich absolut glücklich wäre, mich leer zu saugen und jetzt vertraue ich Jared nicht mehr.

Das ist der Teil, der wehtut. Und ich will auch nicht hier stehen und ihn sehen lassen, wie sehr. Als er seine große Pranke auf meine Autotür klatscht, ducke ich mich unter seinem Arm weg und versuche, wegzurennen.

Dämlicher Einfall. Er fängt mich ein, bevor ich auch nur zwei Schritte gemacht habe. Er hakt einen Arm um meine Taille und hebt meine Füße vom Boden. Ich schlage und trete um mich in dem Versuch, meine Absätze hoch genug zu kriegen, um ihn dort zu treffen, wo es zählt.

„Angelina. *Angelina.* Uuf."

Jepp, ich habe ihm voll in die Nüsse getreten.

Er reagiert, aber wird nicht so sehr davon außer Gefecht gesetzt, wie ich gehofft hatte. Daher stürze ich mich auf seine Augen, wie man es uns in dem Selbstverteidigungskurs beibrachte. Mein Fingernagel kratzt die Haut an seiner Wange auf, aber er fängt meine beiden Handgelenke ein und zieht sie hinter meinen Rücken. „Okay, *okay.*" Und dann hört es sich an, als würde er versuchen, nicht zu lachen, weshalb mein Temperament mit mir durchgeht. „Baby, bitte hör auf, dich zu wehren." Ich höre definitiv Gelächter in seiner Stimme.

„Das ist nicht witzig", fauche ich und trete wieder mit meinen Absätzen gegen seine Schienbeine.

Er springt zurück, wobei er nach wie vor meine Handgelenke festhält. „Ich weiß, dass es das nicht ist. Ich *weiß* es." Wir fahren fort, miteinander zu ringen – ich trete, er weicht aus. „Du bist einfach so verdammt niedlich und es törnt mich an, wenn du kämpfst. Es tut mir leid – es tut mir leid. Bitte, Angelina." Er hebt mich hoch, setzt mich auf die Motorhaube meines Autos und drängt sich zwischen meine Beine. Er hält noch immer meine Handgelenke gefangen, aber anstatt mit mir zu ringen, entscheidet er sich für eine Umarmung. Zumindest glaube ich, dass er das tut. Er lässt sein Gesicht in meine Haare sinken und atmet tief ein.

Und bleibt dort.

Ich bin erstarrt. Ich weiß nicht, was zum Kuckuck ich tun soll.

Er reibt sich an meinem Hals und die Stoppeln seines Bartschattens streifen meine Wange. Unser Atem vermischt sich in kurzen Zügen. Ich schwöre, ich kann unsere beiden Herzen als eines hämmern hören.

Er lockert seinen Griff um meine Handgelenke und weicht langsam zurück, als würde er testen, ob ich wieder davonlaufen werde.

Ich ziehe meine Hand zurück und verpasse ihm eine Ohrfeige, so fest ich kann.

Er sieht nicht überrascht aus. Es ist, als hätte er sie kommen sehen und beschlossen, sie hinzunehmen.

Meine Augen werden feucht und ich schlage ihn ein zweites Mal.

Und wieder lässt er es zu.

Und er besitzt jetzt den Anstand, ein zerknirschtes Gesicht zu machen, anstatt zu lachen.

Die Tränen rinnen über mein Gesicht. „Erzähl mir, was

dort drin passiert ist", verlange ich und wische mit meinem Handrücken über meine Tränen. „Du hast mich zu einem V- Vampir gebracht? Warum?"

„Fox hat auch Superkräfte. Er kann die Erinnerung von jemandem löschen."

„Aber warum…" Die Dinge sind so surreal, dass sich mir der Kopf dreht. Ich kann praktisch hören, wie sich die Puzzle- teile zusammenfügen. „Der Unfall. Deine Superkräfte. Du willst nicht, dass ich mich daran erinnere. Du hast mich zu einem Vampir gebracht, damit er meine Erinnerung löscht."

Er schließt die Augen und lehnt seine Stirn an meine. „Yeah."

„Was bist du, Jared?" Meine Stimme bricht. „Kein Vampir."

Wenn ich ganz ehrlich mit mir wäre, würde ich realisie- ren, dass ich schreckliche Angst davor habe, seine Antwort zu hören.

Seine große Hand umfängt meinen Nacken. Nicht bedroh- lich – tröstlich. Sein Daumen zeichnet winzige Kreise auf meiner Haut. „Gestaltwandler – Werwolf."

„Werwolf? Das ist… das ist unmöglich."

Er blinzelt und in seinen Augen flammt ein inneres Feuer auf. Ehrlich, sie leuchten richtig.

„Nein", keuche ich halb, stöhne ich halb. „Ich verliere den Verstand."

„Nein, das tust du nicht. Du bist perfekt. Ich bin der Freak."

Mein Gehirn fühlt sich träge an. „Also, deine Superkräfte…"

„Geschwindigkeit. Kraft. Superheilung. Und manchmal… werde ich haarig."

„Haarig?"

„Ich verwandle mich in einen Wolf."

„Oh mein Gott." Wir stehen hier und besprechen das Unmögliche – Vampire und Werwölfe – aber es macht alles Sinn. Ich sollte schreiend davonrennen wollen, doch seine Ehrlichkeit beruhigt mich.

„Aber du darfst nichts davon wissen, Angelina." Ich höre den Frust in seiner Stimme. Die Erinnerung daran, wie er einen Tisch auf den Vampir schleuderte, kommt mir wieder in den Sinn. Das Maß an Gewalt dort drinnen machte mich krank. Doch trotz der Tatsache, dass er derjenige war, der mich dorthin brachte, war er auch mein Beschützer.

Ich zittere noch immer und es wird bei seinem Geständnis nur noch schlimmer. „Bitte... lass mich einfach gehen." Ich meine es ernst, als ich es sage, aber der Gedanke, dass er mich loslässt, mich in mein Auto steigen und wegfahren lässt, jagt mir tatsächlich noch größere Angst ein. Ich will jetzt nicht allein sein. Obwohl er derjenige ist, der mir Angst gemacht hat, gibt es mir Halt, dass er da ist. Ein gewisses Maß an Trost. Und ich verdiene definitiv weitere Erklärungen.

„Ich... kann das nicht tun, Angelina." Seine Stimme ist schwer.

„Was wirst du dann mit mir machen?" Es ist kaum mehr als ein Flüstern.

„Ich weiß es nicht." Er schiebt seinen Unterarm unter meinen Po und hebt mich hoch, sodass ich auf seiner Taille sitze.

Meine Arme legen sich automatisch um seinen Hals, um das Gleichgewicht zu wahren. Obwohl ich ihn abweisen will – das hier zurückweisen will – fühlt es sich irgendwie schön an. „Bring mich nach Hause." Ich gebe mein Bestes, das Zittern aus meiner Stimme zu halten. Fordernd, anstatt bedürftig, zu klingen. Denn trotz des Zitterns ist mein Körper an seinem zum Leben erwacht und Hitze baut sich überall dort auf, wo wir uns berühren.

„Yeah, Baby. Ich werde dich nach Hause bringen." Er läuft zur Fahrerseite, aber anstatt die Tür zu öffnen, drückt er meinen Körper gegen das Auto, wodurch sein harter Penis direkt zwischen meine Beine gepresst wird, und seine Lippen verschließen meine.

Ich sollte ihn wegstoßen – ihn für das bestrafen, was er mir angetan hat – aber meine Lippen haben ihre eigenen Ideen. Ich erwidere den Kuss, dann setze ich mich durch, indem ich leicht in eine seiner Lippen beiße.

Er lacht an meinem Mund und küsst mich sofort wieder.

Verflixt. Trotz meines Widerstandes erregt mich jede Bewegung seiner Lippen, jedes Stoßen seiner Hüften. Kraft kehrt in meine Glieder zurück und nimmt mit der Hitze in meiner Mitte zu.

Seine Hände werden grob, seine Finger kneten meine Schenkel und drücken die Teile meines Hinterns, die zugänglich sind. Seine Zunge gleitet in meinen Mund und er verzehrt mich, leckt, saugt, knabbert, küsst. Als er den Kuss unterbricht, keuche ich.

Ich schlage ihn ein drittes Mal.

Es hat keinen richtigen Nachteil. Es befriedigt mich und belustigt ihn nur.

Er lächelt, fängt meine Hand ein und führt sie an seine Lippen. „Ich werde dich nach Hause bringen, Baby, unter einer Bedingung."

„Welche wäre das?" Ich streiche mir die Haare aus den Augen in dem Versuch, die Welt daran zu hindern, sich so schnell zu drehen.

„Du wirst mich hereinbitten."

Ich weiß nicht, warum das meine Nase wieder zum

Brennen bringt. Sein jüngster Verrat tut noch immer sehr weh, schätze ich mal.

„Hey." Ich weiß nicht, wie er meine Emotionen so deutlich lesen kann, aber er tut es. „Ich will mir hier keine Dreistigkeiten herausnehmen. Ich bitte nicht darum, in dein Bett kommen zu dürfen. Ich habe dein Vertrauen verloren und ich werde es mir wieder verdienen müssen. Das weiß ich. Ich denke nur, dass wir reden müssen. Ich schulde dir zumindest eine Erklärung."

Ich blinzle rasch und lasse meinen Kopf auf und ab wippen, da ich meiner Stimme nicht traue.

Reue schwappt über Jareds Gesicht und er küsst meine Stirn. Anschließend stellt er mich vorsichtig auf die Füße und setzt mich auf den Beifahrersitz des Autos.

Als er einsteigt, reibt er sich mit einer Hand über das Gesicht, bevor er meinen Wagen anlässt. Ich verschränke die Arme vor der Brust und starre stur geradeaus. Keiner von uns spricht auf der kurzen Fahrt nach Hause.

Bei meinem Haus angekommen, öffnet er die Tür mit meinem Schlüssel und lässt uns beide rein.

Warum wollte er noch mal reinkommen? Für einen Moment rasen einhundert furchterregender Szenarien durch meinen Kopf und ich weiche einige Schritte zurück.

Er hält seine Hände hoch und zeigt mir seine Handflächen. „Ich werde dir nicht wehtun."

„Warum bist du dann hier?" Irgendetwas an seiner Forderung ergibt keinen Sinn.

„Ich bin hier, um… dich zu überwachen, vermute ich. Ich kann nicht zulassen, dass du irgendjemanden anrufst und erzählst, was passiert ist. Ich muss dir klarmachen, was hier auf dem Spiel steht."

Ich nicke knapp. Okay, das macht Sinn. Ich schlinge

meine Arme um meine Taille und kauere auf der Sofalehne. „Also rede."

Er setzt sich auf den Polsterhocker und winkt mit einer Hand zum Sofa. „Bitte setz dich."

„Na schön." Ich setze mich und er schiebt den Hocker sofort nach vorne, bis er mir direkt gegenüber sitzt.

„Angelina. Ich will nur sagen, dass es mir leidtut."

Ich nicke einmal. „Danke."

„Und du sollst wissen, dass du nie in Gefahr warst. Okay? Ich habe dich dorthin gebracht, damit deine Erinnerung an meine schnelle Heilung gelöscht wird, das war alles."

Ich schürze die Lippen. „Warum hast du ihn dann gestoppt?"

Schuld huscht über Jareds Gesicht und er reibt sich über die Stirn. „Es hat sich nicht richtig angefühlt. Es hat mir nicht gefallen, dich unter seinem Einfluss zu sehen." Er klingt, als würde er das nur widerwillig zugeben.

Irgendetwas verschiebt sich in meiner Brust und ordnet sich neu an.

„Ich… ich will dich beschützen, Angelina."

Das Ding, das sich verschoben hat, erwärmt sich.

„Ich habe nur die Befehle meines Alphas befolgt, aber ich konnte sie nicht ausführen und dann reagierte ich über. Aber ich verspreche dir, ganz gleich wie es dort drinnen aussah, dir wäre kein Leid geschehen. Fox wollte dir nicht wehtun. Ich würde dir niemals wehtun."

Ich presse die Lippen zusammen, weil es sich anfühlt, als würde ich gleich wieder weinen. „Okay", sage ich, während ich geräuschvoll ausatme. „Ich glaube dir."

Jareds Gesicht verwandelt sich, die Spannungsfalten glätten sich und Überraschung hebt seine Brauen. „Das tust du?"

Ich nicke. „Ja."

„Komm her, Baby." Ich bewege mich nicht, aber er pflückt mich vom Sofa und zieht mich auf seinen Schoß. Er vergräbt sein Gesicht in meinen Haaren und küsst meine Schulter. „Okay." Er klingt erleichtert. „Gut."

„Also was jetzt?"

Seine Arme um mich spannen sich an und die Anspannung ist zurück. „Jetzt." Er seufzt. „Ich weiß es nicht. Besteht irgendeine Chance, dass du freiwillig zurückgehen würdest, um deine Erinnerungen löschen zu lassen? Das alles?"

Ich versuche, von seinem Schoß zu springen, aber er fängt mich ein und zieht mich wieder nach unten. „Langsam. Ich werde dich nicht zwingen. Ich erforsche nur die Möglichkeiten."

„Keine Chance", sage ich fest. „Absolut keine Chance."

Er gluckst. „Kluge Frau. Und ich liebe dein Temperament, Baby."

„Könnte ich nicht einfach versprechen, es niemandem zu erzählen? Dass ich dein Geheimnis mit ins Grab nehmen werde?"

Er schweigt einen Moment, dann sagt er: „Yeah. Ich werde dieses Versprechen von dir brauchen, Baby."

Ich drehe mich auf seinen harten Schenkeln um, um ihm in die Augen zu schauen. „Ich schwöre es bei Gott. Ich werde es niemals erzählen." Ich schlage mir aufs Herz und halte drei Finger hoch, im Pfadfinderinnenstil.

Seine Lippen zucken und er packt meine Finger und zieht sie an seine Lippen. Sein Kuss ist sanft – so viel zärtlicher, als ich ihn für fähig hielt.

„Jetzt schwörst du mir, dass du es nicht tun wirst." Ich blicke ihm in die Augen.

Er zögert und Enttäuschung durchströmt mich dickflüssig und kalt. Doch dann nickt er. „Ich verspreche, ich werde deine Erinnerungen nicht löschen lassen oder jemand anderen deine Erinnerungen löschen lassen, außer du gibst deine Zustimmung."

Sein Handy klingelt und ich nutze die Gelegenheit, um von seinem Schoß zu hüpfen. Nicht, weil ich nicht wieder mit ihm warm geworden bin. Mehr, weil ich muss. Dieser Mann übt eine gefährliche Anziehungskraft auf mich aus.

Er flucht und steht auf. „Hey." Er spricht in das Handy. „Nein, nicht so ganz."

Ich höre eine laute Männerstimme am anderen Ende und Jared blickt kurz in meine Richtung.

„Geht es um mich?", frage ich.

Er hält seine Hand hoch, als wolle er mir sagen, dass ich warten soll, und läuft aus meiner Eingangstür. Ich höre ihn draußen auf der Veranda, aber ich kann nicht hören, was er sagt.

$\sim$

Jared

„Was zum Teufel meinst du mit *nicht so ganz*? Waren meine Befehle nicht eindeutig?"

Garrett ist stinksauer, was nicht gerade überraschend ist.

Ich laufe einige Schritte von Angelinas Haus weg. „Es hat sich nicht richtig angefühlt, diesen Blutsauger in ihr Gehirn zu lassen."

„Mir ist scheißegal, was sich richtig für dich anfühlt. Ein Befehl ist ein Befehl. Das ist ein Rudelgesetz und du weißt es."

„Das ist mir egal." Ich gehe hier so viel zu weit, dass ich verbannt werden könnte, aber das ist mir jetzt vollkommen schnuppe. Ich habe bereits meine Entscheidung getroffen. Ich kann – werde – meinem Alpha nicht gehorchen. Ich werde mich den Konsequenzen stellen müssen, wie auch immer die aussehen. „Wenn sie irgendjemand anfasst – irgendjemand versucht, ihre Erinnerungen zu löschen – werde ich denjenigen umbringen. Das gilt für Fox. Das gilt sogar für dich."

So. Ich habe mir definitiv mein eigenes Grab geschaufelt. Er kann mich verbannen, wenn er will, ich werde Angelina mit mir nehmen und sie bis zu dem Tag beschützen, an dem ich sterbe.

Ein Teil von mir liebt diese Idee, so schrecklich das auch ist. Eine Entschuldigung, Angelina an mich zu binden.

Garrett wird totenstill.

Mein Herz donnert in meiner Brust und ich muss mich anstrengen, dass ich das Handy nicht in meiner Faust zerquetsche. Würde ich Garretts scharfes Einatmen am anderen Ende nicht hören, hätte ich gedacht, er hätte seines schon zertrümmert. Er verbraucht Handys schneller, als ich eine Schachtel Kekse von den Pfadfinderinnen essen kann.

„Willst du mir etwa sagen, dass sie deine Gefährtin ist?" Garretts Stimme ist leise und durchzogen von Gefahr.

Ich schließe die Augen, atme tief durch und bin dankbar, dass wir erst in zwei Wochen Vollmond haben werden. Ich kann meinen Wolf kaum in Zaum halten, während Angelina bedroht wird.

„Nein", sage ich schließlich, obwohl *Ja* zu sagen, dieses Problem lösen würde.

Ich kann mich nicht mit Angelina paaren. Sie ist ein süßer kleiner Mensch. Der Paarungsbiss würde sie vermutlich töten und definitiv Narben auf ihrem zarten Hals hinterlassen. Ballerinen haben keine hässlichen Narben an ihren Hälsen. Genauso wenig haben sie muskulöse, tätowierte Schwachköpfe als Gefährten – feste Freunde – was auch immer.

Angelina hat große Träume und eine strahlende Zukunft.

Ich könnte ihr das alles auf keinen Fall nehmen. Das ist nicht richtig.

Aber ich gab ihr auch ein Versprechen. Ich sagte, ich würde ihnen nicht erlauben, ihre Erinnerungen zu löschen.

Also was bedeutet das für mich?

„Was zum Teufel willst du mir damit sagen, Jared?"

Ich entscheide mich für die absolute Ehrlichkeit, weil Garrett alles andere durchschauen würde. „Hör zu, ich weiß es nicht. Dieses Mädchen bedeutet mir etwas. Ich wünschte, es wäre nicht der Fall, aber so ist es nun einmal."

Garrett verstummt abermals. Als er spricht, ist seine Stimme angespannt. „Ich werde dir zwei Wochen geben. Finde es heraus. Entweder du markierst sie und beanspruchst sie für dich oder lässt ihre Erinnerungen löschen. In der Zwischenzeit bleibst du wie Sekundenkleber an ihr haften. Stell sicher, dass sie nicht redet. Verstanden?"

Ich sollte mich nicht erleichtert fühlen. Zwei Wochen werden diesen beschissenen Berg eines Problems nicht lösen, aber ich bin erleichtert. Es sind zwei Wochen, die ich mit Angelina verbringen darf. Zwei Wochen bevor... fuck.

„Laut und deutlich."

„Gut. Und denk nicht, dass ich dir nicht das Fell über die Ohren ziehen werde, wenn ich dich das nächste Mal sehe."

Ich lächle, denn, nun – ich liebe Garrett. Und mir ist egal, ob er mich ungespitzt in den Boden rammt, denn ich verdiene es. „Yeah, ich weiß. Danke. Ich muss mich immer noch um Fox kümmern. Er hat mir vierundzwanzig Stunden gegeben."

„Sie weiß auch von ihm?"

Meine Glieder werden schwer. „Yeah."

„Ich werde mit ihm reden – ihm sagen, dass wir es unter Kontrolle haben."

„Danke, Kumpel."

„Jared."

„Yeah?"

„Viel Glück, mein Freund."

Ich lasse ein harsches Lachen verlauten. „Danke. Ich werde es brauchen."

„Yeah, das wirst du."

Ich weiß nicht einmal, was er damit meint, aber ich erinnere mich daran, wie verrückt er wurde, bevor er sich mit seiner menschlichen Gefährtin paarte. Trey und ich mussten ihn zurückhalten, damit er sich beim Vollmond nicht auf sie stürzte.

Denkt er, ich will Angelina markieren?

Ich habe den Drang bisher nicht verspürt, aber ich hatte auch noch keinen Sex mit ihr. Und das Schicksal weiß, sie weckt alle möglichen schrecklichen Sehnsüchte in mir.

Fuck.

Mein Wolf will sie vermutlich beanspruchen. Aber das kommt nicht infrage. Denn

A) Ich bin ein Gestaltwandler.

B) Ich bin ein Versager.

C) Sie spielt in einer ganz anderen Liga. Selbst wenn wir die Sache mit dem Paarungsbiss regeln könnten, Mädchen wie sie gehören nicht zu Kerlen wie mir.

Ich laufe wieder nach drinnen und finde Angelina, die gerade aus dem Bad läuft und ihre Zähne putzt.

Es ist so ein normaler häuslicher Akt, aber er schießt mir direkt in den Schwanz wie alles, das sie tut. Die Vorstellung, sie so zu sehen, als würden wir zusammenleben, erschüttert mich.

„Willst du die guten oder die schlechten Nachrichten?", frage ich.

Sie beißt zum Sprechen auf die Zahnbürste. „Gute Nachrichten."

Ich grinse wie ein Idiot, weil sie so verdammt süß

aussieht. „Die gute Nachricht ist, dass dir ein Hinrichtungs-aufschub gewährt wurde." Ich halte meine Hand hoch, als sich ihre Augen weiten. „Das ist nur eine Redensart, das ist alles. Ich habe Zeit, das Ganze zu klären."

„Wasch sind die schlechten Naschrichten?", will sie wissen, wobei die Zahnbürste nach wie vor zwischen ihren Zähnen klemmt.

„Du hast einen neuen Schatten. Ich muss ein Weilchen bei dir bleiben. Nur bis wir sicher sind, dass du nicht reden wirst."

Ich erwarte, dass sie mir sagen wird, dass ich mich zum Teufel scheren soll. Dass sie mir vielleicht wieder eine Ohrfeige verpasst, was mich nicht dermaßen antörnen sollte, aber das tut es. Stattdessen errötet sie bis in die Haarspitzen ihrer hübschen roten Haare. „B-bei mir bleiben wie? Bleibst du hier?"

Ich nicke. „Keine Sorge, ich werde das Sofa nehmen. Ich bin nicht hier, um mich dir aufzuzwingen. Nur um…" Ich stoppe. Nur um was? Zu entscheiden, ob sie meine Gefährtin ist? Mich damit abzufinden, ihre Erinnerung löschen zu lassen? Herauszufinden, wie verdammt schwer es ist, die Nacht unter dem gleichen Dach wie sie zu verbringen, ohne mich jede Minute dieser Nacht zwischen ihre Beine zu rammen?

Sie zieht ihre Augenbrauen hoch.

„– sicher zu gehen. Wie ich bereits sagte."

Sie läuft rückwärts zum Bad, wobei sie mich mit einem nachdenklichen Blick fixiert.

Was geht in ihrem hübschen Kopf vor sich?

„Na schön", sagt sie, bevor sie um die Ecke biegt und ins Waschbecken spuckt. Ich höre das Wasser laufen, aber kann mich nicht davon abhalten, ihr zu folgen.

Ich lehne mich an den Türrahmen. „Weißt du, dass ich

jedes Mal, wenn du *na schön* mit dieser schmollenden Stimme sagst, deinen süßen kleinen Arsch versohlen will, bis du kreischst?"

Ihre Lippen öffnen sich und sie unterbricht das Abtrocknen ihrer Hände, als hätte ich sie so schockiert, dass sie wie gelähmt ist. Ich bemühe mich, sie nicht anzuschauen, aber die steifen Spitzen ihrer Nippel drängen sich gegen ihr dünnes T-Shirt und ich rieche ihre Erregung.

Ich würde alles geben, um sie jetzt vögeln zu dürfen.

Es wäre auch nicht schwer, sie für mich einzunehmen. Sie ist bereits auf halbem Weg dort, allein von meiner versauten Drohung.

Aber ich werde es nicht tun.

Garrett hat mir nicht aufgetragen, hierzubleiben, damit ich in ihr Bett komme, ganz gleich, wie sehr sie mich auch antörnt.

Und sie verdient jemand Besseren als mich.

So viel besser.

„Dieses Mal werde ich dich vom Haken lassen", sage ich gedehnt und schenke ihr, was ich als mein charmantestes Grinsen erachte. „Aber betrachte dich als gewarnt." Ich schlendere davon, denn wenn ich noch eine Minute länger bleibe, wird sie selbst erleben, wie sehr ich ihr diese Shorts ausziehen will. Doch als ich durch den Flur laufe, höre ich ihre atemlose Antwort.

„Mach ich."

KAPITEL FÜNF

*A*ngelina

ICH WEISS NICHT, wie es mir gelang, zu schlafen. Ich träumte die ganze Nacht von einem muskulösen Werwolf, der in mein Zimmer kommt und mich fixiert. Der meine Beine weit auseinander zwingt und mich mit seinem Mund und Fingern verwöhnt, bis ich mich heiser schreie.

Mit Jared im Haus zu leben, wird so gut wie unmöglich werden. Ich höre ihn in der Küche herumhantieren, weshalb ich eine Shorts unter mein Schlafshirt anziehe und hinaus zur Küche tapse. Dort finde ich ihn, wie er meine Schränke durchsucht und verdrossen wirkt.

Am Morgen ist er sogar noch größer und beeindruckender. Seine Muskeln spannen sein eng sitzendes T-Shirt und Jeans wie ein Kunstwerk. Die Tänzerin in mir will auf ihm herumklettern wie auf einem lebenden Klettergerüst.

„Wonach suchst du?", frage ich.

Er schließt eine Schranktür und macht ein finsteres

Gesicht. „Kaffee. Ich wollte dir Kaffee machen, damit du munter in den Tag starten kannst. Oder trinkst du keinen?"

Ich schüttle den Kopf und bemühe mich, meine Freude darüber zu zügeln, dass er den Kaffee für *mich* will, nicht sich selbst. „Nicht, außer ich kaufe einen bei Starbucks. Ich mache mir morgens normalerweise einen Smoothie. Willst du einen?"

Er wirkt überrascht. „Ähm, yeah. Das wäre schön."

Ich laufe an ihm vorbei zum Kühlschrank und mache mich daran, Zutaten herauszuholen. „Was hast du für gewöhnlich zum Frühstück?" Ich stelle ihn mir als einen Steak und Eier Sorte Kerl vor angesichts dessen, dass er ein Wolf ist.

Apropos Wolf, mir sind eine Million Fragen eingefallen, die ich ihm stellen will, aber ich weiß nicht, ob er mir auch antworten will in Anbetracht dessen, dass ich eigentlich nichts wissen sollte.

„Oh, ich bin eine Dose Red Bull und alles, das sonst in Sichtweite ist, Sorte Kerl." Es liegt ein selbstironischer Unterton in seiner Stimme, den ich hasse, obwohl ich nicht genau sagen kann, warum es mich so sehr stört. Es ist irgendwie so, als würde er davon ausgehen, dass ich ihn verurteilen werde.

Ich schiebe mich an ihm vorbei und beginne, Sachen in den Mixer zu werfen: gefrorene wilde Heidelbeeren, Biohimbeeren, ein Schuss reinen Kirschsafts, eine Banane, einige Handvoll Spinat, Gelatine als Protein, Spirulina, Wasser und ein Spritzer Zitronensaft. Ich mixe alles und gieße es in zwei große Gläser mit Deckeln und Strohhalmen.

Als ich Jared seines reiche, hat er einen verträumten Ausdruck im Gesicht, als wäre Smoothie-Machen eine Art erotische Kunstform.

„Danke." Seine tiefe Stimme lässt Schmetterlinge durch

meinen Bauch flattern. Er leert sein Glas mit drei Schlucken und wischt sich den Mund mit dem Handrücken ab. „Köstlich. Dankeschön, Schönheit."

„I-ich werde in die Dusche hüpfen."

„Lass dich von mir nicht aufhalten." Er schenkt mir dieses charmante Grinsen, das Grinsen, das die Mädels im Club dazu bringt, ihre Brüste zu zeigen und sich zu absoluten Närrinnen zu machen.

Ich wirble herum und gehe schnell ins Bad, bevor ich mich diesem Club noch anschließe.

Natürlich denke ich die ganze Zeit, die ich in der Dusche bin, an ihn. Ich stelle mir vor, was passieren würde, wenn er beschlösse, einfach hereinzuplatzen. Habe ich die Tür absichtlich nicht abgeschlossen?

Ich fürchte, das habe ich.

Aber er kommt nicht rein. Was gut ist im Hinblick darauf, dass ich den ganzen Tag Kurse habe. Dennoch bin ich unglaublich befangen, als ich in nichts außer einem Handtuch vom Bad zu meinem Schlafzimmer renne. Warum habe ich meine Kleider nicht mit mir ins Bad genommen?

Ich bin mir ziemlich sicher, dass ich Jared glucksen höre, als ich meine Tür schließe, was es noch schlimmer macht. Ich sollte ihm nicht erlauben, mich in meinem eigenen Haus nervös zu machen. Ich schlüpfe in meine Tanzklamotten und ziehe eine Shorts und T-Shirt über meine Strumpfhose und Gymnastikanzug. Meine Haare werden nach oben zu zwei Knoten auf meinem Kopf frisiert – Antennenstil, nicht der Prinzessin Leia Stil.

Als ich rauskomme, lehnt Jared an einer Wand im Eingangsbereich und schaut auf sein Handy. Er saugt lange und langsam Luft ein, als er mich sieht, und seine Augen verschlingen mich, als wäre ich die pure Versuchung, nicht als wäre ich eine idiotische Primaballerina, die sich gleich am Morgen fürs Ballett anziehen muss.

Nun, ich schätze, er *ist* der große böse Wolf.

Und dieser Gedanke sollte mich nicht so feucht machen.

„Okay, also ich habe den ganzen Tag Kurse – ich werde nicht vor sechs Uhr oder so zurück sein." Ich ziehe meine Augenbrauen hoch.

Er nimmt mir die Schlüssel aus der Hand und schließt die Tür hinter uns ab. „Klasse. Ich werde fahren."

Ich bleibe stehen. „Warte... *was*?"

„Hast du gedacht, ich würde mich einfach um sechs wieder hier mit dir treffen? Nein, Baby, ich bin dein Schatten. Ich gehe dorthin, wo du hingehst." Er läuft zu meinem Auto.

„D-du kannst nicht mit mir in die Kurse gehen!", stottere ich.

Er stoppt an der Fahrerseite und lehnt sich auf das Autodach. Sein Grinsen ist teuflisch. „Ich kann, ja."

Ich ziehe eine Braue hoch. „Ach *wirklich*? Du wirst Ballettstunden nehmen?"

„Ich werde draußen warten."

„Woher willst du dann wissen, ob ich es nicht jemandem während dem Kurs erzähle? Das ist dämlich, Jared. Du kannst nicht jede Minute des Tages bei mir sein. Du musst nicht mit mir zur Uni kommen."

„Ich habe meine Befehle. Ich hafte wie Sekundenkleber an dir." Er mustert meinen Körper einmal von oben bis unten. „Und das ist mir nur recht."

Das Flattern in meinem Bauch erschwert es mir, eine harte Linie zu verfolgen. Ich muss zugeben, dass irgendetwas verlockend daran ist, Jared als Anhängsel zu haben. Aber es ist auch absolut lächerlich. Ich schiebe eine Hüfte raus. „Das kannst du nicht tun. Du wirst nicht dazu passen. Was soll ich den Leuten sagen?"

Sein Lächeln verrutscht und ich habe den flüchtigen Eindruck, dass ich ihn verletzt habe, auch wenn ich nicht sagen könnte wie. „Sag ihnen, ich bin dein Bodyguard. Komm schon, steig ein. Du wirst zu spät zum Unterricht kommen."

„Du weißt nicht einmal, wann mein Kurs anfängt!", protestiere ich, aber er hat recht.

„Doch, das tue ich. Ich habe auf deinem Handy nachgeschaut und deinen Kalender an mich weitergeleitet."

Ich fische mein Handy aus meiner Tasche und starre es an. „Und was? Hast du es auch verwanzt?"

Als er nicht antwortet, klappt mir die Kinnlade runter. „Ist das dein Ernst?" Plötzlich habe ich wieder Angst. Ich bin dieser Organisation – *Spezies?* – die ich nicht einmal verstehe, einfach nicht gewachsen. Ich dachte, ich könnte Jared vertrauen, aber jetzt bin ich mir nicht mehr so sicher.

„Hey, hey." Wie üblich nimmt er meine Stimmung wahr. „Beruhig dich. Was habe ich dir versprochen?"

Ich umklammere meine Tasche so fest, dass meine Knöchel weiß hervortreten. „Ich weiß es nicht", gifte ich murrend.

„Du bist bei mir in Sicherheit. Ich werde nicht zulassen, dass dir irgendetwas geschieht."

„Solange ich es niemandem erzähle." Ich spreche es als Feststellung aus, nicht als Frage.

Er nickt. „Solange du es niemandem erzählst."

„Und wenn ich es tue?"

Jareds Gesicht umwölkt sich und die Kanten seines Kiefers treten stärker hervor. „Du kannst es nicht tun." Sein Tonfall lässt keine Gegenargumente zu. Daran ist nichts zu rütteln. Er sagt es mir, wie es ist.

Ich stoße einen zittrigen Atem aus.

„Denkst du darüber nach, es jemandem zu erzählen?" Es

schwingt ein Hauch von Gefahr in seiner Stimme mit, etwas, das ich zuvor nicht gehört habe. Der Kerl ist riesig und ich habe bereits bei seinem kurzen Kampf mit dem Vampir gesehen, wozu er fähig ist. Aber in diesem Moment wird es ganz eindeutig, dass er tödlich ist.

Mein Herz hämmert gegen meine Rippen.

„Tust du es?" Sein Tonfall ist schärfer als ein Messer.

„*Nein!*" Ich bin sowohl beleidigt als auch wütend. Und habe nach wie vor eine Scheißangst.

Jared entspannt sich an der Sitzlehne – die er ganz nach hinten gegen den Rücksitz geschoben hat, um überhaupt einsteigen zu können – aber Furchen sind noch immer in seine Stirn gegraben. „Ich mag den Geruch von Angst nicht an dir, Baby." Seine Hände auf dem Lenkrad spannen sich an, als würde er es umklammern, damit er nicht nach mir greift. „Es tut mir leid, dass ich dir Angst eingejagt habe."

In meinem Kopf wirbeln eine Million unbeendeter Gedanken herum. Der einzig Konkrete, der an die Oberfläche treibt, ist, *er kann meine Angst riechen*?

„Klar", sagt er. Ich schätze, ich habe das laut ausgesprochen. „Und deine Erregung."

Ich erröte und werfe ihm einen Blick zu. Seine Lippen zucken und ich will ihn schlagen. Was dieser Mann mit mir anstellt! Ich schlage oder haue Menschen nicht. Jemals.

„Normalerweise parke ich ganz oben an der 5th Street und laufe. Auf dem Campus kann man nicht parken", informiere ich ihn, um das Thema zu wechseln.

Doch er biegt ab, fährt direkt auf den Campus und stoppt vor dem Tanzgebäude. „Du bist spät dran. Geh rein. Ich werde parken und mich nach deinem Kurs mit dir treffen."

Ich steige aus und strecke meinen Kopf durch die Tür. „Ich habe den ganzen Tag Kurse. Im Ernst. Komm einfach um vier zurück."

Er schüttelt den Kopf. „Ich werde nach dem Ballett da sein."

Ich verdrehe die Augen. „Na schön", sage ich, bevor mir seine Worte von gestern Nacht einfallen.

Sein Grinsen ist vom Teufel höchstpersönlich geborgt. „Jetzt bist du fällig."

Ich schlage die Tür zu und stapfe die Treppe hoch, während mein Gesicht rot brennt und mein Po bereits kribbelt, weil ich an das versprochene Spanking denke.

~

JARED

ES GIBT eine besondere Form der Folter für Männer, die es wagen, sich vorzustellen, sie wären einer Ballerina würdig. Es sind die hautengen Kleidungsstücke, die sie tragen, die als Kleidung durchgehen. Ich stehe vor der Tür von Angelinas Ballettkurs, spähe durch das Fenster und sterbe.

Buchstäblich. Ich sterbe. Mein Schwanz ist steinhart, vor allem weil ich jetzt daran denke, ihr den Hintern zu versohlen, und ich weiß nicht, ob ich den Tag überstehen werde, ohne etwas Dampf abzulassen.

Eine Gruppe Mädchen in Gymnastikanzügen und Strumpfhosen versammelt sich vor dem Studio. Sie lassen sich auf den Boden fallen und spreizen ihre Beine weit, um sich in Vorbereitung auf den nächsten Kurs zu dehnen. Manche von ihnen wirken angemessen empört, mich hier zu sehen – was ich von der jungfräulichen Masse verklemmter Tänzerinnen erwarten würde. Aber manche beäugen mich mit forschen Blicken, an die ich aus dem Club gewöhnt bin. Blicke, die über meine Muskeln und Tattoos wandern. Es ist diese Faszination vom Bad Boy, die sogar brave Mädchen dazu bringt, schlechte Entscheidungen zu treffen.

„Wartest du auf jemanden?", meldet sich eine zu Wort.

„Jepp."

„Wen?"

„Angelina. Den Rotschopf." Ich nicke zum Fenster, wo die Tänzer gerade Posen eingenommen haben, die denen auf dem Romeo und Julia Ballettposter an der Wand, an der ich lehne, ähneln.

„Oh ja. Sie ist klasse. Ich liebe Angelina", schwärmt eine von ihnen und legt bei ihrem Flirten noch eine Schippe obendrauf, obwohl ich ihr gerade von meinem Mädel erzählt habe.

„Das ist sie", murmle ich, während ich beobachte, wie sich mein Mädchen in vier aufeinanderfolgenden Kreisen dreht in Schuhen, die ihr erlauben, auf den Zehenspitzen zu stehen. Ihre Beine sind eine Meile lang und bestehen aus puren Muskeln. Ihr Körper ist ein Kunstwerk. Diese Angelina unterscheidet sich von der, die ich im Club gesehen habe. Sie ist ernst und präzise. Perfekt in jeder Bewegung. Und sie sieht recht unglücklich aus. Ich hoffe wirklich sehr, dass es nicht daran liegt, dass ich hier bin.

Eine Tür vorne im Studio öffnet sich und Tänzer strömen mit den Klängen edler Musik heraus. Klassik oder so ein Scheiß.

„Angelina!", kreischt eines der Mädchen in meiner Nähe. „Hier drüben."

Angelina wirft einen Blick auf mich und ihre Lippen werden schmal.

Verdammt. Ich ziehe sie definitiv runter.

Sie marschiert zu uns und ich rechne halb damit, dass sie an mir vorbeilaufen wird, doch stattdessen stoppt sie direkt an meinem Körper, das Gesicht nach oben geneigt, als würde sie auf einen Kuss warten. Einen wütenden Kuss.

Nein – besitzergreifend. Sie markiert mich vor ihren Freundinnen.

Heißes Alphaweibchen.

Man soll mir nicht nachsagen, dass ich eine Gelegenheit verschwende. Meine Lippen liegen auf ihren, bevor sie blinzeln kann und es ist auch kein kleines Küsschen. Ich verschlinge ihren Mund wie ein verhungernder Mann und ignoriere das glockenhelle Gelächter der Schar Tänzerinnen, die uns umringt.

Als ich Angelina freigebe, sind ihre Lippen geschwollen und ihre Augen glasig. Ich lege meine Hand um ihren Hals und beuge mich nach unten, um ihr ins Ohr zu raunen: „Markierst du dein Territorium, Baby?"

Sie reckt ihr Kinn in dieser niedlichen sturen Geste, die ich mittlerweile so sehr vergöttere. „Vielleicht." Und damit stolziert sie davon und überlässt es mir, ihr zu folgen.

Ich beeile mich nicht, sondern schlendere hinter ihr, sodass ich mich an dem Schwung ihres Hinterteils und dem Spiel ihrer muskulösen Schenkel sattsehen kann. Sie stoppt und bückt sich über einen Trinkbrunnen, obwohl sie eine halbvolle Wasserflasche bei sich trägt. Sie zieht eine Show für mich ab. Ich komme hinter ihr zum Stehen und mache einen zustimmenden Laut in meiner Kehle.

Denn ich bin mir ziemlich sicher, dass es das ist, was sie will.

Ich weiß zufälligerweise, dass ihr nächster Kurs erst in vierzig Minuten beginnt, was mir Zeit gibt, sie in die Finger zu kriegen. Wenn ich sie nur allein an irgendeinen Ort schaffen kann. Leider ziehe ich noch immer die Blicke jedes Menschen im Gebäude auf mich.

Ich dränge mich von hinten an Angelina, schlinge einen Arm um ihre Taille und ziehe sie nach hinten an meinen Körper, sodass sie meine harte Erektion fühlen kann. „Baby, bring mich an einen ruhigen Ort und ich werde dich angemessen dafür belohnen, dass du mir diesen Kuss angeboten hast."

Ich rechne halb damit, dass sie mir eine Abfuhr erteilen wird, doch ihre Augen huschen umher und dann packt sie meine Hand und zieht mich durch einen leeren Gang. Sie probiert es an einer Tür und findet sie verschlossen vor, woraufhin sie es bei einer anderen versucht. Sie öffnet sich.

Ich folge ihr in den Raum und presse sie an die Wand neben der Tür. Dadurch kann uns niemand durchs Fenster sehen und ich kann die Tür am Aufgehen hindern, falls jemand reinzukommen versucht. Ich habe innerhalb von Sekunden die Vorderseite ihres Gymnastikanzuges unten, die BH-Körbchen von ihr geschält und meinen Mund auf einem ihrer rosigen Nippel. Eine Hand drückt ihren Busen, während die andere zwischen ihren Beinen reibt. Ich schiebe sie in ihren Shorts nach oben und erforsche den Umriss ihrer Pussy durch ihren Gymnastikanzug und Strumpfhose.

„Baby, ich will diese Strumpfhose mit meinen Zähnen zerreißen", gestehe ich.

„Nein", keucht sie. „Bitte nicht." Sie drückt gegen meine Brust und ich zwinge mich, zurückzuweichen. Ich mag aggressiv sein, aber ich werde mich auf keinen Fall einer Frau aufzwingen.

Doch meine kleine Ballerina sinkt auf die Knie, den Kopf nach oben geneigt und den Blick auf mein Gesicht geheftet.

Meine Nasenflügel weiten sich und ich greife automatisch nach dem Umriss meines Schwanzes in meiner Jeans.

Sie öffnet meinen Knopf und zieht in einer sexy Show den Reißverschluss nach unten. Währenddessen beiße ich mir auf die Knöchel, um ein Stöhnen zurückzuhalten.

Sie sagt kein Wort. Keiner von uns tut das. Sie holt

meinen Schwanz raus und schlingt ihre schlanken Finger um die Wurzel.

In der Minute, in der sich ihre Lippen teilen, quellen Lusttropfen aus der Spitze. Ich bin ungefähr zwei Sekunden davon entfernt, zu explodieren, was mir nicht ähnlichsieht. Ich bilde mir etwas auf mein Durchhaltevermögen ein. Aber anscheinend habe ich keines, wenn es um diese Frau geht. Insbesondere angesichts dessen, dass ich mittlerweile seit Tagen wegen ihr blaue Eier habe.

„Fuck, Engel", bringe ich zähneknirschend hervor, als sie um die Spitze leckt. „Du wirst glimpflich davonkommen, denn ich bin ungefähr zwei Stöße vom Höhepunkt entfernt."

Ich liebe das zufriedene Lächeln, das sie mir schenkt, kurz bevor sie mich tief aufnimmt.

Oh beim Schicksal. Meine Eier ziehen sich zusammen und meine Schenkel werden steif. Ich packe ihren Hinterkopf und hämmere mich wie ein richtiger Dreckskerl in ihren Mund. Ich kann einfach nicht anders. Ich brauche die Erleichterung so sehr, dass ich blind werde.

„Angelina", würge ich hervor und strenge mich an, mich nicht komplett in ihrer Kehle zu versenken.

Sie spannt ihren Griff um meinen Schwanz an und stimuliert mich mit ihrer Faust. Ihre Zunge wirbelt über die Unterseite meines Gliedes und ihre Lippen umschließen es fest.

„Baby –"

Ich überlasse die Kontrolle wieder ihr und sie bewegt ihren Mund im Einklang mit ihrer Faust, wodurch ich das Gefühl habe, sie würde meine gesamte Länge aufnehmen.

„Fuck. Fuck ja. Ich werde kommen", warne ich sie, damit sie ihren Mund von mir ziehen kann, doch sie bleibt und saugt so heftig, dass sie das Chrom von einer Stoßstange ziehen könnte. Ich komme in ihrem zerstörerischen, heißen Mund und meine Augen rollen in meinen Kopf zurück.

Sie leckt mich sauber und steht auf, während ich meinen Schwanz zurück in meine Jeans stopfe.

„Gottverdammt." Ich packe ihren Nacken und ziehe ihr Gesicht nach oben zu meinem. „Erinnre mich daran, noch einmal das Wohlergehen deiner Strumpfhosen zu bedrohen."

Sie gibt ein überraschtes Lachen von sich, das ihr Gesicht erhellt, und ich sauge es in mich auf, während ich nach wie vor auf den Wogen der Euphorie meines Höhepunktes reite. „Nun, dein Ständer sah ziemlich schmerzhaft aus."

Ich grinse. „Ich kann nicht anders. Du trägst sogar im Nachtclub mehr Kleider und du weißt bereits, was ich von dem halte, das du dort anhast."

Sie lacht, ein heiserer Laut, der meinen Schwanz viel zu früh wiederbelebt. Wie es scheint, werde ich für dieses Mädel dauerhart sein. „Bist du dir sicher, dass es nicht daran lag, dass du die ganzen Tänzerinnen dort draußen gesehen hast?" Es steckt eine gewisse Schärfe hinter der Frage und ich habe ihren kleinen Eifersuchtsanfall im Flur nicht vergessen. Es ist wichtig, sie zu korrigieren.

„Nein, Baby. Nur du." Ihre Titten hängen noch immer raus und ich zwicke beide Nippel sachte. „Aber du darfst gerne jederzeit deinen Anspruch auf mich öffentlich geltend machen. Ich habe es jedenfalls granatenmäßig genossen."

Sie errötet, aber sie lächelt noch immer und ich stehle mir einen kurzen Kuss.

„Denk aber nicht, dass du dich damit später vor deinem Spanking drücken kannst."

Ihre Röte intensiviert sich noch, aber sie lehnt sich direkt an mich. Ich umfange ihren Po und ziehe ihre Hüften nach oben zu meinen. „Haben Werwölfe feste Freundinnen?"

Die Frage ist so unschuldig, aber so geladen.

Für uns beide.

Ich lockere meinen Griff um ihren Hintern und sacke

gegen die Wand. „Nein." Es bringt mich verdammt noch mal um, es auszusprechen, vor allem als ich sehe, wie sich ihre Miene verschließt. „Nicht mit Menschen."

„Oh." Sie beschäftigt sich damit, ihre Titten wegzupacken, und ich will mir selbst eine in die Fresse hauen.

„Hör zu –"

„Nein, du musst nichts sagen." Ihre Stimme klingt gezwungen. „Ich wusste von Anfang an, dass du nicht der feste Freund Typ bist. Deswegen habe ich auch die Bremse gezogen."

Ich bohre meine Finger in meine Handflächen, um mich davon abzuhalten, nach ihr zu greifen. „Yeah, ich weiß. Es tut mir leid. Ich versuche, deine Grenzen zu respektieren. Es ist nur wirklich verdammt schwer. Menschen törnen mich normalerweise nicht so sehr an, wie du es tust."

Damit verdiene ich mir wieder Augenkontakt, was eine tiefempfundene Erleichterung für mich ist. „Ich törne dich an?"

Ich ziehe meine Unterlippe durch meine Zähne. „So verdammt stark." Ich verlagere meinen Schwanz, der schon wieder wächst. „Aber ich werde Ruhe geben. Danke, dass du mir mit meinen blauen Eiern geholfen hast."

Sie zwickt meine Brustwarze durch mein T-Shirt. Es ist eine dreiste Tat, wenn man bedenkt, dass ich der Kerl bin, der gerne der Angreifer ist, aber ich erlaube es ihr. „Nun, ich sollte zu meinem nächsten Kurs gehen."

„Yeah." Ich öffne ihr die Tür und lasse sie hindurchgehen, aber folge ihr nicht. Sie braucht ihren Freiraum, so viel wie ich ihr geben kann. Ich warte, bis sie fast um die Ecke gebogen ist, bevor ich das Zimmer verlasse.

Verdammt.

Es fühlt sich an, als hätte ich gerade einen Bleiklumpen geschluckt.

∼

AGENT DUNE

DIE GESICHTSERKENNUNGSSOFTWARE FINDET REIN GAR nichts zu den Gesichtern, die sie von der Laborexplosion hat. Einschließlich Nashs. Es ist fast so, als wären sie absichtlich gelöscht worden. Aber von wem? Seinen Vorgesetzten? Oder jemandem auf ihrer Seite? Es würde einiges an extrem ausgeklügeltem Hacken bedürfen, um ihr System durcheinander zu bringen, aber er hat gelernt, niemanden zu unterschätzen. Unterschätze nie, vermute nie. Man muss offen für die verrückten Möglichkeiten bleiben, wenn man die echten Antworten will.

Hätte er nicht beim ersten Mal, als er etwas Unwirkliches an Nash sah, die Dinge als unmöglich abgeschrieben, hätte er vielleicht etwas über seine Vergangenheit erfahren können. Was sein Vater war. Was mit ihm passiert ist.

Daher würde er sich die Chance dieses Mal nicht entgehen lassen. Er würde die Bombenleger finden, jawohl. Aber er würde auch aufdecken, welches verfluchte Geheimnis in diesen gesprengten Laboren gehütet wurde. Was Data-X vorgehabt hatte. Gentechnik war seine Vermutung.

Und mehr als eine Partie wollte das vertuschen. Mehr als eine Partie hat ein wirtschaftliches Interesse daran.

Ein erklingender Warnton veranlasst ihn dazu, seinen Fokus wieder auf den Bildschirm zu lenken.

Ein Treffer.

Er liest die Akte. Über Parker Jones.

Wurde zu einer Befragung bezüglich illegaler Wetten in San Diego abgeholt.

Zielperson kooperierte nicht. Er wurde organisierter Käfigkämpfe beschuldigt sowie dafür, für besagte Kämpfe Wetten anzunehmen.

Nun, wie es aussieht, hat er einen Verdächtigen, den es ausfindig zu machen gilt. Er sammelt seine Ausrüstung und bereits gepackte Tasche zusammen, überprüft seine Waffen und verlässt das kleine Safe House, das ihm die Regierung zur Verfügung gestellt hat.

Parker Jones, mach dich darauf gefasst, mir einige Antworten zu geben.

KAPITEL SECHS

 *ngelina*

„Bɪᴇɢ ʜɪᴇʀ ʟɪɴᴋs ᴀʙ", dirigiere ich Jared. Er hat wieder darauf bestanden, zu fahren, aber ich bin damit einverstanden, weil:

A) Ich am Gehweg abgeholt werde.

B) Er mich in Ruhe gelassen und Mittagessen für Remy, Talya und mich besorgt hat.

C) All die gehässigen Tänzerinnen eifersüchtig sind.

Natürlich denkt jetzt jeder, dass er und ich ein Paar sind. Zu blöd, dass Werwölfe nicht daten.

„Also was? Ihr könnt mit Menschen Sex haben, aber wir sind nicht gut genug für eine Beziehung?"

Verflixt.

Ich habe doch versucht, diese Frage für mich zu behalten. Jetzt klinge ich wie eine verschmähte Frau.

Der Blick, mit dem mich Jared bedenkt, ist das pure

Elend, was es sogar noch schlimmer macht. „Nein, Baby. Das ist es nicht."

Ich warte, während er um Worte zu ringen scheint. „Wölfe sind gewalttätig. Man könnte uns auch primitiv nennen. Mich besonders. Wenn sich ein Wolf paart, gilt das üblicherweise fürs Leben. Er beißt sein Weibchen, um sie zu markieren und seinen Geruch dauerhaft in ihrer Haut einzubetten – und andere Männchen zu warnen. Wenn sich Wölfe erst einmal gepaart haben, verschwindet diese besitzergreifende Art nicht. Deswegen sage ich, dass es normalerweise fürs Leben ist. Selbst wenn sich ein Paar nicht versteht, würde ein Wolf seine Gefährtin niemals gehen lassen. Er würde ihr bis ans Ende der Welt folgen. Die Anziehungskraft verblasst nie."

Ich starre Jared schockiert an und versuche, zu entscheiden, ob er absichtlich versucht, mich abzuschrecken. Er zuckt mit den Schultern. „Also ja. Ich kann dich nicht in so etwas reinziehen. Du würdest den Paarungsbiss vielleicht nicht einmal überleben."

Ich bemühe mich, die Freude zu ignorieren, die durch mich kribbelt, weil er so redet, als hätte er sogar in Erwägung gezogen, sich mit mir zu paaren.

Ich meine, in menschlichen Begrifflichkeiten sprechen wir hier von einer Ehe, nicht vom Daten. Aber ich weiß es zu schätzen, dass er nicht gewillt ist, mich hinzuhalten, wenn keine Chance auf eine langfristige Zukunft besteht. Ich versuche auch, zu ignorieren, dass mich die Beschreibung der Besitzgier eines Wolfs antörnt. Das sollte sie nicht. Sie sollte mir definitiv Angst machen. Ich meine, was wenn der Kerl gewalttätig wäre? Das wäre ein echter Alptraum. Aber was, wenn er charmant und aufmerksam wäre? Übertrieben beschützend? Was wenn er einen ansähe, als wäre man das faszinierendste Wesen, das er jemals gesehen hat? Wenn er seine Hände nicht von einem lassen könnte?

Ich weiß nicht, ob ich so traurig wäre, für den Rest meines Lebens in dieser Situation zu sein.

Ich meine, zum Kuckuck. Wäre da nicht der Teil mit dem Biss, wäre ich vielleicht bereit, mich sofort dafür anzumelden.

Natürlich ist da immer noch das kleine Problem, dass meine Eltern einen Mann wie Jared niemals akzeptieren würden.

Ich weise Jared an, auf den Parkplatz des Altersheims meiner Oma zu fahren. Ich besuche sie jeden Montag und Donnerstag. Sie ist die Mutter meines Dads und der Himmel weiß, er nimmt sich nicht die Zeit, sie zu besuchen. Genauso wie er sich nie Zeit für mich nahm, als ich ein Kind war. Das Einzige, das dieser Mann tut, ist arbeiten.

Aber ich komme nicht nur wegen Schuldgefühlen oder eines Pflichtbewusstseins. Wenn sie bei klarem Verstand ist, ist sie eine fantastische Gesellschaft. Doch manchmal tauche ich auf und sie ist verwirrt, sogar streitlustig. Oft ist sie so launisch wie ein Kleinkind. Ich will definitiv nicht, dass Jared das miterlebt.

„Wo sind wir?", fragt er.

Ich ignoriere die Frage. „Du kannst mich einfach hier rauslassen." Ich deute auf die kreisrunde Einfahrt.

Er runzelt die Stirn.

„Komm in einer Stunde zurück."

Er ignoriert meine Anweisung und parkt auf dem Parkplatz. Als er Anstalten macht, seine Tür zu öffnen, blaffe ich: „Du kommst nicht mit."

Er wölbt eine Braue und der Anflug eines Grinsens, das seine Lippen umspielt, verrät mir, dass er es lieben würde, von mir herausgefordert zu werden.

Ich entscheide mich für die reine Ehrlichkeit. „Ich will nicht, dass du mit reinkommst. Du kannst hier warten, wenn du willst, aber…" Ich gebe jeglichen Stolz auf und richte meinen flehenden Blick auf ihn. „Okay?"

Er sinkt zurück in seinen Sitz und nickt.

„Ich werde nicht lange brauchen", verspreche ich, dann trete ich mir selbst in den Hintern, denn warum sollte ich mich beeilen? Ich habe nicht nach einer Begleitung verlangt.

„Lass dir Zeit, Baby. Ich werde hier sein."

„Okay, Danke." Ich schwinge meine Handtasche über meine Schulter und gehe nach drinnen, unsicher, was ich heute kriegen werde.

Jared

ICH WÄHLE PARKERS NUMMER. Er und seine Freunde sind auf dem Weg zurück nach San Diego, um Kämpfer und Besucher für die ersten Kämpfe in Tucson zu gewinnen. „Das Lagerhaus gehört uns."

„Echt?"

„Yeah, ich habe den ganzen Block von ihnen gemietet, sodass wir auch keinen Ärger mit den Nachbarn kriegen sollten. Wir werden den Käfig diese Woche installieren lassen."

„Gut. Wir können dieses Wochenende runterkommen, um ihn uns anzusehen."

„Was braucht ihr sonst noch?"

„Leute, die wetten. Jede Menge. Fang an, die Nachricht zu verbreiten. Nur Gestaltwandler, egal welches Tier. Lass deine Beziehungen spielen, mein Freund. Je mehr Zuschauer, desto mehr Geld kann verdient werden. Für uns und die Kämpfer."

„Ich verstehe. Ich werde mich darum kümmern." Ich weiß, der Verdienst wird gut sein und dieser Teil ist aufregend, aber für mich geht es hier nicht nur darum, reich zu werden. Mein Tier verzehrt sich nach Gewalt. „Wann können wir den ersten Kampf austragen?"

„Lass es uns Sonntag in einer Woche machen. Das gibt mir genügend Zeit, all die Kämpfe aufzustellen. Bist du gewillt, in den Käfig zu gehen?"

„Scheißt der Bär in den Wald?", frage ich. Wäre Trey am anderen Ende, würde ich fragen, ob der Papst in den Wald scheißt oder ob der Bär katholisch ist, denn wir bringen unsere dämlichen Redewendungen gerne etwas durcheinander, um uns gegenseitig zum Lachen zu bringen.

„Gut. Wie sieht es mit deinen Rudelkollegen aus?"

„Ich bin mir sicher, sie wären alle dabei, aber ich werde mich umhören. Wie viele brauchst du?"

„Mindestens vier. Wir können es beim ersten Mal als Kalifornien vs. Arizona bewerben. Meine Kämpfer gegen deine."

„Perfekt. Ich werde sie zusammentrommeln. Danke, Parker."

„Wir werden diesen Samstag kommen und uns mit dir in Verbindung setzen", sagt Parker.

„Klingt gut. Wir werden bereit sein." Ich lege auf. Ich muss zugeben, ich fühle mich mehr als ein wenig schmutzig, weil ich in Angelinas Auto Käfigkämpfe organisiere. Es ist, als würde ich sie besudeln, nur indem ich über gewalttätige Geschäfte nachdenke. Was genau der Grund ist, aus dem ich schlecht für sie bin. Ich steige aus und gehe in das Gebäude.

Ich weiß, dass Angelina nicht will, dass ich reingehe, und ich will ihr ihren Freiraum lassen, aber ich muss sie auch im

Auge behalten. Nicht, dass ich glaube, dass sie es jemandem erzählen wird. Oh zur Hölle, wem will ich hier etwas vormachen? Ich sehne mich nach dem Kontakt zu ihr. Ich will alles über dieses Mädchen wissen – einschließlich, wen sie in diesem Altersheim besucht.

Oma oder Opa vermutlich. Aber warum will sie mich nicht dabeihaben?

Oh richtig. Weil ich nicht die Sorte Kerl bin, den man nach Hause zu Mama bringt. Ich wusste das die ganze Zeit und dennoch trifft es mich in diesem Moment, in dem ich mich daran erinnere, wie ein rechter Haken gegen den Kiefer.

Eine liebenswürdig aussehende ältere Empfangsdame stoppt mich an der Rezeption, weshalb ich meinen Charme aufdrehe. „Ich bin nur mit Angelina Baker hier. Wissen Sie in welche Richtung sie gegangen ist?"

„Oh sicher. Sie besucht ihre Großmutter in Zimmer 115." Sie lächelt und deutet den Flur hinab.

Ich erwidere das Lächeln und winke ihr leicht zu, während ich in diese Richtung laufe. Ich werde Angelina nicht stören. Ich werde draußen warten.

Als ich zu dem Zimmer gelange, das mit dem Schildchen *Pearl Baker* versehen ist, steht die Tür offen und eine ältere Frau – wahrscheinlich ihre Oma – brüllt sie an. „Ich werde diese Tabletten nicht nehmen. Sie versuchen mich hier umzubringen! Diese Tabletten sorgen dafür, dass meine Gehirnleistung abnimmt. Hast du nicht bemerkt, wie sie weniger geworden ist, seit ich hier eingezogen bin?"

Angelina sagt etwas mit einer sanften und beruhigenden Stimme und hält ihrer Großmutter einen Löffel voll von etwas hin, das wie Apfelmus aussieht.

„Ich sagte Nein!" Die alte Frau schlägt den Löffel zu Boden und bespritzt Angelina mit Apfelmus.

Obwohl sie nicht in Gefahr ist, mache ich unfreiwillig einen Schritt nach vorne.

Muss sie beschützen. Mein Wolf wird immer so rastlos in ihrer Nähe.

„*Oma.*" Angelina springt auf und greift nach einer Serviette. Sie sieht mich im Türrahmen, bevor ich zurückweichen kann, weshalb ich reinlaufe.

Ich kann genauso gut versuchen, zu helfen, wenn ich kann.

Ich drehe meinen Charme auf die höchste Stufe und richte ihn direkt auf die alte Frau. „Wer ist denn diese hübsche Dame?" Ich schlendere in den Raum, die Hände in den Taschen, sodass ich nicht bedrohlich wirke.

Die alte Frau blickt mich einen Augenblick finster an, aber ihr Gesicht glättet sich, als sie mich mustert. Dann – ich schwöre es beim Schicksal – strahlt sie mich an. „Nun aber, hallo, junger Mann."

Es spielt keine Rolle in welchem Alter – ich erkenne einen Flirtversuch.

„Hi, Mrs. Baker."

„Jared." Angelina sagt meinen Namen knurrend.

„Kennst du diesen jungen Mann, Angelina?"

„Ja, Oma. Er ist ein… äh… Freund von mir."

„Sind Sie bereit, Ihre Tabletten zu nehmen?" Ich hebe den winzigen Plastikbecher hoch, der mit verschiedenfarbigen Tabletten gefüllt ist. „Ich werde noch einen Löffel holen."

„Nun –" Die alte Frau schaut von mir zu Angelina. „Ich nehme sie nicht gern."

„Ich habe einen Löffel", zwitschert Angelina. Sie hebt die Tablette vom Boden auf und putzt sie mit einer Serviette ab.

Ich nehme ihr den Löffel und die Tablette ab und löffle noch eine Ladung Apfelmus auf. „Hier bitteschön, Mrs.

Baker." Ich halte ihn an ihren Mund und zwinkere, als würde ich ihr etwas Geheimes und Spaßiges anbieten.

„Oh", kichert sie – ja, *kichert*. Es ist niedlich. „Nenn mich Pearl." Sie nimmt den Happen ohne weitere Proteste und schluckt ihn. „Setz dich zu mir, junger Mann. Woher kennst du meine Angelina? Du siehst nicht wie einer dieser verdrehten *Tänzer* aus."

„Oma!"

Ich setze mich neben die alte Frau und ziehe ihren Stuhl näher zu mir. „Nein, ich bin kein Tänzer. Ich bin ein Türsteher. Weißt du, was das ist?"

Sie streckt doch tatsächlich die Hand aus und drückt meinen Bizeps. „Oh ja. Ich wette, dass du so meine Enkelin kennengelernt hast, stimmt's? Hast du sie vor den garstigen Jungs beschützt?"

Angelina verkneift sich ein Lachen.

„Ja, Ma'am. Das ist mein Job, aber ich würde es auch tun, wenn es nicht mein Job wäre. Ihre Enkelin ist etwas Besonderes für mich."

Angelina erstarrt und das Gesicht ihrer Großmutter erblüht zu einem faltigen Lächeln. Sie tätschelt meinen Arm. „Das ist richtig. Das ist sie. Ich bin froh, dass du das siehst. Du bist der erste Junge seit langer Zeit, den sie hierhergebracht hat, und der Einzige, der etwas taugt."

„Oma", schimpft Angelina.

Ich zwinkere ihr zu. „Nun, erzähl mir was, Pearl. Musst du noch mehr Tabletten nehmen?"

„Nein, ich –"

„Doch, das musst du. Du hast noch eine, Oma." Angelina richtet noch einen Löffel mit Apfelmus und versucht, ihn ihrer Oma zu füttern. Als die alte Frau den Kopf wegdreht, nehme ich den Löffel.

„Komm schon, Pearl." Ich lege einen sanften Befehl in meine Stimme.

Sie öffnet gehorsam den Mund.

Angelina verdreht die Augen hinter der Schulter ihrer Oma.

„Nun, Oma, wir sollten vermutlich gehen."

„Noch nicht! Du bist doch gerade erst gekommen. Haben wir keine Zeit für einen Spaziergang?" Die ältere Frau bedenkt mich mit einem hoffnungsvollen Blick.

Ich wuchte meinen großen Körper aus dem Stuhl. „Natürlich haben wir das. Aber nur, wenn ich schieben darf."

Pearl strahlt. „So ein großer starker Mann wie du – da solltest du auch derjenige sein, der schiebt!" Sie schiebt den Tisch vor ihrem Rollstuhl zur Seite.

Ich hebe ihn aus dem Weg und übernehme die Kontrolle über den Rollstuhl. „Für den Weg an, Schönheit", murmle ich Angelina zu.

Die alte Frau schnappt meine Worte auf und strahlt zu mir hoch. „So ein charmanter junger Mann", sagt sie leise und verschränkt ihre Hände im Schoß. „Endlich ist Angelina auf der richtigen Spur."

Angelina

„ES TUT MIR LEID, ich weiß, du wolltest mich nicht dort drin haben." Jared wagt einen Blick zu mir, während wir rauslaufen.

Meine Güte – sieht er tatsächlich unsicher aus? Der großspurige taffe Kerl, der alles mit einem Grinsen und Selbstvertrauen beantwortet? Ich hasse es, ihn unsicher zu sehen, doch es ist wegen mir und das scheint den Schotter unter meinen Füßen ins Rutschen und Gleiten zu bringen.

„Machst du Witze? Sie hat dich geliebt. Ich wette, wenn du sie gebeten hättest, einen Kopfstand zu machen und bis dreißig zu zählen, hätte sie das getan – nur für dich. Ich hatte keine Ahnung, dass meine Oma auf Muskeln steht." Ich drücke seinen Bizeps so, wie es meine Oma tat.

Ihn zu berühren, war ein Fehler. In dem Moment, in dem meine Finger seine Haut berühren, knistert die Energie zwischen uns. Er schlingt seinen Arm um mich, legt seine Hand auf meine Hüfte und klopft auf meinen Hintern.

„Du hast gedacht, sie würde mich hassen." Er sagt es ohne Groll, aber es ist auch keine Frage.

Ich bleibe stehen. „Was? Nein." Warum zum Kuckuck sollte er so etwas denken? „Das ist nicht der Grund, aus dem ich dich nicht dort drin haben wollte. Ich wollte nur –" Ich unterbreche mich, weil ich Probleme habe, meine verworrenen Gedanken in Worte zu fassen. „Ich schätze, ich betrachte meine Oma irgendwie als persönlich. Nein –" Ich fange seinen Arm, als er von meiner Hüfte fällt. „Ich meine auf peinliche Art. Sie ist nicht immer bei klarem Verstand und du hast sie gehört – sie ist homophob und rassistisch und oft verschroben und unhöflich. Es wäre, als würde ich dir meine schmutzige Unterwäsche zeigen."

Ich ramme ihm meinen Ellbogen in die Seite, als ich sehe, wie sich ein verdorbenes Grinsen auf seinen Lippen formt. „Okay, blöde Analogie. Du magst wahrscheinlich die Höschen von Frauen."

„Ich würde es auf jeden Fall nicht ablehnen, deine Höschen zu sehen, Baby. Nicht heute. Nicht jemals."

Ich rolle mit den Augen und laufe zum Auto. „Du bist unverbesserlich."

„Und du liebst mich so." Er öffnet mir die Beifahrertür,

dann läuft er um den Wagen. „Gib es zu – du stehst auf den Bad Boy."

„Du hältst dich für den Bad Boy?"

Seine Brauen zucken. „Yeah. Du nicht?"

Das tue ich nicht. Überhaupt nicht. Klar, er hat Tattoos, aber wir haben nicht die Achtziger. Tattoos sind heutzutage die Norm. Nein, ich habe noch keines, teilweise weil meine Eltern ausrasten würden, aber ich habe vor, mir eines machen zu lassen. Sowie mir etwas Perfektes einfällt und ich mich für eine Stelle entschieden habe, an der es niemand sehen wird. Wie beispielsweise oben auf meinem Hintern.

„Du hast mir gerade die Autotür aufgehalten. Du beschützt mich vor widerlichen Typen. Du hast meiner Oma Apfelmus gefüttert. Nein, ich würde sagen, du bist der Held."

Jared starrt mich an. Seine haselnussbraunen Augen fangen das Licht ein und leuchten und mir stockt einen Moment der Atem, denn ich schwöre, ich kann den Wolf in ihm sehen. Ich meine damit nicht, dass er sich verwandelt hat, ich meine nur... ich sah etwas.

Wolfie.

„Ach komm schon. Ich bin nicht der Kerl, den du nach Hause bringen würdest, damit er deine Mutter kennenlernt."

Okay, das stimmt. Aus irgendeinem Grund verknotet sich mein Magen, wenn ich mir das vorstelle. Aber das liegt daran, dass meine Eltern voreingenommene High Society Leute sind, die ständig höher auf der Leiter klettern wollen und es brauchen, dass ich mich auf eine bestimmte Art verhalte, damit sie noch besser dastehen. Es hat nichts mit Jared zu tun.

Ich entscheide mich dafür, auf diesen Spruch nicht zu antworten. „Für mich bist du mehr Militärheld als Bad Boy."

Verletzlichkeit flackert auf Jareds Gesicht auf, bevor er

seine Aufmerksamkeit dem Anlassen des Autos widmet und losfährt.

Ich sage nichts mehr, denn ich merke, dass ich einen Nerv getroffen habe, aber ich weiß nicht warum.

„Das ist witzig." Er schaut nicht zu mir. „Ich war immer der Nichtsnutz, der nie viel auf die Reihe kriegt und ständig in Schlägereien gerät."

Ein Schauder durchläuft mich, gefolgt von heißer Wut. „Wer sagt das?", verlange ich zu wissen. Ich bin bereit mit jedem, der einen solchen Schwachsinn glaubt, in eine direkte Konfrontation zu gehen.

Er zuckt mit den Achseln. „Meine Eltern. Mein Alpha."

„Garrett?"

„Nein." Er schüttelt den Kopf. „Garretts Dad. Garrett war auch ein kleiner Rebell – unser Anführer. Wir spalteten uns als wertloser Teenagermüll von dem Rudel seines Dads ab und zogen hierher, um in Tucson für Chaos zu sorgen."

Seine Worte hinterlassen einen bitteren Geschmack in meinem Mund. „Du operierst mit einer ziemlich veralteten Sichtweise von dir selbst, Jared."

Unsicherheit flackert wieder in seinem Gesicht auf und ich beuge mich zu ihm. „Du bist alles andere als Müll."

Ein Vorhang geht bei dem Wort *Müll* hinter seinen Augen runter. „Ach, komm. Garrett mag etwas aus sich gemacht haben, aber ich bin nichts als seine Muskeln. Ein *Türsteher* in einem Nachtclub. Das kann man wohl kaum als einen Platz in der Welt für sich schaffen bezeichnen. Gewalt ist das Einzige, worin ich jemals gut war."

Aus irgendeinem Grund brennen meine Augen bei seinen Worten. Ich will ihm nicht glauben – ich glaube ihm nicht – aber der Gewaltteil macht mir Angst. Er hat bereits deutlich gemacht, dass seine Art viel gewalttätiger ist als der Durchschnittsmensch. Mir wird bewusst, dass er mich wieder vor sich selbst warnt.

Ich wäre dumm, diese Warnung nicht zu beachten.

Aber selbst wenn er gewalttätig ist – selbst wenn er etwas ist, das ich nicht verstehe – ich kenne dennoch die Wahrheit.

Dieser Mann ist es wert.

Er verdient so viel mehr, als er glaubt.

„Nun –" Ich räuspere mich und versuche, mit Vernunft durch seine Überzeugungen zu dringen. „Es gibt Platz für Krieger. Wären wir im Mittelalter, wärst du der verehrteste aller Männer. Der Bringer von Gerechtigkeit, der Beschützer von Ehre."

Jared fährt vor mein Haus und schaltet den Motor aus. Er starrt auf das Lenkrad und ein Tumult an Emotionen spielt sich auf seinem Gesicht ab.

„Also musst du nur herausfinden, wie der Krieger in die moderne Zeit passt. Wenn das der Vollstrecker für das Rudel und der Türsteher des Clubs zu sein ist, dann ist das nicht weniger wichtig als jede andere Rolle in der Gesellschaft. Du bist immer noch der Ritter. Ich meine, das bist du für mich."

Jared drückt seine Tür auf und steigt ohne ein Wort aus.

Habe ich ihn beleidigt? Mein Kopf geht noch einmal durch, was ich gesagt habe.

Meine Tür wird weit aufgerissen und Jared greift in den Wagen und schnallt mich ab. Es liegt eine dunkle Entschlossenheit auf seinem Gesicht, die ich nicht entziffern kann. Er hebt mich wie ein Kind aus einem Autositz hoch und legt seinen Unterarm unter meinen Hintern, bevor er mich hochhebt, sodass ich auf seiner Taille sitze. In dem Moment, in dem sich seine Lippen auf meine schmiegen, verstehe ich es.

Es ist keine dunkle Entschlossenheit – es ist Leidenschaft.

Er trägt mich zur Eingangstür, ohne den Kuss zu unterbrechen.

Wie die Prinzessin beim Ritter unterwerfe ich mich, die Arme um seinen Hals geschlungen, die Lippen auf seinen bewegend.

Jegliche intellektuellen Vorbehalte, die ich vielleicht gegenüber Jared gehegt habe, gehen nicht nur an meine körperlichen Sehnsüchte verloren – die seit unserem kleinen Intermezzo heute Morgen außer Rand und Band sind – sondern auch an emotionale Strömungen. Die Intensität, die Jared in Wellen absondert, ist etwas, von dem ich mich lieber umbringen lassen würde, als es zu unterbrechen. Denn sie ist allein auf mich gerichtet.

Und ich will verdammt sein, wenn ich ihn dieses Mal abblocken werde. Jared hat mir etwas zu geben. Und ich will es annehmen.

Er trägt mich zum Schlafzimmer, aber ich denke plötzlich an meinen Körper und unterbreche den Kuss. „Jared, ich sollte duschen – ich habe den ganzen Tag getanzt."

Er schwenkt zum Badezimmer ab und erobert meinen Mund von neuem. Ich werde sachte auf die Füße gestellt und er zieht mir das T-Shirt über den Kopf. Mein Bauch erschaudert beim Einatmen, als er meine BH verhüllten Brüste wie ein ausgehungerter Mann anstarrt.

Und dann ist sein Mund wieder auf meinem und seine Hand in meinen Haaren vergraben. Er drängt mich rückwärts, bis mein Hintern gegen den Waschtisch stößt und er die harte Beule seines Penis zwischen meine Beine presst.

Ich stöhne an seinen Lippen.

Jared löst sich von mir und ballt beide Hände zu Fäusten, wobei sein verkrampfter Kiefer auf seine Anspannung hinweist. Er keilt mich zwischen zwei Fäusten an dem Waschtisch ein, aber berührt mich nicht.

„Zieh deinen BH aus, Angelina." Seine Stimme ist tief und kratzig.

Ich greife hinter mich, öffne die Häkchen und lasse die Körbchen nach unten fallen, als die Träger von meinen Schultern rutschen.

Jared berührt mich noch immer nicht, aber sein Blick heftet sich wie ein Laserstrahl auf meine Brüste und es liegt Verwunderung auf seinen Zügen. „Ich versuche hier wirklich, langsam zu machen, Baby." Ein Hauch von Qual schleicht sich in seine Stimme. „Das Schicksal weiß, dass ich diese Knie weit auseinanderschieben und mich bis morgen in dich rammen will."

Meine Pussy zieht sich bei dieser Aussage zusammen.

„Aber du verdienst etwas so viel Besseres als das."

„Lass mich schnell in die Dusche", murmle ich, nach wie vor entschlossen, mich für ihn zu waschen. Ich habe an der Uni den Gymnastikanzug und Strumpfhosen ausgezogen, aber ich fühle mich von meinen Kursen noch immer schmutzig.

Seine einzige Antwort besteht darin, seine Lippen erneut auf meine zu pressen und mit seiner Zunge in meinen Mund zu lecken. Er weicht jedoch zurück, zieht meinen Hintern von dem Waschtisch und dreht sich weg, um das Wasser anzuschalten. Einen Augenblick später ist er zurück, seine Hände gleiten meine Seiten hinab und umfangen meinen Hintern.

Ich reiße den Knopf an meiner Shorts auf und winde mich aus meinem Höschen, während er abermals meinen Mund erobert. Es kostet mich sämtliche Willenskraft, mich von ihm zu lösen, aber ich tue es. „Ich bin gleich wieder zurück", verspreche ich und laufe rückwärts in die Dusche.

Das Wasser hat die perfekte Temperatur, aber ich kann nur daran denken, mich schnell einzuseifen, damit ich zurück zu Jared kann. Wie sich herausstellt, hat er nicht gewartet.

Der Duschvorhang öffnet sich und dort steht er in all seiner männlichen Pracht. Und lass mich dir eins sagen –

Jared ohne Klamotten ist atemberaubend. Er besteht nur aus Muskeln und zwar einer ganzen Menge. Tattoos winden sich um seine Schultern und seine Arme hinab. Goldene Brusthaare kringeln sich auf enormen Brustmuskeln. Seine Bauchmuskeln sind so definiert, dass man sie nachfahren kann, und seine Oberschenkel dick und kräftig. Hätten wir in unseren Anatomiemalbüchern ein Modell wie ihn ausgemalt, würde ich mich jetzt noch an jede Kurve jedes Muskels erinnern, ganz gleich wie klein er war. Denn es ist eindeutig, dass er sie alle benutzt.

Und dann ist da noch sein Penis. Ich sah ihn heute Morgen, aber jetzt steht er stramm und deutet auf mich. In einer großen Pranke hält Jared ein Folienpäckchen.

Er ist bei mir, bevor ich mich an ihm sattgesehen habe, nimmt mir die Seife aus den Händen und reibt damit über meinen Rücken, während er seinen Mund wieder mit meinem verschmilzt.

Ich stöhne in den Kuss und reibe meine steifen, nassen Nippel an seiner Brust.

„Angelina", krächzt seine Stimme an meinem Hals. Die Seife fällt zu Boden, aber er hebt sie nicht auf. Er streckt die Hand, die meinen Hintern umfängt, zwischen meine Beine und streichelt meine geschwollene Pussy.

Ich habe mich noch nie so hübsch, so begehrenswert gefühlt. Mein Körper brennt für Jared und ich will ihm so viel zurückgeben, wie ich erhalte. Ich hebe eines meiner Knie, um es um seine Taille zu legen, und reibe meine Klit an der Wurzel seines Schaftes.

Seine Finger gleiten in meine Pospalte und ich keuche, als er mit einer Fingerkuppe direkt zu meinem Anus vordringt. Wie beim ersten Mal, als er mich dort berührte, presse ich meine Pobacken reflexartig zusammen. Das hält ihn nicht auf und sein feuchter Finger gleitet über mein verbotenstes Loch, als wäre er zuversichtlich, dass es mir Lust bereiten wird.

Und – oh zum Kuckuck – das tut es. Ich will es nicht – es ist so verdammt peinlich – aber ja, ich reibe mich heftiger auf seiner Härte. Ich war noch nie in meinem Leben dermaßen angetörnt – ich befinde mich bereits auf halbem Weg zu einem Orgasmus nur von seinem Finger zwischen meinen Pobacken.

Doch nein, es ist so viel mehr als das. Es ist nicht einmal die Mechanik – es ist die Energie, die in allem steckt, das Jared hier tut. Ich spüre das Geschenk darin. Er nimmt nicht für sich. Er ehrt mich. Meinen Körper. Mit allem von sich.

Ich schnappe ihm das Kondom aus den Fingern und reiße es mit meinen Zähnen auf. Jared packt seine Schwanzwurzel und hält sie für mich fest, sodass ich ihm den Gummi überrollen kann. Sein Atem zischt zwischen seinen Zähnen hervor, als ich Kontakt herstelle, und ich realisiere, dass seine Schenkel genauso stark zittern wie meine.

Sowie das Kondom sitzt, drückt er mich nach hinten an die Duschwand und zieht mein Knie wieder nach oben zu seiner Hüfte. Seine Schwanzspitze stupst gegen meinen Eingang und ich wimmere vor Erregung. Das Verlangen, ihn in mir zu haben, ist so intensiv.

„*Ja, Jared*", keuche ich, als er seine Hüften gegen mich schaukelt und etwas Druck ausübt.

„Fühlt sich das gut an, Baby?" Er schiebt die feuchten Haare aus meinen Augen und blickt mit einer Intensität auf mich hinab, die mich erschüttert.

Mein Mund klappt auf, als er mich spreizt und in mich dringt. „Ja", gelingt es mir zu antworten.

„Gut", murmelt er, nimmt meine Hüften mit beiden Händen und neigt mich im genau richtigen Winkel. Er stößt tief in mich – so tief, dass mir der Atem stockt, während er mich füllt – und dann küsst er mich wieder. Seine Zunge vögelt meinen Mund im gleichen Rhythmus wie sein langer Penis.

Ich kann nicht genug kriegen. Ich knabbere an seinen Lippen und erwidere den Kuss mit allem, das in mir steckt. Ich brauche das hier, wie ich Luft zum Atmen brauche. Wasser zum Trinken. Tanzen in meinem Leben.

Meine Augen rollen bei jedem Stoß zurück in meinen Kopf. Ich schwebe halb im Delirium – ich wüsste meinen eigenen Namen nicht mehr, würde man mich fragen.

Jareds Lider sinken und seine Finger spannen sich mit so viel Kraft auf meinen Hüften an, dass sie vermutlich blaue Flecke hinterlassen. Das Wasser läuft unsere Körper hinab und verstärkt die Intensität der Empfindungen noch.

Bevor ich komme, schaltet er das Wasser ab und zerrt den Vorhang zurück. Er zieht mein anderes Bein um seine Taille und trägt mich aus der Dusche. Anschließend greift er sich ein Handtuch und wickelt es um meinen Rücken, während er zum Schlafzimmer geht.

Er legt meinen Rücken auf das Handtuch, während unsere Körper noch intim miteinander verbunden sind. Sowie ich unten bin, stößt er sich in mich, hält meine Hüften fest und sinkt so tief in mich.

Es liegt mir auf der Zungenspitze, ihm zu danken, ihn anzuflehen, eine Million dummer Dinge zu sagen, aber stattdessen stöhne ich und werfe meinen Kopf von links nach rechts, während er sich tief in mich rammt und zurückzieht, immer und immer wieder.

Er legt die Daumenkuppe einer Hand auf meine Klit und zwickt und zerrt mit der anderen an meinem Nippel.

Ich biege den Rücken durch und stoße meine Brüste der Decke entgegen, während sich ein heiserer Schrei von meinen Lippen löst. „J-Jared", keuche ich.

„Nimm es, Baby. Nimm alles."

Ich lasse los und falle nach hinten in eine Spirale der Lust, der Erlösung. Meine Pussy zieht sich um seine Härte zusammen, drückt und pulsiert um seine dicke Länge.

Ich sehe Galaxien, Sternschnuppen, die unglaubliche Leere von allem und nichts gleichzeitig. Mein Körper kennt nichts außer Ekstase und ich unterwerfe mich ihr ganz und gar. Als meine Sicht zurückkehrt – oder vielleicht als ich meine Augen öffne, da kann ich mir nicht so sicher sein – beobachtet mich Jared mit diesem verhangenen Blick und pumpt sich langsam rein und raus.

Mir wird bewusst, dass er noch nicht gekommen ist, und ich stemme mich auf meine Ellbogen. Er zieht sich aus mir zurück und hebt mich auf Hände und Knie, ehe er hinter mir auf das Bett krabbelt.

„Halt dich an dem Kopfbrett fest, Baby", weist er mich sanft an. Es liegt ein Befehl in seiner Stimme, aber auch so viel Zärtlichkeit. Ich hatte noch nie einen Mann wie ihn, aber es ist genau das, was ich brauche, wonach ich mich immer gesehnt habe. Das ist der Mann aus den Fantasien, von denen ich nicht einmal wusste, dass ich sie habe.

Ich rutsche nach vorne, um mich an das Kopfbrett zu klammern.

„Das ist es. Sag mir, wenn es zu viel ist." Er stößt wieder in mich und ich verstehe seine Sorge sofort. In dieser Position dringt er sogar noch tiefer. Seine Hüften schnellen nach vorne und werfen mich kraftvoll vorwärts. Ich muss meine Arme gegen das Kopfbrett stützen, damit ich nicht gegen die Wand krache, obwohl er meine Taille festhält.

Es ist fantastisch. Zu viel und zugleich nicht genug. Ich fühle mich zur gleichen Zeit wie eine geschätzte Prinzessin und eine schmutzige Schlampe. Ich fliege so verflixt hoch, trunken von Jared, von all dem Begehren und Verlangen, das er in mir erweckt hat.

„Fuck, ja. Drück diesen Rücken für mich durch, Baby." Er lässt eine Hand über meine Wirbelsäule gleiten und einen leichten Schlag auf die Seite meines Hinterns krachen.

Ich drücke den Rücken für ihn durch – ich würde gerade alles tun, worum er mich bittet. Vor allem wenn er diesen ehrfürchtigen Tonfall benutzt, als wäre ich die Sexgöttin höchstpersönlich.

Sein Atem geht schwerer und seine Bewegungen werden ruckartig. Es wird zu wild – nicht für meine Pussy, aber für meinen Rücken und Schultern. Bevor ich etwas sagen muss, verändert er seine Position, beugt seinen Oberkörper über meinen und stemmt eine Hand neben meine gegen das Kopfbrett. Seine andere Hand führt er zu meinem Busen und zwickt meinen Nippel, den er zwischen seinen Fingern rollt und zupft.

Ich stöhne. Er streichelt mit seiner Hand über die Fläche meines Bauches und findet wieder meine Klit.

Ich erschaudere, aber er beißt mir ins Ohr. „Nicht bis ich es dir sage, Baby."

Ich werde ruhig und höre zu.

„Verstehst du? Du kommst nicht, bis Daddy es dir erlaubt."

Ich habe keinen blassen Schimmer, warum er sich *Daddy* genannt hat, aber es legt einen Schalter in mir um. Es ist schmutzig und heiß. Meine Pussy zieht sich zusammen, meine Zehen krümmen sich und mein Rücken wölbt sich.

Er gluckst, wobei seine Lippen direkt an meinem Ohr sind. Ich genieße das tiefe Rumpeln und verinnerliche die Noten, als wären sie die Musik, zu der ich tanze. Er setzt sich zurück auf seinen Hintern und zieht meine Hüften mit sich, sodass wir beide aufrecht sitzen. Ich winde mich auf seiner

Härte, da ich die Stöße vermisse, und er benutzt seine Hände an meiner Taille, um mich schneller als der Duracell Hase auf ihn zu heben und zu senken.

„*Oh mein Gott, oh mein Gott.*" Ich werde nicht lange durchhalten. Warum hat er mir gesagt, dass ich warten muss? Ich weiß ehrlich nicht, ob ich das kann, und dennoch ist es ein Ding der Unmöglichkeit, ihm nicht zu gehorchen.

Mir ist schwindlig und jedes Nervenende in meinem Körper summt und summt. Er hämmert sich in mich, während ich auf ihm hüpfe, meine kleinen Brüste wackeln und meine nassen Haare schwingen.

„Fuck, ich kann mich einfach nicht entscheiden, wie ich in dir kommen will, Baby. Jeder Anblick ist besser als der vorhergehende."

Ich schaue über meine Schulter zu ihm und er knurrt. „Ja, *gottverdammt*. Ich will dieses hübsche Gesicht sehen. Dreh dich um."

Ich wirble herum und setze mich rittlings auf seine Taille, aber er legt mich auf meinen Rücken und setzt sich wieder auf, sodass mein Hintern auf seinen harten Schenkeln liegt und meine Beine um seine Taille geschlungen sind. Er krümmt seine Hände um die Oberseite meiner Schenkel und lässt sie nach hinten gleiten, um meinen Hintern zu packen und mich auf seinem Schwanz vor und zurück zu ziehen.

„Das ist es. Schau mich an, Baby. Genau so."

Selbst wenn ich nicht so benebelt von Lust wäre, dass es mir egal ist, dass ich beobachtet werde, während ich die Kontrolle verliere, sein Blick ist einhundert Prozent wertschätzend. Ich bade in dem heißen Schweinwerfer seiner grünen Augen. Er reibt mit seinem Daumen über meine Klit und vögelt mich, während er vor sich hin grummelt – nein, knurrt. Aber es ist mehr ein Schnurren als ein Knurren.

Er wechselt seine Hände, schiebt sie unter meinen Po und

spreizt meine Backen. Als er mit einem Finger gegen meinen Anus tippt, bin ich verloren.

„Jetzt, Baby. Komm für mich." Sein gutturaler Tonfall ist so drängend wie mein Verlangen. Zum zweiten Mal zersplittere ich und meine Hüften bocken auf und ab, während der Höhepunkt schneller durch mich knallt als eine Peitsche. Der Orgasmus ist sogar noch größer als mein letzter. Ich schreie, umfange meine eigenen Brüste, quetsche meine Nippel, wie es Jared tat, drücke und reibe sie hart an ihm.

Jared stößt ein Brüllen aus und erhebt sich auf die Knie. Meine Knöchel landen auf seinen Schultern und er vögelt mich hart. Seine Lenden klatschen gegen meinen Hintern, während er die Vorderseite meiner Schenkel festhält. Sein Gesicht verzerrt sich, seine Augen leuchten mehr gelb als grün.

„Beim Schicksal, ja, Angelina!", brüllt er. Seine kräftigen Schenkel zucken, die Muskeln an seiner Brust und Hals wölben sich und sein hübsches Gesicht verzieht sich. Ich schwöre, ich spüre die Hitze seines Spermas, obwohl er ein Kondom trägt.

Ein lustvoller Schauer durchläuft mich, die Nachbeben meines Orgasmus, und meine Pussy drückt seinen Penis.

Jared stöhnt. „Milkst du alles aus mir, Baby?"

„Mmm hmm."

Er bewegt sich nicht, sondern beobachtet mich nur mit verklärtem Blick, während sein Glied nach wie vor tief in mir vergraben ist. Nach einem langen Moment legt er einen Arm um meine Taille und beugt sich nach unten, um meinen Bauch zu küssen.

„Hübsches Mädchen. Ich will nicht, dass es endet." Aber es endet. Er zieht sich aus mir und läuft zum Badezimmer, um das Kondom zu entsorgen. Ich beobachte, wie sein muskulöser Hintern spielt, als er geht, und seufze.

Ich will auch nicht, dass es endet.

Aber das muss es, oder nicht?

JARED

ICH KEHRE mit einem weiteren Handtuch zu Angelina zurück. Sie hat sich nicht bewegt. Ihre reizende, geschmeidige Tänzerstatur liegt wie ein Kunstwerk ausgestreckt auf der Matratze. Ich schätze, in ihrem Fall ist ihr Körper ihre Kunst. Macht ihre Kunst.

Was für ein spektakuläres Medium.

Ich sollte fertig sein. Ich habe ihr gerade das verfluchte Gehirn rausgevögelt. Nein – das stimmt nicht. Ich habe *Liebe* mit Angelina *gemacht*.

Das ist etwas, das ich noch nie zuvor getan habe. Ich bin ein grober Liebhaber. Fordernd. Dominant. Ich fühle all diese Dinge trotzdem bei ihr – will immer noch ihren Hintern rosa versohlen und sie fesseln – aber was habe ich gerade mit ihr getan? Es war vollkommen anders.

Und obwohl ich wusste, dass sie nicht wollte, dass wir intim werden, konnte ich mich nicht zurückhalten. Ich musste Liebe mit ihrem Kunstwerk eines Körpers machen. Ich musste ihr ohne Worte zeigen, wie viel mir ihre Worte bedeutet haben. Was sie mit mir anstellt.

Und jetzt kann ich mich nicht davon abhalten, auf das Bett zu krabbeln und ihre Knie auseinander zu ziehen. Ich senke meinen Kopf und ziehe meine Zunge durch ihre Falten.

Sie stöhnt und versucht, meinen Kopf wegzustoßen. „Nicht mehr. Ich kann nicht mehr ertragen."

Ich lecke erneut. „Bist du wund, Engel?"

„Nein. Ja. Aber es ist nicht das. Ich – ich kann einfach nicht mehr ertragen. Es ist zu viel."

„Oh Baby. Es liegt nicht an dir, mir zu sagen, was zu viel ist. Ich entscheide, wie viel Lust du bekommst. Wann du kommst. Wie heftig. Denk nicht, dass ich nicht bemerkt habe, wie sehr es dir gefallen hat, als ich dich gezwungen habe, auf deinen Orgasmus zu warten."

Ihre bleichen, schlanken Finger vergraben sich in meinen Haaren. Trotz ihrer Worte zieht sie meinen Mund näher.

„Ich weiß, was du brauchst, Schönheit." Ich sauge an ihrer Schamlippe und knabbere daran. Ich mache meine Zunge flach und fahre damit über ihre Klit.

Ihre Beine beginnen, auf dem Bett zu zappeln. „Warum?", jammert sie.

„Warum was? Warum ich dich noch einmal zum Kommen bringen werde?"

„Ja", keucht sie.

„Weil ich es muss." Das ist die gottverdammte Wahrheit. Es ist, als wäre ich geboren worden, um ihren unglaublichen Körper zu verehren.

„Jared", wimmert sie, während ihre Finger an meinen Haaren reißen.

Es wird nicht lange dauern, sie zum Kommen zu bringen. Wäre ich mehr in Dom-Laune, würde ich sie länger leiden lassen, aber wie es scheint, bin ich großzügiger Stimmung. Ich spreize sie weit und lecke mit der Zunge über ihre Rosette, woraufhin sie kreischt und erschaudert. Ich lecke eine lange Linie zwischen ihrem Anus und Klit, vor und zurück, bis sie vor Verlangen schluchzt und ihre Innenschenkel zittern, wo sie sich an meine Ohren pressen.

Ich umschließe ihre Klit mit meinem Mund und sauge.

Sie schreit.

Ich schiebe zwei Finger in sie und finde ihren G-Punkt an

ihrer inneren Wand. „Du darfst kommen", sage ich sanft und drücke meinen Mund wieder auf ihre Klit.

Ich sagte nie, dass sie nicht kommen könnte, aber es ist, als hätte sie auf meinen Befehl gewartet. In dem Moment, in dem die Worte meinen Mund verlassen, zieht sie sich um meine Finger zusammen. Ich sauge an ihrer Klit und streichle ihren G-Punkt, bis sie fertig ist.

Ihr Körper zittert, weshalb ich sie in die Bettdecke wickle und mich von hinten an sie schmiege, während sie von dort runterkommt, wo auch immer sie um die Erde gekreist ist. Nach einem langen Moment sagt sie: „Ich bin am Verhungern."

Ich lache. „Ich auch, Baby. Soll ich uns etwas besorgen? Oder kann ich dich ausführen? Was du auch willst. Sag es einfach."

„Tacos vom Foodtruck? Beim Kongress?"

Ich stehe auf, vollkommen bereit, das Essen zu holen, doch sie steht ebenfalls auf und zieht ihre Kleider an. Ich kann die leichte Befriedigung nicht leugnen, die ich verspüre, weil ich sie in meiner Nähe behalten darf. Weil ich sie ausführen und ihr Essen kaufen darf. Sie versorgen darf.

Du bist immer noch der Ritter. Ich meine, das bist du für mich.

Ganz gleich, was zwischen mir und Angelina passiert, diese Worte werde ich nie vergessen. Nicht so lange ich lebe. Zu hören, dass sie mich als Held und nicht als Müll sieht? Das hat etwas in mir neu angeordnet.

Ich kann es jetzt nicht tun, weil ich noch zu voll von Angelina bin, aber ich freue mich darauf, dieses Gespräch gedanklich noch einmal durchzugehen. Es auseinander zu nehmen. Da steckt etwas Wichtiges in den Worten – irgendein Hinweis dazu, was in meinem Leben gefehlt hat. Angelina hat es vielleicht gerade in den Fokus gerückt.

KAPITEL SIEBEN

*A*ngelina

DIE BESETZUNGSLISTE für die Fakultätsshow wurde vor dem Hörsaal ausgehängt. All die Tanzstudenten sind dort versammelt, als ich ankomme, während mein zwei Meter Schatten hinter mir her zottelt.

Er hat mich zum Abendessen ausgeführt und gestern Nacht in meinem Bett geschlafen. Er benimmt sich wie mein fester Freund und es fühlt sich zu gut an, um ihm zu sagen, er solle damit aufhören.

Obwohl ich weiß, dass es enden wird.

Er weiß es auch. Er war schweigsam – nicht unbedingt grüblerisch, aber nachdenklich. Die Falte zwischen seinen Brauen ist seit dem Abendessen gestern Abend nicht verschwunden. Ich bin ein Feigling, weil ich noch nicht den Willen hatte, das Thema von „Uns" anzuschneiden.

Irgendwie weiß ich, dass er heute Nacht wieder auf der Couch schlafen wird. Und dieser Gedanke verursacht mir

Schmerzen direkt hinter meinem Brustbein. Sogar noch schlimmer ist der Gedanke, dass er am Ende der zwei Wochen gehen wird.

Selbst jetzt lässt er sich zurückfallen und gibt mir Freiraum. Verschwunden ist das neckende Grinsen von gestern.

Ich versuche, das Dilemma aus meinen Gedanken zu vertreiben und werfe einen Blick auf die Besetzungsliste. Ein Balletttanz. Ein moderner Tanz. Proben starten morgen.

Ich sollte dankbar sein. Manche Tänzer in meiner Nähe bemühen sich, nicht zu weinen. Ich bemerke, dass Talya das moderne Tanzstück mit mir ergattert hat. Remy ist nirgends reingekommen. Sie tritt hinter mich, um die Liste zu überprüfen, und ich drücke ihre Hand.

„Wurde ich wieder abgelehnt?"

„Es tut mir leid."

Remy zuckt mit den Achseln, aber ich weiß, dass es sie stört. Es ist einer der Gründe, wegen denen ich sie gefragt habe, ob sie bei dem Eklipse-Ding mitmachen will. Nein – das stimmt nicht. Ich fragte sie, weil ich sie mag und ich wusste, dass sie großartig sein würde. Aber ich habe auch das Gefühl, als könnte sie so viel heller strahlen, als sie das in der Schule tut. Wenn sie an den fünfzehn Pfund vorbeischauen würden, die sie laut ihnen abnehmen soll. Jepp, sie erhielt den gefürchteten „Fettbrief". Den Brief, vor dem ich ständig Angst habe, dass ich ihn kriege. Er kommt mit einem empfohlenen Besuch bei einem Ernährungsspezialisten auf dem Campus und einer bestimmten Zahl, die sie bis zu einem bestimmten Termin sehen wollen. Oder man ist aus dem Programm raus.

Ich mache keine Witze.

Also ja. Ich habe noch keinen erhalten, aber sie ist immer in meinem Hinterkopf. Diese Drohung, die mir im Nacken sitzt. Das ist Teil des Grundes, wegen dem ich denke, dass ich nicht hierher passe. Nicht, dass ich hier alles erreicht hätte, dass ich erreichen wollen sollte. Aber es ist, als wäre das ein Leben, das ich nicht mehr leben will. Es ist das Leben, das meine Mom wollte. Das, das mein Dad für praktisch hielt.

Es war nie mein Traum.

Ich drehe mich um und stelle fest, dass Jared noch immer im Hintergrund herumlungert, mich aber eindringlich beobachtet, als wäre ich ein Puzzle, das er zu lösen versucht. Ich schlinge meine Tanztasche über meine Schulter und laufe zu ihm. Die Klänge von Prokofievs Romeo und Julia dringen aus einem nahegelegenen Klassenzimmer und ich verspüre den plötzlichen wilden Drang, zu ihm zu tanzen. Aber nein. Auch wenn ich es bereits liebe, ihn vierundzwanzig Stunden am Tag an meiner Seite zu haben, sollte ich das Ganze abkürzen. Denn im Ernst – wenn ich mich an das hier gewöhne, wird es mich umbringen, wenn es vorbei ist. Ich werde ihn vermutlich anflehen, dass sie mir die Erinnerungen löschen.

Ich lege eine Hand auf seine Brust und liebe es, wie er den Bauch bei der Berührung einsaugt. „Ich habe wieder den ganzen Tag Kurse, Großer. Du musst wirklich nicht bleiben."

Seine Kehle arbeitet, als er schluckt, und seine Augen liegen auf meinen Lippen. „Das muss ich." Seine Stimme ist rau.

„Jared."

Sein Blick hebt sich zu meinen Augen.

„Du kannst mir mit deinem Geheimnis trauen."

Er atmet scharf ein. „Ich weiß." Die Worte fliegen aus seinem Mund, als hätte er vor dem Sprechen nicht nachgedacht. „Ich weiß", wiederholt er. Sein Gesicht verschließt sich. „Ich habe Befehle…"

„Ich werde um drei noch immer hier sein, wenn du mich abholst. Nichts wird in der Zwischenzeit passieren." Ich hebe meine Hand zum Schwur. „Indianerehrenwort."

Als sich seine Mundwinkel zu diesem vertrauten Grinsen heben, beschleunigt sich mein Herzschlag. Er nimmt meine erhobene Hand, zieht sie an seine Lippen und küsst meine Finger. „Ich werde vor dem Eingang auf dich warten."

Ich nicke zufrieden. Nicht, weil es mich stört, dass er hier ist, sondern weil ich weiß, dass ich ihn gehen lassen muss. Das hier ist zu intensiv für uns beide.

∿

JARED

ICH WUCHTE ein langes Stück Maschendraht an Ort und Stelle und warte, während Trey es an den Stangen befestigt, die wir bereits in den Betonboden geschraubt haben. Nachdem ich Angelina an der Schule zurückließ, verschwendete ich keine Zeit damit, alles für den ersten Kampf vorzubereiten. Das Schicksal weiß, dass ich genug Freizeit hatte, während ich mit Angelina abhing, um einen Plan zu machen.

„Weiß Garrett, dass du gerade nicht bei ihr bist?", fragt Trey, obwohl er die beschissene Antwort kennt.

„Halt die Klappe."

„Dachte, er hätte dir befohlen, wie Sekundenkleber an ihr zu haften."

„Yeah, das hat er. Und das habe ich auch getan. Aber ich vertraue ihr. Sie wird es nicht erzählen. Außerdem habe ich Dinge zu erledigen oder wir werden für diesen Kampf nicht bereit sein. Der *während* der zwei Wochen stattfinden soll, die ich an sie gebunden wurde. Denkst du, Garrett will, dass ich sie für den Kampf hierherbringe?" Meine Stimme ist zornerfüllt und Trey bedenkt mich mit einem schiefen Grinsen.

„Das wäre ein Fehler."

„Wir wissen beide, dass es nicht darum geht, dass ich Babysitter für sie spiele."

„Richtig", stimmt Trey zu. „Es geht darum, dass du herausfindest, ob sie deine Gefährtin ist oder nicht."

Es laut ausgesprochen zu hören, stellt alle möglichen kratzigen Dinge in meiner Speiseröhre an. Trey unterbricht seine Bewegungen, schaut zu mir herüber und versucht, meine Miene zu lesen.

„Und?", hakt er nach, als ich nichts sage.

„Ich weiß es nicht, verdammt noch mal!", brülle ich.

Trey rüttelt an dem Maschendrahtzaun, um sich zu vergewissern, dass er bombenfest ist, dann hakt er seine beiden Hände in die Löcher und hängt sich daran. „Ich denke, du weißt es."

Ich werfe eine Drahtschere, die ich in der Hand halte, auf sein Gesicht, denn ich weiß dass er rechtzeitig ausweichen wird. Wir zwei sind seit unserer Kindheit beste Freunde. Wir kennen einander in- und auswendig. Ich funkle ihn finster an und mein Herz schlägt gegen meine Rippen.

„Ich werde ihre Erinnerungen nicht löschen lassen."

Treys Augenbrauen schnellen in die Höhe, was mich innehalten lässt. Heißt das, *er* denkt, dass Angelina meine Gefährtin ist? Oder denkt er, dass ich es denke?

Ich schüttle meinen Kopf heftig, als würde das die Gedanken aus meinem Kopf schleudern, die sich im Kreis drehen.

Trey läuft zu mir und hängt sich neben mich an den Zaun. Ich nehme dieselbe Haltung ein und starre auf eine Stelle auf dem Betonboden.

„Ich verspüre nicht den Drang, sie zu markieren", gestehe ich nach einem langen Moment der Stille.

Das ist die Tatsache, die ich seit letzter Nacht ganz weit

von mir zu schieben versuche. Die Qualen. Es sollte es einfacher machen, aber das tut es nicht. Es macht es nur schlimmer.

„Ich… habe sie gestern Nacht für mich beansprucht. Kein Serum auf meinen Zähnen. Kein Verlangen, zu beißen."

„Huh." Trey klingt überrascht.

Ich drehe mich um, um mich anders herum an den Zaun zu hängen und vom Käfig wegzuschauen.

„Vielleicht ist es bei Menschen anders." Trey klingt skeptisch.

„Das ist es nicht. Erinnerst du dich an Garrett bei Amber?"

„Yeah." Trey dreht sich ebenfalls herum. „Nun, damals war Vollmond. Vielleicht hat er dir deswegen zwei Wochen gegeben. Bis dahin haben wir Vollmond."

„Vielleicht." Ich bin ein wenig erleichtert von Treys Vorschlag.

Aber das bedeutet, dass ich *wollen* muss, dass Angelina meine Gefährtin ist. Was dämlich ist, weil ich sie trotzdem nicht haben kann. Ich meine, sie nicht haben werde. Ich will sie nicht ruinieren. Aber dennoch, zu wissen, dass sie meine Gefährtin ist, würde erklären, warum es mir so schwerfällt, einfach zu gehen. Sie los und ihre Erinnerungen löschen zu lassen.

„Du dachtest, ich würde sagen, dass sie meine Gefährtin ist?" Ich muss einfach fragen. Ich muss wissen, welche Zeichen er sah, abgesehen davon, dass ich ihr gegenüber sehr beschützend bin.

Trey zuckt mit den Schultern, wodurch er eine Art Klimmzug macht. „Yeah."

„Warum?"

„Du weißt warum. Du benimmst dich verrückt. Zerstörst dein Motorrad. Trotzt unserem Alpha." Er schweigt einen

Augenblick und ich bin ebenfalls still. Er ist der Problemlöser von uns beiden. Ich bin die rohe Gewalt, er lenkt sie. „War da irgendetwas anders, als du sie gevö – beansprucht hast?"

Ich weiß seine Wortwahl zu schätzen, denn ich hätte ihn besinnungslos prügeln müssen, wenn er respektlos über Angelina gesprochen hätte.

Ich zögere. Trey ist der einzige Mann in dieser Welt, vor dem ich das zugeben würde. „Yeah. Es war anders. Tatsächlich das Gegenteil von dem, was ich dachte, dass es sein würde. Ich wurde bei ihr überhaupt nicht aggressiv. Tatsächlich war ich..." Ich gebe ein verlegenes Lachen von mir und trete mit der Ferse gegen den Zaun. „Verdammt zärtlich. Es war das erste Mal in meinem Leben, dass ich Liebe gemacht, anstatt gevögelt habe. Ich hätte auch nie gedacht, dass ich das jemals sagen würde."

Trey schweigt, aber dieses Mal bringt es mich um, seine Gedanken nicht zu unterbrechen. Ich habe ihm gerade mein Herz ausgeschüttet und fühle mich verdammt entblößt. „Vielleicht", sagt Trey langsam, „beruhigt sich dein Wolf in ihrer Gegenwart. Du bist gewalttätiger als die meisten. Wenn du in ihrer Nähe – der eines zerbrechlichen Menschen – *noch* wilder werden würdest, könntest du sie töten."

„Ich *weiß*." Ich fange an, umgekehrte Klimmzüge am Zaun zu machen, um die Gewalt loszuwerden, die angetrieben von meinem Frust in mir zunimmt. „Deswegen will ich nicht, dass sie meine Gefährtin wird. Ich könnte sie niemals vollständig für mich beanspruchen."

„Du hörst nicht zu. Was, wenn es dein Wolf besser weiß? Er beruhigt deine Aggression, wenn du in ihrer Nähe bist. Er hält dich in Zaum, einschließlich des Verlangens, ihre Schulter aufzureißen, um deinen Geruch zu hinterlassen."

„Warum habe ich dann versucht, Fox das Genick zu brechen, weil er ihre Erinnerungen löschen wollte? Ich wusste, es war falsch von mir, das zu tun, aber ich konnte mich nicht stoppen."

„Oh Mann, du Trottel. Der Wolf beschützt immer seine Gefährtin."

Ich bin erleichtert, dass mich Trey reizt, indem er mich einen Trottel nennt. Ich bin innerhalb einer Sekunde auf ihm und erziele einen soliden Treffer, bevor er ausweicht und mir in den Arsch tritt. Ich tackle ihn und ramme ihn zu Boden, wo wir ringen, bis ich seinen Kopf im Würgegriff habe.

Trey klopft auf den Boden und ich gebe ihn frei. Wir stehen beide grinsend auf. „Arschloch", schimpft er ohne Groll.

„Also wie finde ich es mit Sicherheit raus?"

Trey stapft herum, um den letzten Bereich des Zaunes zu befestigen und den Käfig fertigzustellen. „Warte bis zum Vollmond."

„Und wenn ich sie dann noch immer nicht markieren will?"

Trey schlägt den Zaun an Ort und Stelle. „Alter. Sei kein Idiot."

„Was?"

„Du willst sie jetzt schon markieren. Und du hast bereits irgendeine Entscheidung gefällt, warum du es nicht tun kannst. Warum lässt du diese Entscheidung nicht einfach ziehen? Nur bis zur Deadline. Dann werden die Dinge vielleicht klarer."

„Ich hasse dich."

Es ist ein Zeichen unserer Freundschaft, dass sich Treys Gesicht mit einem überraschten Grinsen und keinem Schmerz erhellt. „Warum?"

„Schlaues verdammtes Arschloch."

Er sieht viel zu zufrieden mit sich aus, während er den Zaun an der Stange befestigt. „Wirst du mir hier helfen oder muss ich dich in diesen Ring schleifen und dir ein oder zwei Dinge übers Kämpfen beibringen?"

Ich lache, denn wir wissen beide, dass ich jeden Kampf gewinnen werde, den ich in diesem Käfig austrage. „Ich helfe dir, ich helfe ja schon."

Zum ersten Mal, seit ich Angelina letzte Nacht beansprucht habe, hebt sich die Schwere von meiner Brust.

Ich habe zwei Wochen. Es gibt keinen Grund bis dahin zu irgendwelchen Schlüssen zu kommen.

Angelina

JARED WARTET vor dem Tanzgebäude auf mich und ich kann die Freude nicht leugnen, die in meiner Brust erblüht, als ich sehe, dass er auf mich wartet. Ich erinnere mich daran, dass auf der Highschool die beliebten, sozial vielseitigeren Mädchen – Mädchen, die nicht fünf Abende in der Woche Ballett hatten – von ihren älteren festen Freunden von der Schule abgeholt wurden. Das wirkte aufregend und romantisch. Etwas, das ich nie haben würde.

Auf dem College hatte ich feste Freunde und ich hatte sogar einige One-Night-Stands, aber nie das formelle Daten. Ich hatte keinen Kerl, der mich fahren und zum Abendessen ausführen und bezahlen wollte. Ich wusste nicht einmal, dass ich das wollte.

Wie sich herausstellt, finde ich es ziemlich heiß.

Oder vielleicht liegt es auch nur daran, dass es Jared ist.

Ich habe mich um- und meine Shorts angezogen und er wirft mir diesen Blick zu, als ich in das Auto steige – den

Blick, der sagt, dass er mich gerne bei lebendigem Leib verschlingen würde.

Sofort erwacht mein ganzer Körper zum Leben, als würden meine Zellen vibrieren und sich erhitzen, nur weil ich in seiner Nähe bin. Die Erinnerung an den Sex gestern Abend – den besten Sex meines Lebens – treibt mir fast die Röte ins Gesicht.

„Wie ist es gelaufen, Baby?"

Ich zucke mit den Achseln. Ich will jetzt definitiv nicht über die Schule reden. Oder irgendetwas aus dem echten Leben. Ich würde lieber alles erfahren, das es über Werwölfe zu wissen gibt. Zu blöd, dass er es mir nicht erzählen wird.

Er streicht mit seiner großen Hand über das Lenkrad. „Ich schaue dir immer total gern beim Tanzen zu, Engel. Seitdem du das erste Mal auf diese kleinen Bühnen im Club gestiegen bist, war ich völlig begeistert von dir."

Jetzt erröte ich. Denn es ist *Jared*. Der zugibt, dass er auf *mich* stand.

„Und ich habe dir auch gestern bei diesem Ballettkurs sehr gerne zugesehen."

Ich spüre, dass da noch ein *Aber* kommt, und versteife mich, als wäre er meine Mutter, die sich bereit macht, mir konstruktive Kritik zu geben.

Wie üblich ist er viel zu sehr auf mich eingestellt. Er blickt zu mir und eine überraschte Falte gräbt sich zwischen seine Augenbrauen.

„Gibt es ein *Aber*?", frage ich. Ich kann es ihm auch genauso gut einfach machen.

Dass er seinen Fokus wieder auf die Straße richtet und seinen Griff auf dem Lenkrad wandern lässt, verrät mir, dass ich recht habe.

Was könnte es sein? Ich bin nicht so dürr wie der Rest der Primaballerinen? Zu verklemmt?

„Da war keine Freude. Wenn ich dich im Club tanzen sehe, bist du lebendig. Strahlst. Was ich gestern sah? Das hat in mir den Wunsch geweckt, deinem Professor eine reinzuhauen, weil er das Leben aus dir gesaugt hat."

Der Laut, der aus meinem Mund kommt, ist halb Lachen, halb Schluchzen. Wie ist es möglich, dass Jared in fünf Minuten sah, was meine Mom in achtzehn Jahren nicht sehen konnte? Was ich mich in den letzten vier Jahren nicht laut auszusprechen getraut habe? Was mein Dad niemals auch nur verstehen würde?

Er fährt vor mein Haus und greift nach meiner Hand. „Es tut mir leid, ich wollte nicht –"

„Nein." Ich öffne meine Frisur. „Ich bin aufgebracht, weil du recht hast. Und es ist der Mittelpunkt, um den sich mein Leben dreht. Diese Sache, die für mich einfach nicht klappt."

Ich starre ihn an, während Hoffnungslosigkeit in mir aufsteigt und mich ertränkt.

Er verengt die Augen. „Also darf ich losziehen und deinen Professoren eine reinhauen?"

Ich lasse ein wässriges Lachen entschlüpfen. „Wenn das doch nur alles geradebiegen würde." Ich drücke die Autotür auf, da es im Inneren plötzlich viel zu eng ist.

Er folgt mir nach draußen und öffnet die Eingangstür. „Was geradebiegen?" Seine Stimme ist scharf, als wäre er entschlossen, mein Leben auf jede Weise, die er kann, in Ordnung zu bringen.

Ich schüttle meine Haare aus und laufe weg.

„Hey." Er fängt mich um die Taille ein und zieht meinen Körper nach hinten an seinen. „Du kannst mir nicht einfach den Rücken zukehren, wenn du aufgebracht bist. Nicht für eine gottverdammte Sekunde." Seine Stimme ist ein Knurren in meinem Ohr und die rauen Stoppeln an seinem Gesicht kratzen über meine Wange.

Alles, das ich in mir eingesperrt habe und das darum kämpft, aus mir hervorzubrechen, weil sich mein Abschluss nähert, schießt in meine Kehle.

„Ich hasse es!", gestehe ich. „Ich passe nicht in das Raster und ich kann mich auch nicht mehr dazu bringen, dort reinpassen zu *wollen*."

Jared setzt mich ab und wirbelt mich herum. Seine grünen Augen bohren sich in meine. „Dann tu es nicht."

Das Lach-Schluchzen erklingt erneut.

„Für wen tust du es? Deine Lehrer? Dein altes Selbst? Es ist okay, seine Meinung zu ändern. Es ist okay, von dem Pfad abzuweichen, den du dir vorgenommen hast."

Eine Träne rinnt aus meinem Auge. „Siehst du, das ist das Problem. Ich denke nicht einmal, dass ich mir diesen Pfad ausgesucht habe. Ich glaube, meine Mom hat das getan."

Jareds Lippen kräuseln sich, aber er sagt nichts.

„Ich denke, sie wollte eine Ballerina sein, aber ihre Eltern konnten sich den Unterricht nicht leisten, weshalb sie jetzt durch mich lebt. Ich weiß nicht einmal, ob ich tanzen jemals gemocht habe oder ob sie mir einfach nur eingeredet hat, dass es so ist."

Jared schüttelt langsam den Kopf. „Du liebst es an Samstagabenden."

„Das ist nicht wirklich tanzen", brummle ich.

„Natürlich ist es das." Er beugt sich direkt vor mein Gesicht, aber es macht mir keine Angst.

Stattdessen stelle ich mich ihm. „Was weißt du schon übers Tanzen?"

Er blinzelt und schluckt. Weicht zurück. Schiebt seine Hände in seine Taschen.

Habe ich seine Gefühle verletzt? Mist.

„Du hast recht. Ich weiß nichts übers Tanzen. Aber ich

kenne dich. Was auch immer es ist, das du samstagsabends tust, du liebst es."

Ich trete zu ihm, denn mein Verlangen, ihn zu trösten, ist anscheinend genauso stark wie seines bei mir. Meine Hände treffen auf seine Brust und das Knistern der Berührung durchläuft mich. „Dabei geht es um... die Freude am Erschaffen. Es ist mein Baby. Ich habe es erträumt. Ich habe es in die Wege geleitet. Ich habe Garrett dazu gebracht, zuzustimmen."

Er verdeckt meine Hände mit seinen. „Yeah?" Es ist eine Aufforderung. Er will, dass ich weiterspreche.

Ich hole tief Luft und folge meinem Gedankengang. „Es ist der einzige Ort in meinem Leben, wo ich das Sagen habe. Wo ich *meine* Vision ausführen kann. Weißt du, was ich meine?"

Er nickt und zieht eine Hand von seiner Brust. „Komm, machen wir einen Spaziergang."

„Warum?", frage ich, aber folge ihm aus der Tür.

„Wenn ich mir über Dinge klarwerden muss, hilft es mir immer, laufen zu gehen." Er führt mich in einem zügigen Tempo. Der süße Geruch von Zitrusblüten parfümiert die Luft. Pinke Bartfaden erblühen gerade rechtzeitig für Ostern mit ihren glockenförmigen Blüten.

Ich muss zugeben, dass es sich gut anfühlt, spazieren zu gehen. Als könnte ich den ganzen Mist meiner Situation hinter mir lassen. „Also welche anderen Visionen hast du noch?"

Ich bin unfassbar dankbar für die Frage. Es wäre leicht, jetzt damit anzufangen, mich über meine kontrollierenden Eltern zu beschweren. Oder dass ich mich mit jedem Tag, den mein Abschluss näher rückt, immer gefangener fühle.

„Nun, ganz ehrlich? Ich hätte gerne mein eigenes Tanzensemble."

So. Ich habe es laut ausgesprochen. Die Engel des Tanzes haben mich nicht einmal niedergestreckt.

„Mmm hmm. Wie würde dein Tanzensemble aussehen?"

Ich muss große Schritte machen, um mit Jared mithalten zu können, was befreiend ist. „Es wäre kein Ballettensemble. Ich schätze mehr zeitgenössisch, aber ich sehe es eher als eine Mischung. Ein Teil Performance Art, drei Teile Tanz – aber egal welche Sorte Tanz – Ballett, Modern, Hip-Hop."

„Mhmm. Ist es das, was du im Club machst?"

„Ja, aber was wir dort machen, ist nur die Spitze des Eisbergs. Ich habe diese Idee für eine vollkommen interaktive Show. Etwas, das ein Publikum unterhält und nicht nur auf die alten Käuze zugeschnitten ist, die angeben und erzählen wollen, dass sie sich den Nussknacker angesehen haben. Etwas, das jeder und alle mögen. Jedes Alter. Jeder Hintergrund."

„Wow."

Ich wage einen Blick zu Jared, um seine Reaktion einzuschätzen. Ich kann nicht fassen, dass ich die Ideen tatsächlich laut ausgesprochen habe, doch jetzt, da ich es getan habe, rollt meine Aufregung wie eine riesige Planierraupe hinter ihnen her. Sie lassen sich nicht mehr aufhalten. Ich habe an diesen Ideen seit der Highschool gefeilt, verflucht noch mal.

Jared lächelt. „Das klingt unglaublich, Baby. Was wäre nötig, damit du es in die Tat umsetzen kannst?"

Und dann verpufft alles. Die vertraute, erstickende Schwere kehrt zurück.

„Woran auch immer du gerade gedacht hast, du schlägst es dir besser wieder aus dem Kopf", knurrt Jared, womit er mir überraschend ein Lachen entlockt.

„Ich dachte daran, was ich *eigentlich* tun sollte, wenn ich meinen Abschluss gemacht habe."

„Und was wäre das?"

„Mein Dad ist gewillt, in meine Karriere zu investieren, aber nur um mir zu helfen, ein Tanzstudio zu eröffnen. Für Kinder. Was cool ist und alles. Ich unterrichte ganz gerne, aber…"

„Das ist nicht dein Traum."

Ich habe etwas mehr Raum zum Atmen, nur weil er die Worte ausspricht. „Richtig."

„Der Plan sieht also vor, dass du ein Ballettstudio eröffnest, unterrichtest, was du von deinen verklemmten Professoren gelernt hast, und eine brave kleine Ballerina bist?"

Das Lach-Schluchzen wird allmählich zu meiner neuen Antwort auf alles. „So ziemlich. Die Sache ist die – ich betrachte mich nicht einmal als Ballerina. Wenn ich eine richtige Ballerina wäre, würde ich mindestens fünfzehn Pfund weniger wiegen und ich wäre bei einem professionellen Ensemble in die Lehre gegangen, als ich vierzehn wurde. Meine Mom wollte das für mich, aber nicht stark genug, um mich nach New York oder San Francisco zu schicken.

Es ist vermutlich noch nicht zu spät für eine Karriere im Modern Dance, aber ich müsste immer noch nach New York City gehen. Das gefällt den lieben Eltern nicht."

„Willst du das?"

Aus irgendeinem Grund habe ich das Gefühl, als würde Jared die Luft anhalten.

Ich denke darüber nach. Die Idee begeistert mich, aber es könnte auch daran liegen, dass ich irgendetwas anderes will als das, was ich jetzt habe. Würde ich dort mein Ensemble aufbauen? Das wage ich zu bezweifeln. Ich würde vermutlich von all den verzweifelten Tänzern verschluckten werden, die alles tun würden, um Erfolg zu haben. Ich würde mit Kellnern und dem Vortanzen beschäftigt sein. Würde mich anstrengen, einen neuen Meister zu befriedigen. Würde wieder meine innere Stimme zum Verstummen bringen.

„Nein. Nicht wirklich. Dann würde ich noch immer nicht tun, was ich tun will – mir Choreographien überlegen. Etwas erschaffen."

„Okay, also zurück zu meiner Frage. Was brauchst du, um deine Vision umzusetzen?" Es liegt Entschlossenheit in Jareds Augen, als würde er es für mich in die Wege leiten. Ich sollte nicht so aufgeregt werden, aber ich kann einfach nicht anders. Es ist das erste Mal, dass mich jemand diesbezüglich ermutigt, und ich werde das annehmen und einfach mitmachen.

„Ich stelle es mir in einem Lagerhaus vor. Irgendein Ort, den wir für verschiedene Shows umbauen können. Ich stelle mir Seide und Trapeze vor oder Ringe, die von der Decke hängen, Tänze in Wassertanks – verrückte Sachen! Das Publikum würde durch den Laden geführt werden – beinahe wie ein Geisterhaus. Es gäbe eine neue Aufführung um jede Ecke. Sie würden stehen bleiben und zuschauen und dann würde ihr Gastgeber sie zur nächsten Aufführung weiterleiten. Vielleicht sechs Minuten für jedes Stück – alles perfekt aufeinander abgestimmt und koordiniert."

„Ich kann dir ein Lagerhaus besorgen."

Ich stoppe und starre ihn an. „Was?"

Er rollt seine Zunge unter seine Unterlippe und drückt sie nach vorne. „Ich habe ein Lagerhaus, das du benutzen kannst."

„Meinst du das ernst?"

„Yeah. Was brauchst du sonst noch?"

Ich schlucke. „Ähm, ich bin mir nicht sicher. Ich würde mir noch mehr Gedanken darüber machen müssen. Ich habe nicht wirklich das Geld für so etwas und mein Dad würde niemals in etwas investieren, das kein solides Unternehmen ist, wie ein Ballettstudio."

„Warum ist das kein solides Unternehmen – egal. Vergiss

deinen Dad. Er ist nicht deine einzige Ressource. Erzähl mir, was du brauchst und wir werden uns etwas überlegen." Wir haben mittlerweile einige Blöcke umkreist und sind wieder vor meinem Haus angelangt. „Willst du noch eine Runde drehen?", erkundigt er sich.

Ich schneide meinen Flipflops eine Grimasse, die nicht die beste Wahl zum Laufen waren. „Nein, jetzt nicht. Aber danke. Du hattest recht, das Laufen hat geholfen." Wir gehen die Treppe zu meinem Haus hoch. „Also bist du ein Läufer?"

Er schließt die Tür auf und lässt mich rein. „Äh, nein. Ich meine ja, aber auf vier Beinen", sagt er mit einem sexy Grinsen, das meine Knie schwach werden lässt.

Ich stoppe, drehe mich zu ihm um und neige mein Gesicht mit meinem besten Dackelblick nach oben. „Ich will ihn sehen. Zeigst du mir deinen Wolf? Bitte?"

Seine Arme schlingen sich um meine Taille und er begrapscht meinen Hintern, ehe er meine Mitte an seine Jeans reißt, wo sich seine sehr beeindruckende Erektion wölbt. Ich sehe Unentschlossenheit über sein Gesicht tanzen. „Ich kann nicht, Baby", sagt er mit einem Ausatmen.

Ich versuche, meine Enttäuschung zu verbergen. Versuche, mir in Erinnerung zu rufen, warum wir das nicht tun können. Wir sind kein Paar. Wir können nie eines sein. Wir sind verboten für einander.

Romeo und verflixte Julia.

Ich denke, ich werde einen Tanz darüber machen, wenn ich meine eigene Show habe. Ich werde mich mit einem Sprung von einem Balkon stürzen, der das Publikum zum Keuchen bringt, bevor mich das Bungeeseil um meine Knöchel nach oben federt.

Oh mein Gott, ich kann nicht fassen, dass ich tatsächlich so denke, als würde ich den Auftritt wirklich haben.

„Also ich will eine Liste von allem, das du im Lagerhaus brauchst. Der Aufbau – alles."

„Jared –" Ich trete einen Schritt zurück und aus dem Kreis seiner Arme. Wir daten einander nicht einmal. Wir sind kein Paar. Ich kann ihn wohl kaum bitten, mich sein Lagerhaus für meine Show benutzen zu lassen. Nicht, wenn seine Existenz in weniger als zwei Wochen aus meinem Gedächtnis gelöscht werden könnte. „Ich weiß dein Angebot zu schätzen, aber ich kann es nicht annehmen. Ich muss das allein tun."

KAPITEL ACHT

 ared

ICH ÖFFNE MEINEN MUND, um zu protestieren, aber sie reckt ihr Kinn in diesem sturen Winkel, den ich so niedlich finde.

Fuck.

Meine Finger krümmen sich vor Frust, aber ein Loch in eine Wand zu schlagen, wird auch nicht helfen. Angelina hat sich innerlich zurückgezogen, mich ausgeschlossen. Wie sie es sollte.

Ich bin kein Teil ihrer Zukunft. Es ist falsch von mir, anzudeuten, dass ich in dieser von Bedeutung sein könnte. Aber ich will verdammt sein, wenn ich zulasse, dass sie ihren Traum aufgibt. Dass sie unter den Erwartungen vorgeschriebener Perfektion eingeht und stirbt.

Sie tritt ihre Flipflops von den Füßen und geht in die Küche.

Ich folge ihr, unfähig meine Nase aus ihren Angelegenheiten zu halten. Sie holt Salat und Tomaten aus dem Kühl-schrank und gibt sie in eine Schüssel.

Das mag zwar genau das sein, was sie im Moment essen will, aber der Anblick bringt meinen Wolf trotzdem zum Knurren. Sie denkt, dass sie zu viel wiegt, um eine Ballerina zu sein. Sie hat gehungert, um in irgendein Raster zu passen, das ich gerade verdammt noch mal kurz und klein schlagen will.

„Willst du das wirklich essen?", frage ich, wobei ich griesgrämiger klinge, als ich es beabsichtige.

Sie wirbelt herum und stemmt die Hände in die Hüften, wobei sie ein Bein nach vorne schiebt. „Ich kann nicht jede Nacht Tacos essen und Bier mit dir trinken, Wolfie." Sie klatscht sich auf die Seiten ihrer Hüften. „Ich will schließlich keinen Fett-Brief von der Fakultät erhalten."

Ein echtes Fauchen kommt aus meiner Kehle. Ich pirsche mich näher. „Denkst du, du musst abnehmen?" Gefahr schwingt in meinem Tonfall mit, doch sie erkennt es nicht. Oder falls sie es merkt, ignoriert sie es, weil sie mich ausschließt.

„Fünf oder zehn Pfund leichter wäre ideal."

Ich keile sie an der Arbeitsplatte ein. „Nein, Baby, du bist perfekt." Zu perfekt für mich. Eine vollkommen andere Liga als ich. Ich knirsche mit den Zähnen. Scheiß auf diese Tanz-professoren. Sie sollten mir besser nie über den Weg laufen, denn es ist schwer zu sagen, was mein Wolf mit Leuten anstellen würde, die mein Mädchen zum Weinen gebracht haben.

Ich wünschte, sie könnte für immer mein Mädchen sein, damit ich sie vor der Welt beschützen kann. Vielleicht werde ich sie im Auge behalten, nachdem wir uns getrennt haben. Vielleicht werde ich meinen Wolf nach ihr sehen lassen. Denn das ist überhaupt nicht erbärmlich.

Doch nein, dieses Mädchen braucht keinen Schutz. Sie muss nur unter dem Gewicht der Erwartungen anderer Leute hervorkrabbeln. Sie muss anfangen, für sich zu leben.

„Scheiß auf ideal. Denkst *du*, dass du abnehmen musst?"

Sie hält die Luft an. Keiner von uns bewegt sich. Mein Körper ist direkt an ihrem, aber berührt sie kaum.

„Nein." Sie klingt erleichtert, als sie das sagt. „Würde ich das denken, hätte ich bereits abgenommen. Ich will nicht wie ein Zahnstocher aussehen."

„Das ist mein Mädchen." Ich senke meine Lippen auf ihre Stirn und drücke sie auf ihre glatte Haut.

„Ich werde den Salat machen oder ich werde uns ein paar Steaks kaufen, wenn du willst."

Sie lacht und der Luftschwall trifft meinen Hals.

„Ich will, dass du die Liste schreibst mit den Dingen, die du für die Show brauchst. Nicht für mich. Für dich. Es wird dir helfen, ein klares Bild von dem zu bekommen, was du brauchst."

„Oh, nun –"

Ich trete aus ihrem Weg. „Ich meine jetzt gleich, Angelina. Umreiße alles. Es ist wichtig, etwas zu unternehmen, um deine Träume wahr werden zu lassen. Mach diesen kleinen Schritt jetzt sofort."

„Na schön", sagt sie auf diese freche Art, die mich härter als Stein werden lässt.

Erinnert sie sich daran, was ich ihr für das nächste Mal androhte, wenn sie das sagt? Aber zur Hölle, ich sollte nicht, wenn –

Sie wirft mir einen schuldbewussten Blick zu, als würde sie nachschauen, ob ich es bemerkt habe.

Begehren trifft mich. Mein Schwanz schwillt an und drängt sich gegen meine Jeans.

Angelina lacht und huscht an mir vorbei.

Törichtes, törichtes Mädchen.

Hat sie irgendeine Ahnung, was passiert, wenn man einen Wolf zu einer Verfolgungsjagd animiert? Innerhalb von zwei Sekunden fange ich sie ein und werfe sie über meine Schulter.

Ihr Kichern verrät mir, dass sie das hier will und fuck, wenn das nicht den Damm meiner Selbstbeherrschung niederreißt. Ich schlage auf ihren nach oben gewandten Hintern und jogge in ihr Schlafzimmer. Ich stelle sie auf die Füße und drehe sie mit dem Gesicht zum Bett. Ich bin allerdings noch nicht bereit, das Spanking zu beginnen. Ich schlinge einen Arm um ihre Taille, umfange ihren Venushügel und reibe den Saum ihrer Shorts in ihre Spalte.

Sie windet sich und drückt sich mit abgehackter Atmung nach hinten an mich.

Ich verlangsame meine Bewegungen. „Du weißt, was jetzt passieren wird?"

„Du wirst mir den Hintern versohlen?" Sie klingt atemlos.

„Das stimmt, Baby." Ich knöpfe ihre winzige Shorts auf und lasse sie auf den Boden fallen. Ihr Top ist schnell von ihrem Oberkörper geschält. „Zieh deinen BH und Höschen aus." Ich ziehe ihr gerne die Kleider aus, aber ich genieße es auch, wenn sie sich für mich entblößt. Auf diese Weise weiß ich, dass ich sie nicht bedränge.

Sie blickt über ihre Schulter zu mir – eine rothaarige Kokette – ich muss sämtliche Beherrschung aufbringen, um sie nicht auf das Bett zu schubsen, weit zu spreizen und mich in diese süße Pussy zu hämmern, bis sie heiser ist.

Doch nein. Zuerst darf ich ihr den Hintern versohlen. Eine Freude, die ich bis zu dem Tag, an dem ich sterbe, genießen werde.

„*Höschen runter.*" Ich spreche mit fester Stimme. Oder vielleicht ist das auch mein Verlangen, das in meinen Tonfall dringt. Wie auch immer, sie beeilt sich, mir zu gehorchen, hakt ihre Daumen in den Hosenbund und schiebt ihn ihre Beine nach unten.

Ich bemühe mich, meinen Atem unter Kontrolle zu kriegen. Der Geruch ihrer Erregung füllt den Raum und meine Hände haben bereits ihre nackte Haut gefunden und packen ihre Hüften mit Autorität. „Beug dich nach vorne, Baby."

Sie legt ihre Hände auf das Bett.

„Ganz nach vorne. Und Baby? Wenn ich dich bestrafe, dann antworte mir mit Respekt."

Ich weiß, dass sie keine Ahnung hat, wovon ich rede. Ich stehe nicht einmal auf BDSM abgesehen davon, dass Wölfe übertrieben dominant sind. Aber ich brenne darauf, die Worte von ihren Lippen zu hören. „Sag, *ja, Daddy*."

Sie legt ihren Oberkörper auf das Bett. „Ja, Daddy." Ihre Stimme zittert, aber ich bin mir zu neunundneunzig Prozent sicher, dass das Verlangen geschuldet ist, nach ihrem Geruch zu urteilen.

Ich verpasse ihr den leichtesten aller Schläge. Ich will ihr keine Angst machen – nicht jetzt, nicht jemals.

Sie stöhnt und wackelt mit ihrem Po.

Ich verpasse ihr noch einen Hieb. „Das ist dafür, dass ich wegen dir jede Minute des Tages hart bin. Jedes gottverdammte Mal, wenn ich in deiner Gegenwart bin." Noch ein Schlag, etwas fester.

Sie hält die Luft an.

Ich wechsle mein Vorgehen und lasse meine Finger dorthin wandern, wo sie schon die ganze Zeit hinwollten – zwischen ihre wohlgeformten Schenkel. Sie gleiten über ihre Spalte – die tropfnass ist. Der Beweis ihrer Erregung lässt mich beinahe kommen.

Ich verpasse ihr mehrere Hiebe, scharf und knackig.

Meine Hand hinterlässt rosa Abdrücke auf ihrer Porzellanhaut.

Und dann bin ich verloren. Ich lege eine Hand auf ihren unteren Rücken, um sie ruhigzuhalten und ihr den Hintern weiterhin zu versohlen. Ich verzehre mich nach dem strafenden Kontakt, den brennenden Schlägen, wie sie bei jedem Hieb zuckt und keucht.

„Spreiz deine Beine, Schönheit." Meine Stimme klingt, als hätte ich Steine in meiner Kehle.

Sie gehorcht und weitet ihre Haltung zu einer, die nur ein Tänzer einnehmen kann.

„Verdammte Perfektion." Ich lasse meine Hand blitzschnell zwischen ihre Beine sausen und schlage auf ihre Pussy.

Sie kreischt, aber bewegt sich nicht.

Ich lasse mein Gesicht auf ihre Höhe sinken und wickle ihre Haare um meine Faust, womit ich sie zu mir drehe. Ich muss in ihren Augen sehen, dass sie mit diesem Intensitätsniveau einverstanden ist.

Sie hat sich auf ihre Lippe gebissen, aber ihre Augen sind vor Lust glasig.

Ich küsse sie und sauge das Blut von ihrer prallen Lippe. Sie erwidert den Kuss und ihre Zunge gleitet in meinen Mund.

Ich unterdrücke einen Fluch. „Ich bin noch nicht fertig damit, dir den Hintern zu versohlen, Engel."

Ich kehre zu meiner Position hinter ihr zurück und versohle sie noch etwas mehr, wodurch ich ihrem Hintern ein rosiges Leuchten verpasse. „Wenn du mein wärst, würde ich dir jede Nacht den Hintern versohlen, Baby. In jeder verdammten Position. Auf meinem Schoß. Auf deinen Händen und Knien. Über das Sofa gebeugt. Ans Bett gefesselt." Ich schlage zwischen ihre Beine und ziele auf ihre Klit.

„Yeah, ans Bett gefesselt, die Beine weit gespreizt. Ich würde diese Position für die Momente aufheben, in denen du wirklich unartig bist. Vielleicht würde ich meinen Gürtel benutzen, um dich zum Schreien zu bringen."

Ich schlage erneut auf ihre saftige Pussy, mehrere Male.

„W-warum?", keucht sie.

Mein Glucksen ist dunkel. „Weil dein Arsch nur so darum bettelt, Baby. Und um es dir heimzuzahlen, dass du meine gottverdammten Eier abgebunden hast und in deiner hinteren Tasche aufbewahrst."

Sie lacht, ein heiserer Laut, wegen dem sich meine Erektion schmerzhaft gegen meine Hose drängt. Ich knöpfe den Jeansstoff auf und ziehe den Reißverschluss nach unten, um meine Länge zu befreien. Ich drücke meinen Schwanz fest.

„Keine Sorge, Baby. Ich werde sicherstellen, dass es dir gefällt. Oder ich werde es danach wiedergutmachen, falls ich zu grob war."

Ich ziele mit einigen Schlägen auf die Stelle, wo sich Hintern und Schenkel treffen. „Ich habe so ein Gefühl, dass das oft sein würde."

Sie wackelt mit dem Po und versucht, eine Hand zwischen ihre Beine zu schieben.

„Na na." Ich fange ihr Handgelenk ein. „Keine Erleichterung für dich, Baby. Noch nicht. Nicht bis du gründlich bestraft wurdest."

Ich ziehe ein Kondom aus meiner hinteren Hosentasche, reiße die Folie auf und rolle den Gummi über meinen pochenden Schwanz. Ich muss ein paarmal kurz an ihm rucken, weil ich hier am Sterben bin. Allerdings weiß ich, dass es meinem Mädchen nicht anders ergeht, und ich werde es ihr gut besorgen. Ich ziehe meine Schwanzspitze durch ihre Säfte. Ein heißer Schauder durchläuft meinen Körper bis zum Ansatz meiner Wirbelsäule. Mein Bauch erbebt.

Angelina stöhnt aufmunternd. Ich drücke mich in sie und meine Augen rollen in meinen Kopf zurück, als mein geschwollenes Glied mit ihrer süßen Scheide in Berührung kommt.

„Willst du meinen Schwanz, Engel?"

„Ja, bitte. Ich meine, ja, Daddy."

Fuck. Das Wort *Daddy* veranlasst mich dazu, mich hart in sie zu stoßen, vollständig.

Sie keucht und ihre Pussy verkrampft sich um meine Länge.

„Das gefällt dir, nicht wahr?" Ich bewege mich langsam rein und raus, wobei ich die Augen schließe, um mein ansteigendes Verlangen zurückzudrängen.

„Jaaa."

Ich ziehe mich raus. „Sorry, Baby. Aber dort wirst du meinen Schwanz heute Nacht nicht aufnehmen."

Ihr Atem stockt, aber sie gibt keine Beschwerden von sich. Mein Mädchen ist nervös – ich verstehe das – aber sie ist einverstanden.

Ich streiche mit meiner Hand über ihren geröteten Hintern, denn ich liebe den Anblick meiner Handabdrücke dort. „Ich werde es gut für dich machen, Engel." Ich greife nach unten und verhake meinen kleinen Finger zum Schwur mit ihrem, der auf der Matratze liegt. „Versprochen." Ich massiere ihren Hintern noch etwas mehr. „Jetzt beweg dich nicht aus dieser Position. Ich werde etwas Öl besorgen. Wenn du dich bewegst, werde ich dir noch mal den Hintern versohlen, wenn ich zurückkomme, bevor ich deinen engen, kleinen, jungfräulichen Arsch nehme. Verstanden?"

„Ja, Daddy."

Ich stöhne. Um sie zu belohnen – nein, wem mache ich hier etwas vor? Es ist auch für mich – stoße ich mich tief in ihre Pussy und lasse meine Hüften kreisen, als ich in ihr bin.

Einige weitere tiefe Stöße und ich ziehe mich zurück, wobei ich das Kondom festhalte, während ich meine Hose von den Beinen trete und in die Küche marschiere. In einem der Schränke finde ich ein Glas Kokosnussöl und löffle etwas in eine Schüssel.

Als ich zurückkomme, finde ich Angelina in der genau gleichen Position vor, in der ich sie zurückließ – sie hat keinen einzigen Muskel bewegt.

„Braves Mädchen", lobe ich, während ich etwas von dem Kokosnussöl in die Hand nehme und es großzügig um ihren Anus verteile.

Sie erschaudert und tritt von einem Fuß auf den anderen, aber verspannt sich nicht oder bewegt sich aus ihrer Position.

„Ich wette, du hast den engsten Arsch in der Geschichte aller Ärsche", murmle ich, während ich einen gut einge-schmierten Finger in ihr hinteres Loch einführe. „All diese wirbligen Drehungen und tiefen Verbeugungen."

Ihr heiseres Lachen umgibt mich. „Pirouetten und Pliés. Ja, mein Beckenboden besteht wahrscheinlich aus Stahl. Heißt das, dass es mehr wehtun wi–"

„Auf keinen Fall. Es wird nicht wehtun, Engel. Ich würde dir niemals wehtun. Zumindest auf keine Weise, die du nicht magst." Ich schlage erneut auf ihren Hintern.

Beim Schicksal, ich liebe das Geräusch meiner Hand, die ihren fucktastischen Arsch schlägt.

Sie stöhnt in die Decke.

Ich führe einen zweiten Finger in ihren Hintern ein und massiere den engen Muskelring, öffne sie langsam und bereite meinem Schwanz den Weg.

Ich reibe mein Glied mit Öl ein und presse die Spitze direkt an ihren Eingang, wobei ich ihre Pobacken weit auseinanderhalte. „Hol tief Luft, Baby."

Sie hält sie stattdessen an.

Ich lache. „Tiefer."

Sie lacht auch. „Tiefer, richtig. Okay." Sie atmet tief ein.

„Jetzt stoß sie langsam aus und entspann dich." Ich übe sachte Druck aus, als sie ausatmet, aber ich gelange nirgendwohin. „Drück dich nach hinten zu mir, Engel. Als würdest du versuchen, mich rauszudrücken, nicht reinzulassen. So ist's recht." Ihr Schließmuskel öffnet sich und ich schiebe meine Schwanzspitze nach und nach hindurch. Ich greife um und unter ihre Hüften und stimuliere ihre Klit, während ich in sie dringe. Dadurch verschaffe ich ihr die Lust, die sie braucht, um loslassen zu können.

Und dann bin ich drin. Ich bewege mich nicht und streichle nur ihre Pussy, während sie sich an den Eindringling gewöhnt.

„Braves Mädchen. Du hast meinen ganzen Schwanz aufgenommen, Baby. In diesem engen, kleinen Tänzerinnenhintern. Wie fühlt es sich an?"

Sie keucht. „Mach langsam."

Ich beuge mich über sie und zeichne mit meinen Lippen eine Spur zwischen ihren Schulterblättern. „Das werde ich, Baby. Fühlt es sich gut an?"

„Mehr oder weniger. Ja. Ja, Daddy."

Oh beim Schicksal. Es kostet mich sämtliche Beherrschung, nicht rauszuziehen und mich tief in sie zu rammen. Aber ich halte mich zurück, während sich Schweiß auf meiner Stirn sammelt und meine Schenkel vor Anstrengung zittern.

Brauche sie, brauche sie, brauche sie.

Ich weiche ein Stückchen zurück, dann presse ich meinen Schwanz wieder vollständig in sie, wobei ich auf ihre Reaktion achte.

Ein lustvolles Stöhnen.

Ich wiederhole die Bewegung.

„*Jared.*" Der leicht warnende Unterton, der in ihrer Stimme mitschwingt, verrät mir, dass sie ihrem Orgasmus immer näher kommt.

Ich pumpe mich in ihren Hintern mit langsamen, gleichmäßigen und geschmeidigen, vorhersehbaren Stößen.

Ihr Atem wird abgehackter, ein leises Stöhnen färbt jedes Ausatmen. „Brauche. Jared. Ich brauche –"

„Ich weiß, was du brauchst, Baby." Ich packe ihre Hüften und vögle sie härter, indem ich meine Stöße kürzer werden lasse.

Sie gibt die süßesten Uh-uh-uhs von sich und meine Welt beginnt, sich zu drehen. Meine Sicht verändert sich, mein Mund wird feucht von Speichel. Ohne nachzudenken, bohre ich meine Finger in ihre Hüften, um sie für meinen Angriff stillzuhalten.

„Ist es das, was du gebraucht hast?"

„Ja!", keucht sie. „Ja, *bitte.*"

„Nimm ihn, Angelina. Nimm meinen großen Schwanz in deinem engen, kleinen Hintern auf. Nimm alles, das ich dir zu geben habe." Ich vögle ihre Pussy mit meinen Fingern. Drei Finger gleiten rein und raus, während mein Handballen über ihre Klit reibt.

Sie schreit und zieht sich fest um meinen Schwanz zusammen, womit sie mir einen Orgasmus entringt. Ich verliere jegliche Kontrolle und hämmere mich in sie, während der intensivste Höhepunkt meines Lebens wie ein verdammter Hurrikan durch mich fegt.

Als ich meine Augen öffne, bin ich über Angelina gebeugt, die Finger nach wie vor in ihrer Pussy vergraben, den Schwanz noch in ihrem Arsch. Unser Atem bewegt sich in perfekter Synchronisation.

Ich schaukle in sie und bewege meine Finger, um uns beide zum Ende zu bringen, während ich eintausend Küsse auf ihrem Hals, ihrem Ohr, ihrer Wange, ihrem Rücken verteile. Ich bin überwältigt. Dankbar.

Verliebt.

Fuck.

Ich bin vollkommen und hoffnungslos in dieses Mädchen verliebt.

In diejenige, die ich nicht haben kann.

 ared

D‌ie T‌ruppe aus San Diego ist sogar noch schreckhafter als üblich. Parker wippt auf seinen Fußballen und sein Fokus hüpft durch das Lagerhaus. Lauries Stottern ist schlimmer. Declan strahlt eine wilde Aggression aus.

„Also, um mit offenen Karten zu spielen –" Parker saugt seine Unterlippe in den Mund. „Für den Moment haben wir in San Diego alles dicht gemacht. Ich wurde wegen illegaler Wetten von der Polizei abgeholt, aber sie konnten mir nichts nachweisen."

„Es war ein Fangen und Freilassen", verkündet Declan mit einem draufgängerischen Grinsen. „Sie ham uns gefilzt, um zu sehn‘, wer involviert ist."

Trey und ich wechseln einen Blick. „Also haben sie einen Kampf gesprengt?", fragt Trey.

„Nicht so ganz", erklärt Parker. „Zwei Menschen tauchten

auf, als könnten sie einfach hereinspazieren. Sie kamen natürlich nicht mal durch die Türen. Die Bären nahmen es auf sich, den Kerlen eine Lektion zu erteilen, weshalb sie mit ihren Marken wedelten.

Der Laden wurde innerhalb von Minuten geräumt und ich musste anschließend mit ihnen reden. Sie brachten mich aufs Revier, aber ich wusste, dass sie mir nichts anhängen konnten."

„Yeah, aber jetzt haben sie deine Identität in ihrem System." Trey macht ein finsteres Gesicht.

Parker schüttelt den Kopf. „Wir haben falsche Identitäten, die laut Sam ‚wasserdicht' sind. Es waren vermutlich nur einheimische Cops. Falls mich die Bundessicherheitspolizisten, die bei Data-X involviert sind, gefunden hätten, wäre ich bereits tot."

„V-v-v-vielleicht", sagt Laurie, der mit seinen langen schlanken Fingern wedelt. „Vielleicht auch nicht. Wir wissen es nicht. Es ist besser, eine Weile in Tucson unterzutauchen."

Ich nicke langsam. „Klar. Wir können euch hier unterbringen. Kein Problem. Ihr habt Sam geholfen. Ich bin mir sicher, unser Alpha wird euch den Schutz des Rudels anbieten."

„D-d-dankeschön." Parker wippt mit dem Kopf auf und ab.

„Ich frage mich, ob Kylie diese Polizeiakte löschen kann", sinniert Trey an mich gewandt.

Ich nicke. „Fragst du sie?"

Er zieht ein Handy heraus und beginnt, zu schreiben.

„Ihr werdet euch mit unserem Alpha Garrett treffen müssen", sage ich. „Ich werde ihm schreiben und ein Treffen vereinbaren."

Ein Anflug von Besorgnis durchläuft mich. Bringe ich das Rudel in Gefahr, indem ich diesen Gestaltwandler Kampfklub gründe? Ich hoffe nicht.

Aber es passt direkt zum Schema meines Lebens – meine Gewalttätigkeit macht mich immer zu einer Gefahr für die Leute in meinem Leben.

Also musst du nur herausfinden, wie der Krieger in die moderne Zeit passt. Du bist immer noch der Ritter.

Angelina glaubt, dass ich der verdammte Ritter bin. Aber ist das die Art und Weise, wie ich in der modernen Zeit dienen kann? Irgendwie scheinen ein Kampfklub und illegale Wetten nicht unbedingt Dinge zu sein, von denen Angelina ihren Eltern erzählen könnte.

Und gottverdammt, wenn ich nicht noch immer die winzige Hoffnung hege, dass ich eine Beziehung mit ihr auf die Reihe kriegen könnte. Aber ich werde niemals dazu in der Lage sein, wenn ich nicht herausfinde, wie ich ihr Ritter sein kann.

AGENT DUNE

ER ZIEHT seine Baseballkappe tiefer in seine Stirn und schlurft an dem Lagerhaus vorbei. Sein schmuddeliges altes T-Shirt stinkt nach billigem Alkohol. Ein großer Styroporbecher mit verwässertem Alkohol in seiner Hand vervollständigt das Bild des Obdachlosen. Er hat den Laden nun schon einige Stunden observiert. Das Lagerhaus sieht wie jedes andere Industriegebiet in der Nähe der Eisenbahnschienen südlich vom Stadtzentrum Tucsons aus.

Das ist der Ort, zu dem er Parker und den anderen zwei von seinen Standbildern gefolgt ist.

Er konnte nicht nah genug herankommen, um ihr Gespräch im Innern zu belauschen, aber es ist recht einfach, zu erraten, was dort vor sich geht. Sie organisieren neue Käfigkämpfe in einer neuen Stadt. Also muss er sie lediglich im Auge behalten und beim nächsten Kampf in die Lagerhalle schlüpfen.

Denn er hat so ein Gefühl, dass das, was auch immer er in diesem Käfig sehen wird, die Dinge um einiges klarer machen wird.

KAPITEL ZEHN

ngelina

ICH STECHE ein Paar Kreolen durch meine Ohrlöcher und reibe meine mit Lipgloss geschminkten Lippen aufeinander, während ich in den Spiegel schaue. Jared ist bereits beim Club und arbeitet – er hat sich etwas zurückgenommen und klebt nicht mehr jede Sekunde des Tages an mir, aber es ist Samstagabend und ich werde in einer Stunde zum Tanzen dort unten sein.

Meine Glieder sind locker, mein Po kribbelt noch immer und ich bin an mehreren Schlüsselstellen wund von dem Spanking und Sex, den ich mit Jared hatte, bevor er ging.

Er sagte, wenn er das nicht täte, würde er es heute Nacht nicht ertragen können, mich auf der Bühne tanzen zu sehen. Er würde allen Kerlen, die mich ansähen, die Köpfe abreißen und das Spanking, das ich anschließend erhielte, wäre viel schlimmer.

Es ist so falsch, dass ich dieses Schicksal herausfordern

will. Denn jede Minute, die ich mit Jared zusammen bin, bringt auch einen scharfen Schmerz mit sich, weil ich weiß, dass wir nicht zusammen sein können, obwohl wir perfekt für einander sind. Mit ihm ist alles leicht. Er versteht mich. Bringt mich mit seinen Neckereien zum Lachen und weiß, wann er ernst sein muss. Versteht, wie ich ticke – manchmal denke ich, sogar besser als ich.

Und der Sex mit ihm?

Besser als Tanzen.

Das erste Mal, als ich Sex hatte, war im Sommer, nachdem ich meinen Highschoolabschluss gemacht hatte. Meinem damaligen Freund sagte ich, dass es fast so gut wie Tanzen sei. Es muss wohl nicht erwähnt werden, dass er richtig beleidigt war.

Aber der Sex mit Jared geht über alles hinaus, das ich mit meinem Körper gemacht habe. Es ist artistischer als eine vierfache Pirouette. Zufriedenstellender als das bestchoreographierte Stück. Er entblößt mich. Nicht nur meinen Körper, sondern mein Sein – wer ich im Kern meines Wesens bin – und dann ehrt er mich. Verschafft mir Lust. Gibt mir so viel, während er sich alles nimmt.

Ich umriss die Ideen für das Lagerhaus, wie er es verlangte. Und ich erstellte sogar eine Liste mit Tänzern, die ich gerne fragen würde, ob sie mitmachen wollen. Ich konnte mich jedoch nicht dazu überwinden, sie tatsächlich zu fragen. Denn wo würden wir proben? Wann? Wir sind alle mit den dämlichen Tänzen der Fakultät beschäftigt.

Wir vermieden auch sorgsam das Thema unserer Beziehung. Als hätten wir beide diese unausgesprochene Vereinbarung getroffen, einfach diese Zeit zu genießen, während wir sie haben.

Aber ich weiß, wenn er geht, wenn die zwei Wochen

vorbei sind und er mich loslässt, werde ich ihn anflehen, meine Erinnerungen zu löschen.

Denn ich werde nicht mit dem Schmerz leben können, was ich verloren habe. Was ich nicht behalten kann.

Ich schnappe mir meine Handtasche und hänge sie mir über die Schulter, bevor ich aus der Tür trete. Mein Körper kribbelt bereits vor Aufregung, weil er seinen Meister wieder sehen wird.

Als ich losfahre, um Talya und Remy abzuholen, kann ich es kaum glauben, dass erst eine Woche seit dem Unfall vergangen ist. Meine ganze Welt hat sich verändert. *Ich* habe mich verändert.

Ich fahre zuerst vor Remys Gebäude und sie kommt heraus – strahlend vor Aufregung. Und sie hat nicht einmal mit einem heißen dominanten Werwolf geschlafen, der sich in jeder Faser ihres Wesens einnistet.

Aber sie ist wie ich, vermute ich. Begeisterter von diesem Tanzen als dem, was wir an der Uni haben.

„Wie läuft's, Mädel?", singt sie, während sie sich auf den Beifahrersitz schiebt. „Bereit, die Bühne zu rocken?"

„Du hast es erfasst." Ich fahre los, bevor sie sich angeschnallt hat. „Remy, hast du bei diesem Tanzen mehr Spaß als an der Uni?"

„Zur Hölle, ja!" Sie zögert nicht einmal.

„Was glaubst du warum?"

„Oh mein Gott, dafür gibt es so viele Gründe." Sie beginnt, sie anhand ihrer Finger aufzuzählen. „Ich kann meine eigene Kreativität in den Prozess einfließen lassen. Wir haben ein anerkennendes Live-Publikum, in dem nicht alle über achtzig sind. Ich darf mit meinen besten Freundinnen tanzen. Niemand sitzt mir im Nacken und sagt mir, dass ich es falsch mache. Niemand steht hinter den Kulissen und wartet darauf, mir in den Rücken zu fallen, um meinen Platz einzunehmen... soll ich weitermachen?" Sie wirft mir einen Blick zu. „Warum? Worüber denkst du nach?"

Ich zucke mit den Achseln, während ich überlege, ob ich die Worte zurückhalten soll oder nicht, die bereits von meiner Zungenspitze gepurzelt sind. „Was würdest du davon halten, eine komplette Show zu machen? Etwas richtig Außergewöhnliches, aber absolut Unterhaltsames? Ein Teil Cirque du Soleil, ein Teil Blue Man Group, ein Teil... ich weiß nicht, das, was wir im Eklipse machen?"

„Zur Hölle, ja!" Wieder ist da keinerlei Zögern. Ich fahre vor Talyas Haus und als sie einsteigt, sagt Remy: „Angelina wird eine komplette Show für uns choreographieren. Richtiger, heftiger Performance Art Scheiß."

„Halt, warte mal. Ich denke nur darüber nach", stottere ich.

Talya lehnt sich von der Rückbank nach vorne. „Mach es! Ich bin so was von dabei. Einhundert Prozent."

Die aufgeregten Schmetterlinge, mit denen ich geflirtet habe, seit ich Jared zum ersten Mal laut von meinen Träumen erzählt habe, schlagen so schnell mit den Flügeln, dass es mir beinahe den Atem raubt. „Das bist du? Ihr beide?"

„Machst du Witze?" Remy lacht. „Ich würde die Uni hinschmeißen und dir überallhin folgen, um diese Arbeit zu machen. Ohne mit der Wimper zu zucken. Wenn du sagen würdest, dass wir diese Show als Tour durchs Land in einem VW-Bus machen, würde ich den Kuchenbasar organisieren, mit dem wir es finanzieren." Sie grinst. „Ich habe so sehr darauf gehofft, dass du mehr Arbeit wie im Eklipse machst."

„Ich auch." Talya schlägt mir auf die Schulter. „Ich kann es nicht erwarten! Wann fangen wir an?"

„Ähm, nun, ich muss erst mal einen Ort zum Proben für uns finden. Und für den Auftritt. Ich will, dass es eine fortlaufende Show wird – nicht nur ein oder zwei Wochenenden, sondern jedes Wochenende. Etwas, das auf der Liste an Dingen landet, die man in Tucson tun kann. Etwas, mit dem wir echtes Geld verdienen können – bezahlte Auftritte."

„Okay, dann werde ich mir Sorgen darum machen müssen, dass jemand hinter den Kulissen steht, um meinen Platz einzunehmen", sagt Remy, aber Gelächter schwingt in ihrer Stimme mit. „Das wäre verdammt genial. Meine Eltern würden sterben – sie haben immer gesagt, dass ich als Tänzerin nie Geld verdienen werde."

„Das Gleiche bei mir", sagt Talya.

„Und bei mir", stimme ich zu. „Dann wollen wir ihnen mal das Gegenteil beweisen."

JARED

ICH RIECHE Angelina in dem Moment, in dem sie den Club betritt. Du magst vielleicht sagen, dass das in einem Club unmöglich ist, der mit über einhundert sich bewegender, schwitzender Körper gefüllt ist, aber es stimmt.

Meine Wolfinstinkte drehen voll auf, ich wirble herum und werde in dem Moment zum Raubtier, in dem ich sie erblicke.

Oh beim Schicksal, sie trägt diese kurzen Shorts. Und ein beschissenes Neckholder-Top. Die Sorte, die direkt zwischen ihren Brüsten gebunden wird und nichts der Fantasie überlässt.

Was nur eines bedeuten kann – sie will, dass ich ihr noch mal den Hintern versohle.

Hitze brodelt in meinem Magen und kribbelt meine Wirbelsäule hinab. Ich marschiere durch den Club.

Sie ist kein Wolf, aber ihre Instinkte sind trotzdem gut. Sie dreht sich in meine Richtung und wir nehmen Blickkontakt auf. Ihre Haare sind heute zu gottverfluchten Zöpfen geflochten, hübsche rostrote Fontänen, die sie normalerweise wie Zimtschnecken trägt.

In der Sekunde, in der ich sie erreiche, greife ich mit den Händen unter ihre Achseln. Sie weiß irgendwie intuitiv genau, was ich tun werde, denn sie springt nach oben und ihr geschmeidiger, kleiner Tänzerkörper klammert sich an meinen, indem sich ihre muskulösen Beine um meine Taille schlingen.

„Hi Ladies." Ich zwinkere ihren Freundinnen zu. „Ich werde euer Mädel nur für ein paar Minuten ausleihen."

Eine von ihnen wackelt mit den Augenbrauen, während uns die andere mit wackelnden Fingern winkt. „Habt Spaß!"

Ich trage sie schnurstracks nach hinten zum Lagerraum. Dem Ort, an dem alles begann. Ich bete, dass er sie nicht daran erinnert, wie wir uns trennten, nachdem ich sie zum Höhepunkt gebracht hatte. Denn gerade jetzt will ich mein Mädchen nur heiß machen.

Die Tür lässt sich nicht abschließen, aber ich trage sie hinter einen Stapel Kisten, wo uns niemand sehen wird, selbst wenn jemand hereinkommt. „Baby, was hast du nur an?", knurre ich.

Sie grinst zu mir hoch. Die pure schelmische Freude auf ihrem hübschen Gesicht.

Meine Hände wandern über ihren Hintern, ihre Kurven, zwischen ihre Beine, unter die Shorts. „Du wirst meine Handabdrücke auf deinem ganzen Arsch haben, sodass es alle sehen können. Ist es das, was du wolltest, Baby?" Ich knabbere an ihrer Schulter und schnalze mit der Zunge gegen ihr Ohrläppchen.

Sie läuft wieder so niedlich rot an. „An diesen Teil habe ich nicht gedacht."

„Ach, das hast du nicht?" Ich reibe fest zwischen ihren Schenkeln, sodass ihre Feuchtigkeit ihr Seidenhöschen durchweicht. „Aber du wusstest, dass dir der Hintern versohlt werden würde, stimmt's?"

Sie hebt ihr Gesicht zu meinem und ihr Atem weht warm über mein Gesicht. „Oh, ich wusste es." Verdammt, dieser heisere Tonfall weckt den Wunsch in mir, sie über ein paar Kisten zu werfen und mich in sie zu rammen, bis sie schreit.

Etwas mehr Finesse, Kumpel.

„Du machst es mir echt schwer, Baby. Ich will dich wirklich gerne markieren, sodass jeder Scheißkerl dort draußen weiß, dass du zu mir gehörst." Ich umfange ihren Hintern mit beiden Händen und knete die festen Pobacken in einem harten, besitzergreifenden Griff.

Ein Moment der Unsicherheit blitzt in ihren Augen auf und ich verfluche unsere beschissene Situation. Wäre sie ein Wolf, wäre sie bereits markiert. Dauerhaft.

„Aber ich will dich auch nicht beschämen." Ich reiße sie nach oben über die Wölbung in meiner Hose und lasse sie wieder langsam auf ihre Füße rutschen. „Also werde ich mich vielleicht mit einem guten, harten Fick zufriedengeben. Und einigen Schlägen dorthin, wo sie sie nicht sehen können."

„Mmmh."

„Meine Fresse, Angelina, hast du irgendeine Idee, was du mit mir anstellst?"

„Ähm…"

„Hast du?", knurre ich und drehe sie um. Ich öffne ihre Shorts und schiebe sie samt ihrem Höschen ihre Beine hinunter.

„J-ja?"

„Das hast du?" Ich ziehe ihre Hände hinter ihren Rücken

und fixiere sie mit einer Hand. Indem ich meinen Fuß auf eine Weinkiste stelle, falte ich ihren Oberkörper über mein Knie und versetze ihrem Hintern einen Klaps. „Lass mal sehen…" Ich platziere drei harte Schläge direkt auf die Mitte ihrer Pobacken. „Hier wird sie niemand sehen." Drei weitere.

Sie stößt ein niedliches leises Keuchen aus und stöhnt.

Ich streichle zwischen ihren Beinen. Saftig feucht. Der reine Himmel. Verlangen durchströmt mich noch heftiger, aber ich dränge es zurück.

„Hier werden sie es auch nicht sehen." Ich schlage auf ihre Pussy.

„Oh Gott, Jared. Bitte."

Oh Gott, Angelina. Und Gestaltwandler verehren den Gott der Menschen nicht einmal. Aber zu hören, wie sie mich in diesem bedürftigen Tonfall anfleht, stellt etwas Verrücktes mit meinem Inneren an. Ich habe einen Finger in sie gequetscht, bevor ich überhaupt beschließe, es zu tun. Sie wehrt sich gegen meinen Griff um ihre Handgelenke und drückt ihre Hüften nach hinten, um meinen Finger tiefer aufzunehmen.

Ich ziehe meinen Finger raus und schlage erneut ihre Pussy. „Nein, ich sagte ein harter Fick. Das ist es, was deine unanständige Pussy verdient. Denn sie führt mich schon wieder in Versuchung, obwohl ich sie erst vor wenigen Stunden roh gevögelt habe."

Ich verpasse ihrem Hintern einige weitere Hiebe, dann hebe ich sie hoch und setze sie oben auf den Kistenstapel, sodass sie auf Taillenhöhe ist. Mit glasigen Augen spreizt sie ihre Knie weit für mich.

„So ist's recht", knurre ich und befreie meine Erektion aus meiner Jeans. „Spreiz diese milchweißen Schenkel weiter. Zeig mir, wo ich mich reinhämmern werde."

Sie greift nach unten und spreizt ihre Pussy mit ihren Fingern weit und ich komme beinahe auf meiner Hand.

„Fuck, Angelina. Wie zur Hölle, denkst du, soll ich heute Nacht bei Verstand bleiben? Wenn ich weiß, dass sich diese süße kleine Pussy genau hier, unter diesen Shorts, versteckt?" Ich streife mir hastig ein Kondom über.

Sie stimuliert sich selbst und wimmert.

Ich packe ihr Handgelenk. „Ne ne. *Mein.*" Ich positioniere mich an ihrem Eingang und schiebe mich langsam in sie. „Mein, mein, mein, mein." Ich lasse meine Lenden gegen die Stelle zwischen ihren Beinen klatschen, und dringe tief in sie.

Sie wackelt auf den Kisten und packt meine Unterarme, damit sie nicht runterfällt.

Ich knurre und schiebe noch einen Kistenstapel hinter den, auf dem sie sitzt, und lege sie nach hinten. „Wie ist das, Baby?"

„P-perfekt." Ihre Zähne klappern bei meinen Stößen, denn ich kann nicht aufhören, es ihr hart zu besorgen und sie auf die einzige sichere Art zu markieren, die ich kann.

„Drück diese Nippel. Zwick sie hart. Das ist eine Bestrafung, Baby. Daddy wird dir wehtun, bevor er es wiedergutmacht."

Sie lacht, kehlig und süß. „Zu spät. Es ist bereits gut… so gut."

Ich komme nicht umhin, ihr Lächeln zu erwidern, denn sie ist so verdammt niedlich. Schweiß sammelt sich auf meiner Stirn und meine Muskeln spannen sich an, aber ich will nicht, dass es jemals aufhört. „Ich schätze mal, dass ich wieder deinen Arsch vögeln muss, wenn wir nach Hause kommen", drohe ich.

Sie kommt zum Orgasmus, ihre Pussy zieht sich um meinen Schwanz zusammen und entspannt sich.

Ich stoße tiefer. Härter. Schneller. „Yeah, du wirst mich

später definitiv in deinem Arsch aufnehmen. Ich habe nie gesagt, dass du kommen darfst."

Ihre Augen rollen in ihren Kopf zurück, ihr Mund öffnet sich zu einem stummen Schrei. Ich knirsche mit den Zähnen, meine Eier ziehen sich zusammen. Ich verschließe meine Lippen vor meinem eigenen Brüllen und vergrabe mich tief in ihr. Ich beuge mich nach vorne und attackiere eine ihrer Brüste, indem ich sie aus ihrem Neckholder-Top und BH hebe, sauge, drücke und küsse.

Beiße.

Sie wölbt sich mit einem Jammern meinem Mund entgegen.

„Fuck, ich will jetzt deinen Arsch nehmen." Ich greife unter ihren Hintern und finde mit der Fingerkuppe meines Mittelfingers ihre Rosette.

Ihre Pussy zieht sich erneut zusammen und milkt die letzten Tropfen Sperma aus meinem Schwanz.

Die Tür des Lagerraums öffnet sich und ich ziehe sie schnell nach unten und verstecke unsere Körper hinter den Kisten.

Sie lacht leise, als wir unsere Kleider wieder an Ort und Stelle zerren. Ich falle über ihren Mund her, küsse ihren Lipgloss weg und drücke ihren Hintern. Ich kann von diesem Mädchen nicht genug kriegen – nicht einmal direkt nach einem Orgasmus.

„Beim Schicksal, ich glaube, ich werde dich heute Nacht mit dem Gürtel bearbeiten müssen. Ich werde die ganze Nacht härter als Marmor sein, während ich dir zuschaue."

Sie blickt auf und blinzelt. „Ändert sich deine Augenfarbe?" Sie atmet scharf ein. „Ich dachte schon mal, dass ich das gesehen hätte. Ist das dein Wolf?"

Ich werde vollkommen reglos und starre auf sie hinab. „Sind sie gelb?"

Sie nickt.

Meine Hände an ihr spannen sich an. Heißt das – ? Könnte sie meine Gefährtin sein? Kommt mein Wolf an die Oberfläche, um sie zu markieren?

Sie hebt sich auf die Zehenspitzen und balanciert so mühelos, während sie mit diesen langen Wimpern klimpert. „Ich will deinen Wolf sehen." Es ist ein aufgeregtes Flüstern. Keine Forderung, aber auch kein Betteln. Sie beobachtet mich mit hoffnungsvoller Erwartung.

Wie zum Teufel kann ich da Nein sagen?

Ich presse meine Lippen auf ihre.

„Ist das ein Ja?", fragt sie atemlos, als wir uns trennen.

„Morgen", verspreche ich. „Ich werde dich hoch zum Mt. Lemmon bringen."

„Ja!" Sie hüpft auf ihren Füßen auf und ab und zieht mich für einen weiteren Kuss nach unten. „Dankeschön. Ich kann es nicht erwarten!"

Die Dinge haben sich verändert. Meine Verpflichtung hat Gewicht. Keine Schwere, nur eine Bedeutung. Ich habe zugestimmt, ihr meinen Wolf zu zeigen.

Weil sie meine Gefährtin ist?

Ist es falsch, dass ich es zu hoffen beginne?

Ja, definitiv. Denn ich kann sie noch immer nicht behalten. Aber fuck, wenn ich es nicht will.

Angelina

JARED IST NICHT IM BETT, als ich aufwache. Er musste wegen Rudelangelegenheiten länger im Eklipse bleiben und ich schlief schon, als er zu mir nach Hause kam. Aber ich bin mir sicher, dass er letzte Nacht reinkam. Ich erinnere mich daran, dass er neben mir ins Bett stieg und seinen großen Körper um meinen krümmte.

Absolut himmlisch.

All diese kleinen Momente sind Augenblicke, die ich nie mit vergangenen Freunden hatte – nicht, dass ich jemals einen ernsten festen Freund gehabt hätte. Ich meine, ich habe ein wenig gedatet. Aber ich war nie länger als ein paar Monate mit einem Kerl zusammen, und auch wenn sie manchmal am Wochenende eine Nacht bei mir verbrachten, war es nie wie *das hier* gewesen.

Ich war noch nie so sehr in eine Beziehung investiert wie jetzt mit Jared.

Dem einen Mann, mit dem ich keine Beziehung haben kann.

Draußen höre ich das Geräusch eines Motorrads und krabble eilig aus dem Bett und schaue aus meinem Fenster.

Da ist er. Unfassbar heiß in einem engen schwarzen T-Shirt, Tattoos, die sich seine Arme hinab winden, ein neues Motorrad zwischen seinen kräftigen Schenkeln. Zumindest sieht es wie ein neues Motorrad aus.

Er parkt es in meiner Einfahrt und nimmt einen Helm an sich, der vom hinteren Sitz baumelt.

Ich renne zu meiner Tür und reiße sie auf.

„Hey, Baby. Du bist wach." Er sieht aufrichtig glücklich darüber aus, mich zu sehen.

Ich weiß nicht, warum mich das überrascht. Vielleicht weil ich mit dem Gefühl aufgewachsen bin, eine Nervensäge für meinen Dad zu sein, und vor Jared wählte ich gleichgültige Männer, die mir nicht wirklich ihre volle Aufmerksamkeit schenken konnten.

Jetzt habe ich einen ausgesucht, der mir mehr Aufmerksamkeit gibt, als ich mir jemals zu träumen gewagt hätte, aber ich kann ihn nicht haben.

Gleiche Geschichte, anderer Ansatz. Unfassbar.

Er legt den Helm auf den Tisch neben der Eingangstür und kommt zu mir. Seine Hände greifen nach meiner Taille und zupfen an dem kurzen pinken Trägertop, in dem ich geschlafen habe.

Ich kichere und fange seine Hände ein. „Hast du dir ein neues Motorrad gekauft?"

In seinen Augen leuchtet Begehren. „Das habe ich." Er ignoriert meine Versuche, ihn aufzuhalten, und zieht das Top über meinen Kopf.

Ich drehe mich um, um wegzurennen – nur weil ich es liebe, wenn er mich einfängt – und das tut er.

„Baby, du solltest eigentlich wissen, dass ich meine Hände nicht von dir lassen kann, wenn du in nichts als ein paar Stofffetzen an die Tür kommst."

Ich kichere. „Ich weiß." Diese Gewissheit ist ein Teil des gigantischen Reizes, den Jared auf mich ausübt. Ich werde begehrt. Jede Minute des Tages.

Er küsst meinen Hals und schiebt mich rückwärts durch den Flur.

„Ist der Helm für mich?"

„Mmm hmm." Er knabbert an meinem Ohr.

„Für den Ausflug zu Mt. Lemmon?"

„Ja. Außer du hast Angst."

„Ich habe keine Angst", sage ich rasch. Die Fantasie, hinten auf Jareds Motorrad mitzufahren, spukt mir bereits im Kopf herum, seit ich im Eklipse zu tanzen anfing. Und zu wissen, dass er mir am Ende der Fahrt seinen Wolf zeigen wird, setzt dem Ganzen noch die Krone auf.

„Gut." Er schiebt mich ins Bad. „Wolltest du noch duschen, bevor wir fahren?"

„Ähm..." Ich bin nur verwirrt, weil seine Hände meinen Körper überall berühren und seine Zunge in meinem Ohr ist.

„Ich werde dir helfen." Er schiebt meinen Slip meine Schenkel hinab, bis er auf den Boden fällt.

Ich schlinge meine Arme um seinen Hals. „Das klingt nach einem Plan."

~

Angelina

DIE EINSTÜNDIGE FAHRT MT. Lemmon hoch ist spektakulär. Als wir schließlich dort ankommen, hat mich der Wind kräftig durchgepustet, aber ich liebte jede einzelne Sekunde der Fahrt. Jared fährt das Motorrad, als sei es eine Verlängerung seines Körpers, Kontrolle und Kraft brummen unter uns.

Er fährt vor eine Hütte, die zwischen den Bäumen steht, und schaltet das Motorrad aus.

„Was für ein Ort ist das?" Ich steige von dem Motorrad und versuche, auf meinen zittrigen Beinen einen sicheren Stand zu finden.

„Es ist eine Hütte, die einem unserer Art gehört. Nicht unbedingt ein Rudelmitglied, aber ein Freund des Rudels. Wirklich reicher Typ. Ich habe ihn um Erlaubnis gebeten, sie heute benutzen zu dürfen, und er hat zugestimmt." Jared zieht eine Satteltasche von dem Motorrad und trägt sie zur Tür hoch, wo er einen Code auf einem Tastenfeld eintippt.

„Cool." Ich folge ihm nach drinnen und betrachte die rustikale, dennoch sehr gut ausgestattete Hütte.

Er packt die Satteltasche aus, die voller Essen von einem Feinkostladen ist – frisch geschnittenes Obst, gebratenes

Hähnchen, Kartoffelsalat und ein Beutel mit Brownies. „Hunger?"

Ich beäuge das Essen. „Ähm. Ich sollte vermutlich nicht."

Er zieht eine Braue hoch. „Was zum Teufel soll das heißen?"

Sein Tonfall tut weh und ich wende den Kopf ab, um die Röte zu verbergen, die mir in die Wangen steigt.

In Nullkommanichts bin ich in seinen Armen und meine Wange ist an seine Brust gepresst. „Baby, das kam falsch raus. Willst du mir damit sagen, dass du Hunger hast, aber denkst, du solltest nicht essen? Denn das werde ich nicht durchgehen lassen."

Ich kuschle mich an ihn. Ich liebe seine beschützende Ader, wenn es um mich geht. „Ich werde essen", lenke ich schnell ein. „Ich will mich definitiv nicht einem wütenden Wolf stellen."

Er gluckst und streichelt meinen Hinterkopf. „Ich wollte dir keine Angst einjagen, Engel. Habe ich das?"

„Du hast meine Gefühle ein wenig verletzt. Ich werde nicht gerne angebrüllt. Aber es ist alles gut. Ich weiß es zu schätzen, was du für mich tust."

Er drückt mir einen Kuss auf den Scheitel. „Ich werde nicht noch einmal brüllen." Er setzt sich auf einen Stuhl am Tisch und zieht mich auf seinen Schoß. Daraufhin fährt er fort, mich zu füttern, bis er der Meinung ist, dass ich genug gegessen habe. Erst dann isst er, was übrig ist.

„Okay, Engel. Bist du bereit, meinen Wolf kennen-zulernen?"

Ich springe von seinem Schoß. „Ja!"

Er steht auf und schält sich das T-Shirt vom Körper. „Er ist größer als ein normaler Wolf. Hab keine Angst, okay? Ich werde dir nicht wehtun."

„Ich habe keine Angst." Aufregung flattert durch meine

Brust. Es ist, als würde ich diese geheime Überzeugung hegen, dass es die Lücken zwischen uns schließen wird, wenn ich seinen Wolf sehe. Die Unterschiede, die uns voneinander trennen.

Er tritt seine Stiefel von den Füßen, knöpft seine Jeans auf und zieht sie aus. Seiner Boxershorts und Socken entledigt er sich zuletzt und dann ist er nackt. Mit dem größten Ständer der Welt.

Wieder.

Es scheint, dass dieser Mann nie genug von mir kriegt.

„Ich werde vermutlich rennen müssen. Falls ich durch die Hundeklappe gehe, mach es dir hier einfach gemütlich, okay? Ich werde zurückkommen, wenn ich mein Tier unter Kontrolle habe."

Ich verstehe nicht, wovon er spricht, aber ich nicke trotzdem.

Jared nickt kurz und dann werden seine Augen golden. Er fällt auf alle viere, ein gigantischer weiß und silberner Wolf. So wunderschön, dass ich weinen will.

Vielleicht weine ich auch.

Ich sinke definitiv auf die Knie und werfe meine Arme um seinen pelzigen Hals. Er winselt und leckt mein Gesicht ab, während ich ihn überall streichle. Hübsches, weiches Fell. Gigantisches Tier.

Ich bin völlig hin und weg von ihm.

„Jared", hauche ich.

Er erschauert und stürzt davon, rennt geradewegs zur Hundeklappe in der Küche. Und dann ist er fort.

Ich reiße die Tür auf, folge ihm nicht, schaue nur zu. Er kommt schnell vorwärts, während seine massiven Pfoten über den weichen Waldboden springen.

„Viel Spaß", murmle ich und lehne mich mit der Hüfte an den Türrahmen.

Unglaublicher, umwerfender Wolf.

Ihn zu sehen, löst eine Sehnsucht in mir aus, die ich nicht beschreiben kann. Es ist ein Zupfen in meinem Bauch. Ein tiefes Bedürfnis oder Verlangen, das ich nicht einmal verstehe.

Will ich auch ein Wolf sein?

Nein, das ist es nicht.

Ich will *ihn*.

Ich will ihn behalten.

Für immer.

Tränen schießen mir in die Augen.

Warum kann das hier nicht funktionieren?

*J*ARED

ANGELINA WIRKT BEDRÜCKT, nachdem sie meinen Wolf gesehen hat. Vielleicht versteht sie endlich, wie wenig menschlich ich bin. Dass wir nicht zusammen sein können. Dieser Gedanke sollte nicht so eine verdammt große Verzweiflung in mir auslösen, aber das tut er.

Sie presst ihren Körper auf der Fahrt den Berg runter fest an meinen, als könne sie nicht nah genug an mich rankommen, und dennoch umgibt sie ein Hauch Melancholie.

Ist das der Abschied?

Fuck.

Ich befürchte, dass er das ist.

Ich bringe sie zurück zu ihrem Haus und wir laufen langsam hinein. „Also was hast du heute Abend vor?"

Ich sah, dass sie auf ihrem Handy die Zeit blockiert hat,

aber es stand nicht dort wofür. Es war ein wiederkehrender Termin jeden Sonntagabend, was auch immer der sein mag.

„Oh, ähm, nicht viel", sagt sie. „Bleibst du hier?"

Ich verlangsame meine Schritte, bis ich stehe, weil sich ihre Stimme merkwürdig angespannt anhört.

Hat sie mich gerade *angelogen*?

Als sie zu mir schaut, flutet Schuld ihre Züge.

Ich bin verblüfft, wie sehr das wehtut. Unglaublich. Als wäre ein Monstertruck gerade über meine Brust gerollt.

„Ich esse sonntags normalerweise mit meinen Eltern zu Abend."

Das ist die Wahrheit. Aber der Schmerz lässt nicht nach. Er vervielfältigt sich. Denn Angelina spricht aus, was ich schon immer gewusst habe, aber irgendwie ist es mir gelungen, mich selbst davon zu überzeugen, dass es nicht stimmt.

Ich bin nicht gut genug.

Nicht für Angelinas Eltern, die für sie nur das Beste wollen. Eine zweiwöchige Affäre mit mir zu haben, mag in Ordnung sein, aber ich bin nicht der Typ, den sie nach Hause bringt.

Jemals.

Ich ramme meine Hände in meine Taschen. „Yeah, ich verstehe. Das ist cool." Meine Stimme klingt erstickt. Der Drang, auf irgendetwas einzuschlagen, ist groß.

Oder mich zu verwandeln und laufen zu gehen.

„Yeah, ich muss mich um einige Rudelangelegenheiten kümmern. Ich sehe dich dann später." Ich laufe zur Tür. Ich kann buchstäblich keine weitere Minute in ihrem Haus ertragen, denn ich werde von dem Verlust erstickt.

Was dämlich ist, weil sie nie mir gehört hat, sodass ich sie gar nicht verlieren kann.

Doch das ist etwas Gutes. Denn ich habe gerade angefangen, mich zu fragen, ob sie wirklich meine Gefährtin ist und ich vielleicht einen Weg finden kann, wie das funktionieren könnte.

Die Antwort lautet Nein.

Was ich von Anfang an wusste.

Also geh. Und obwohl es mich umbringt, werde ich mein Wort brechen und ihre Erinnerungen löschen lassen müssen. Vielleicht kann ich sie dazu überreden, zuzustimmen. Das muss meine einzige Strategie sein.

Aufhören, sie zu vögeln.

Sie überzeugen, dass sie diese Erinnerungen ziehen lässt.

Unsere Erinnerungen.

„Jared."

Ich stoppe an der Tür und schaue zurück, wobei ich mein Gesicht zu einer, wie ich hoffe, erfreuten Miene zwinge.

„Yeah?"

„Es wäre einfach komisch mit meinen Eltern –"

Ich winke mit der Hand ab. „Oh, ich weiß. Deswegen werde ich dich auch in Ruhe lassen. Bis später."

Ich laufe raus und lasse mein geprügeltes Herz auf ihrem Wohnzimmerboden zuckend zurück.

Aber es gibt nichts, das diesbezüglich unternommen werden kann. Ich habe mir das selbst angetan.

Und ihr.

Ich kann keinem anderen als mir selbst die Schuld geben.

KAPITEL ELF

ngelina

JARED IST NICHT in meinem Haus, als ich nach Hause komme. Er taucht auch nicht auf, bevor ich ins Bett gehe. Mein Magen hat sich vollkommen verknotet.

Ich bin mir ziemlich sicher, dass ich ihn beleidigt habe.

Ich habe um seinetwillen versucht, ihn von meinen Eltern fernzuhalten – denn sie können unhöfliche, arrogante, voreingenommene Arschlöcher sein. Ich will nicht, dass sie ihn verurteilen.

Und ich weiß, dass sie das tun würden.

Sie würden einen Blick auf seine muskulösen Arme werfen, die mit Tattoos übersät sind, und ihn als einen der Hell's Angel oder so etwas Dämliches abschreiben.

Sie würden niemals unter die Oberfläche schauen, um den wundervollen Mann zu sehen, der er ist. Der fürsorgliche, rücksichtsvolle, umsichtige, *charmante* Mann, der mich scheinbar nur unterstützen will. Und mir das Gehirn rausvögeln will.

Und ich würde es hassen – absolut sterben – wenn sie unfreundlich zu ihm wären.

Also war es zu seinem Schutz, dass ich ihn nicht einladen wollte, damit er sie kennenlernt.

Aber mir geht immer wieder durch den Kopf, was er sagte, nachdem wir meine Oma besucht hatten.

Du dachtest, sie würde mich hassen.

Er glaubt das bereits über meine Familie. Und im Fall meiner Eltern würde es der Wahrheit entsprechen. Aber *Gott*, ich will nicht, dass er denkt, ich würde ihn für *weniger* halten. Nur weil meine Eltern eingebildete Arschlöcher sind, heißt das nicht, dass sie besser sind.

Ich stehe an meinem Fenster und schaue hinaus. Als würde er jede Minute auf diesem sexy Motorrad vorfahren.

Obwohl ich weiß, dass er es nicht tun wird.

Wie erkläre ich ihm das, ohne es noch schlimmer zu machen? *Ja, ich dachte, meine Eltern würden dich hassen, aber ich verstecke dich nicht vor ihnen, ich verstecke sie vor dir.*

Ich bin mir nicht sicher, dass er das glauben würde. Ich hätte von Anfang an versuchen sollen, super direkt zu sein. *Hey, meine Eltern sind Idioten und es wäre mir peinlich, wenn du sie kennenlernst. Hättest du also etwas dagegen, wenn ich sie dir nicht vorstelle?*

Verdammt. Ich weiß es nicht. Sollte ich versuchen, ihm zu simsen? Versuchen, es zu erklären? Oder wird das diesen Graben zwischen uns nur noch tiefer machen?

Wow, wir sind wirklich Romeo und Julia. Meine Eltern und sein Rudel halten uns voneinander fern.

Ich reibe mir angewidert über die Augen.

Natürlich, um die Sache noch düsterer zu machen, war

das Abendessen das schlimmste aller Zeiten. Oder vielleicht bemerke ich es jetzt einfach mehr, da mich Jared eine Woche lang aufgebaut hat. Es wirkte auf mich, als würde ich von meinen Eltern nur hören, was und wen sie wollen, dass ich bin.

Meine Mom ließ sich über mein Gewicht aus und dass ich etwas fülliger aussähe. Mein Dad konnte nicht aufhören, über die Cocktailparty nächsten Sonntag zu reden und dass ich dort sein müsse, um die große Nummer Jackson King kennenzulernen.

Es ist das Haarsträubendste, das ich jemals gehört habe. Wer braucht es schon, dass seine Tochter herumsteht und hübsch aussieht, damit er einen Geschäftsabschluss unter Dach und Fach bringen kann? In welcher Realität hat er sich diese Rolle für mich ausgedacht?

Und dennoch spüre ich die Ketten der Gebundenheit an sie, als wäre ich die holde Jungfrau, die in der Burg einge-sperrt ist, bereit, von ihrem Vater verkauft zu werden, um seine Ländereien zu vergrößern. Vielleicht wäre ich das in einem anderen Leben. Vielleicht werden wir diese Interaktion dauerhaft wiederholen, bis ich ihnen endlich die Stirn biete und sage, dass ich nicht ihre Marionette bin.

Aber der Gedanke wirft mich buchstäblich in Treibsand. Sie sind meine Eltern. Ich bin ihr einziges Kind. Sie haben mich ein ganzes Leben lang unterstützt – finanziell, vielleicht nicht emotional. Sie bezahlen noch immer meine Studienge-bühren und für Kost und Logis. Ich unterrichte Kurse, damit ich Taschengeld habe. Ist es fair oder richtig von mir, mich auf die Hinterbeine zu stellen?

Was ist schon so schlimm daran zu einer dämlichen Spen-denparty zu gehen?

Abgesehen davon, dass sich der Gedanke, ein Kleid anzu-ziehen und nächste Woche auf ihre Party zu gehen, so ähnlich anfühlt, als würde ich Jared betrügen. Meine Eltern wieder zu sehen, ohne Jared zu erwähnen, fühlt sich wie Verrat an.

Obwohl er und ich eigentlich nicht einmal ein Paar sein sollten, bin ich eng mit ihm verbunden. Und ich will nicht, dass er glaubt, dass er für mich weniger als ein verflixter Held ist.

Ich straffe die Schultern und wende mich von dem Fenster ab.

Ich werde ihn meinen Eltern vorstellen. Mir ist scheißegal, was sie denken. Ich werde ihn vorwarnen, dass sie Arschlöcher sind und dass ich mich dafür schäme, wie sie ihn vielleicht behandeln werden, aber ich werde an seiner Seite bleiben. Jared ist zu wundervoll, um mir das von ihnen zerstören zu lassen. Es ist mein Verhalten, das ihn gestört hat, und das kann ich korrigieren.

Ich nehme mein Handy in die Hand und schreibe ihm. *Ich vermisse dich. Ich wünschte, ich hätte dich zu meinen Eltern mitgenommen. Kommst du vorbei?*

Er antwortet sofort. *Es ist alles zum Besten, Baby. Schlaf ein wenig. Wir sehen uns bald.*

Tja, Scheiße. In seiner Nachricht schwingt eine distanzierte Note mit, die die Alarmglocken in meinem Kopf zum Läuten bringt.

Aber vielleicht interpretiere ich auch zu viel hinein.

SMS können diesbezüglich komisch sein.

Ich hoffe auf jeden Fall stark, dass das alles ist.

∾

*J*ARED

. . .

Isт es vollkommen verdreht, dass ich, obwohl ich in Erwägung ziehe, Angelina gehen zu lassen, versuche, mich ihrer würdig zu machen?

Ich sitze unserer Rudelanwältin – die auch Garretts Gefährtin ist – am Schreibtisch gegenüber, wobei mein Knie auf und ab hüpft. Es sind über vierundzwanzig Stunden vergangen, seit ich Angelina gesehen habe und das Loch in meinem Herzen wird größer.

Ich muss irgendetwas unternehmen, irgendetwas tun, um zu versuchen, mein Leben respektabel zu machen.

„Hör zu, ich habe an diese Kinder gedacht – all die Pflegekinder, denen du hilfst. Vielleicht die Älteren?"

„Ja?" Amber hat eine höfliche, freundliche Miene aufgesetzt. Sie hat Stil, diese Frau, obwohl sie selbst ein Produkt des Pflegefamiliensystems ist.

„Nun, meinst du, ihnen würde ein Boxstudio gefallen? Ein Ort, an dem sie ihre Aggression abtrainieren können – falls sie welche haben? Ich dachte, dass ich sie vielleicht, äh, unterrichten könnte oder so etwas. Ihnen das Boxen beibringen könnte."

Ich bin nicht darauf vorbereitet, wie sich Ambers Gesicht erhellt. „Jared, das ist eine fantastische Idee! Du wärst perfekt dazu geeignet, Teenager zu unterrichten, die Probleme haben. Würdest du das wirklich tun?"

Ich habe A gesagt, jetzt muss ich auch B sagen. Vor allem wenn Amber diesen volle Kraft voraus Blick auf mich richtet. Ich räuspere mich. „Nun, vielleicht könnten wir es ausprobieren? Sehen, wie es läuft? Ich habe dieses Lagerhaus gemietet für, äh –" Ich stoppe, da ich Amber in nichts Illegales verwickeln will.

„Ich weiß von deinem Kampfklub", wirft sie ein, als würde es sie kein bisschen stören. „Und ja, das wäre die perfekte Methode, ein sauberes Unternehmen rund ums

Kämpfen aufzubauen. Ich denke, das ist die brillanteste Idee, die ich jemals gehört habe."

Ich grinse. „Ich weiß nicht, ob ich so weit gehen würde."

„Doch, wirklich. Hast du schon mit Garrett geredet?"

Ich schüttle den Kopf. „Ich wollte dich zuerst fragen. Ich weiß, dass Garrett alles absegnen wird, dem du grünes Licht gibst." Ich zwinkere.

Sie lacht. „Kluger Wolf. Okay, ich werde ein paar Anrufe machen. Vielleicht könntest du mit einem einmaligen Work-shop anfangen, um das Interesse einzuschätzen – auf beiden Seiten, deiner und ihrer. Du weißt schon, um zu sehen, wie es läuft. Und wenn es allen Spaß macht, können wir etwas Dauerhafteres einrichten. Aber du wirst alles legal und astrein machen müssen – Haftpflichtversicherung, Fingerabdrücke, Erste-Hilfe-Kurs."

„Ich werde dieses Wochenende daran arbeiten. Noch irgendetwas?"

„Wirst du Matten kaufen und es wie ein echtes Studio aussehen lassen?"

„Yeah. Definitiv." Ein Fitness-/Tanzstudio/Aufführungs-raum. Mit Käfigkämpfen im Hinterzimmer. Irgendetwas daran, eine ganze Reihe Lagerhäuser zu haben, mit denen ich arbeiten kann, gibt mir das Gefühl, als wäre alles möglich.

Sogar Angelina für mich zu gewinnen.

Ich fahre zum nächsten Baumarkt, um Sperrholz und Schaumstoff zu kaufen, um den Boden im Tanzstudio, Lager-haus und dem Fitnessstudio zu federn. Ich werde den Raum auf jede mögliche Weise ausstatten, denn meine Zukunft ist damit verknüpft. Ich weiß nicht, wie sie aussehen wird, aber ich muss die notwendigen Schritte unternehmen, um dorthin zu gelangen.

Angelina

DREI TAGE. So lange sehe ich Jared nicht. Er schickte SMS – freundliche SMS. Er fragte, wie mein Tag war. Wollte wissen, ob ich mit der Planung meiner großen Show weitergekommen wäre. Erzählte mir, dass ich meine Professoren zum Teufel schicken sollte, und versprach mir fortwährend, dass er mich bald sehen würde.

Aber es sind drei Tage vergangen und Furcht baut sich in mir auf, sodass ich das Gefühl habe, bald zu explodieren. Ich hasse dieses ruhelose Gefühl – nicht zu wissen, was mit uns passiert. Nicht, dass ich das jemals wusste, aber wenigstens war er in meinem Haus, in meiner Gegenwart und verdrängte all meine Zweifel mit seiner großen Präsenz.

Ich ziehe meine Leggings und Top aus und schlüpfe in ein Trägerkleid, bevor ich aus dem Tanzgebäude trete. Und dann setzt mein Herz einen Schlag aus.

Da ist er. Auf seinem Motorrad am Straßenrand.

Mein Herz schlägt doppelt so schnell und ein Lächeln breitet sich auf meinem Gesicht aus. Ich muss mich schwer beherrschen, nicht sofort zu ihm zu rennen.

Er steigt ab und zieht mich an sich, sein Mund legt sich auf meinen, als sei nichts passiert.

Ich sollte ihn wegschubsen und verlangen, dass wir reden. Dass wir unsere Beziehung besprechen und was als Nächstes geschehen wird. Aber das klingt schrecklich. Und seine Lippen auf meinen sind so viel besser als schrecklich. Sie sind göttlich.

Wie nach Hause kommen.

Also ja, Reden kann warten. Ich will jetzt einfach nur mit Jared zusammen sein.

„Ich habe dich vermisst", sage ich ehrlich, als wir uns voneinander lösen.

„Baby, ich habe meine Hand so hart gevögelt, dass ich Blasen bekam, weil ich dich vermisst habe." Ein schockiertes Lachen sprudelt über meine Lippen und Jared zuckt mit den Achseln. „Du solltest es wissen."

„Warum bist du dann weggeblieben?" Verflixt. Ich wollte dieses Gespräch wirklich nicht führen, weil ich fürchterliche Angst vor seiner Antwort habe.

Sein Gesicht umwölkt sich und er presst seine Lippen zusammen. „Ich versuche, meinen Scheiß geregelt zu kriegen." Seine Stimme ist schroff.

Ich schlinge meine Arme um ihn und drücke ihn fest, als könnte ich ihn irgendwie dazu zwingen, für immer in meinem Leben zu bleiben.

Er neigt mein Kinn nach oben. „Bist du okay?"

„Ja." Ich klinge atemlos. *Jetzt, da du hier bist*. Ich schaue zu dem Motorrad. „Wirst du eine Runde mit mir drehen?"

Er lächelt und nimmt den Helm in die Hand. „Eine kurze. Denn du bist nicht passend angezogen." Seine Augen wandern zu meinen nackten Beinen und seine Lippen heben sich, als würde ihm gefallen, was er sieht. „Ich werde dich zu deinem Auto bringen."

Ich brenne darauf, zu fragen: „Und dann?" Um ihn anschließend anzuflehen, zu meinem Haus zu kommen, aber ich will nicht als wahnsinnig bedürftig rüberkommen. Ich steige hinten auf das Motorrad und schlinge meine Arme um seine solide Taille. Er setzt uns langsam in Bewegung, woraufhin ich mein Gesicht an seinen Rücken lehne und seinen Geruch einatme.

Die Fahrt zum Auto ist kurz – viel zu kurz. Ich steige ab und spiele an meiner Tanztasche herum. „Und was jetzt?"

Jared fährt mit einer Hand durch seine kurzen Haare. „Jetzt…"

„Du solltest vermutlich mit zu mir kommen, damit ich mich um dieses, äh, Problem von dir kümmern kann", sage ich und beäuge seinen Penis, der sich gegen seine Hose wölbt.

Er gibt ein angespanntes Lachen von sich. „Fuck, Baby." Er sieht sich um, als würde die Antwort auf einem der Bäume stehen.

Ich befeuchte meine Lippen mit der Zunge, wobei ich sicherstelle, dass er die Bewegung sieht.

Er stöhnt und drückt sein Glied durch seine Jeans. „Ich könnte dir niemals widerstehen. Ich schwöre beim Schicksal – selbst wenn ich dir die Erinnerung hätte löschen lassen, wäre ich gleich wieder hier gewesen, um neue Erinnerungen zu machen."

Irgendetwas flattert in meiner Brust. *Neue Erinnerungen. Ja. Bitte.*

Er fängt meinen Hinterkopf ein und verschmilzt seinen Mund erneut mit meinem. Der Kuss ist besitzergreifend und dominant. „Du gehst nach Hause und duschst, Kleines. Ich werde etwas zum Essen besorgen und mich dort mit dir treffen. Worauf hast du Lust?"

„Dich."

Seine Augenfarbe wechselt zu gelb, direkt hier auf der Straße und er lässt ein unmenschliches Knurren ertönen. Er drückt mich gegen das Auto, seine Bewegungen sind grob. Er schiebt sein Knie zwischen meine Schenkel und spreizt meine Beine. „Wenn du so weiterredest, wirst du noch am helllichten Tag an diesem Auto gevögelt werden."

Ich bin hilflos vor Verlangen. Ich liebe den dominanten, aber ritterlichen Jared, doch diese Seite von ihm? Dieses außer Kontrolle knurrige Ding? Ich bin verloren. Ich reibe mich an seinem Bein und meine Brüste an seiner Brust.

„Im Ernst", flucht er, während sich eine Hand in meinen Haaren vergräbt und sie strafzieht. Seine andere Hand streichelt meine Hüfte hinab. „Wenn ich deine Haut berühre, ist alles vorbei."

Irgendwie übernimmt irgendein Sinn für Anstand die Zügel und ich fange seine Hand ein, bevor sie meinen nackten Schenkel erreicht. „Ich werde für dich bereit sein", verspreche ich mit einer Stimme, die nicht einmal annähernd vertraut klingt, so heiser ist sie.

Er zieht kräftiger an meinen Haaren und wandert mit seinem offenen Mund meinen Hals nach unten. „Wehe, wenn nicht."

Feuerwerke explodieren in meinem Unterleib und in meinem Kopf. Ich verzehre mich nach dieser aggressiven Seite von Jared mehr denn je. Er beißt meinen Hals – so fest, dass er einen Abdruck hinterlässt, aber ich wimmere nicht.

Tänzer nehmen Schmerzen nicht auf die gleiche Weise wahr wie die meisten Leute, weil er immer mit Freude vermischt ist. In Spitzenschuhen zu tanzen, bis die eigenen Füße blutig sind, geht mit der Befriedigung des Erfolgs einher.

Vielleicht liebe ich es deswegen so sehr, wenn mir Jared den Hintern versohlt. Vielleicht wird die Aggression, vor der er mich gewarnt hat, gar kein Problem sein.

Irgendwie löse ich mich aus seinem Griff und rutsche nach unten auf den Fahrersitz meines Autos. Er lehnt sich an das Fahrzeug und späht durch das Fenster, als sei er sich nicht sicher, ob er mich wegfahren lassen soll. Und angesichts dessen, dass er ein riesiges Motorrad nach dem Autounfall hochhob, als wöge es nichts – könnte er mein Auto wahrscheinlich mit einer Hand stoppen. Stattdessen klopft er auf das Dach und späht nach wie vor zu mir in den Wagen, während ich langsam davonfahre.

Ich rutsche auf meinem Sitz hin und her, da meine Pussy heiß und feucht ist und ich mich mehr als verzweifelt nach ihm sehne.

Die kleine Stimme der Vernunft in meinem Kopf brüllt, *was tust du?* Jedes Mal, wenn ich Sex mit Jared habe, macht das unsere bevorstehende Trennung schlimmer.

Aber ich kann mich nicht dazu bringen, mir jetzt deswegen den Kopf zu zerbrechen. Ich habe drei Tage hinter mich gebracht, ohne ihn zu sehen, und mein Körper sehnt sich jetzt verzweifelt nach der Befriedigung, die nur er ihm geben kann. Ich sehne mich danach, ihm Befriedigung zu verschaffen.

Und ich schätze, wenn ich ganz ehrlich bin, würde ich zugeben, dass es in mir irgendeine muntere Optimistin gibt, die noch immer hofft, dass wir eine Beziehung vielleicht auf die Reihe kriegen können.

Ich steige aus dem Auto, sowie ich es in meiner Einfahrt stoppe, und rase zur Tür. Ich nehme die weltschnellste Dusche, doch dann fällt mir einfach nicht ein, was ich tun soll. Meine Klamotten wieder anziehen? Im Handtuch bleiben?

Wie sich herausstellt, muss ich nicht warten, um es herauszufinden, denn Jared platzt nur einen Augenblick später in mein Haus. Seine Stiefel trampeln mit langen, schweren Schritten durch den gefliesten Flur.

Ich spähe aus dem Schlafzimmer, während meine nassen Haare noch tropfen und das Handtuch unter meine Achseln geklemmt ist.

Jared knurrt. Ja, ein echtes Knurren. Ein wolfähnliches Knurren. Seine Augen glühen gelb.

Meine Pussy zieht sich zusammen, mein Bauch flattert.

Vielleicht weil ich wegen seiner Dominanz ein wenig nervös bin, ergreife ich die Kontrolle. Ich baue mich vor ihm auf, als er in mein Schlafzimmer kommt. „Zeig mir deinen Schwanz."

Sein überraschtes Grinsen wechselt seine Augenfarbe einen Moment lang zurück zu grün, doch in dem Moment, in dem er seinen Penis rausholt und mit seiner Faust umschließt, leuchten sie wieder gelb.

Ich hebe meine Arme und lasse mein Handtuch fallen.

Er greift nach mir, aber ich tanze außer Reichweite.

„Ne, ne. Ich werde mich zuerst um dich kümmern." Ich sinke auf dem Handtuch auf die Knie und schiebe seine Jeans samt Boxershorts seine Beine hinab. Er tritt die Stiefel von seinen Füßen und aus dem Gewirr an Klamotten. Ich schließe meine Hand um die Stelle, an der er nach wie vor seine Schwanzwurzel umfasst hält und führe die Spitze an meinen Mund.

„Angelina", würgt er hervor. „Ich kann nicht – ich –"

Ich ignoriere ihn und nehme die Spitze zwischen meine Lippen, woraufhin ich einen Lusttropfen von seinem Schlitz lecke.

Er legt eine Hand auf meinen Hinterkopf und wickelt meine Haare erneut um seine Faust, sodass er mich nach vorne auf seinen Schwanz schieben kann. Ich bin mir ziemlich sicher, dass er mir sagen wollte, dass er sich nicht zurückhalten kann, denn seine Berührung ist kein bisschen zärtlich. Er hält mich reglos und stößt sich tief in meine Kehle, dann weicht er zurück und stößt abermals zu. Tränen schießen mir in die Augen, aber ich bin über alle Maßen begeistert davon, wie verzweifelt er mich braucht.

Ich massiere seine Hoden und versuche, seinen Griff um seinen Schaft zu lösen, damit ich ihn stattdessen packen kann.

Er scheint sich zusammenzureißen und stellt seine Stöße ein, entfernt seine Hand und steht keuchend da.

Ich schaue zu ihm hoch und beobachte seine Reaktion, während ich ihn langsam tief aufnehme.

Noch ein Knurren.

„Was machst du nur mit mir, Baby?" Seine Zähne sind zusammengepresst, seine Faust nach wie vor fest in meinen Haaren verwickelt. „Ich kann nicht viel mehr davon ertragen."

Ich sauge fester und bewege meinen Kopf schneller auf ihm. „Ich werde in deiner Kehle kommen, Baby." Er beginnt wieder, in mich zu stoßen, die Kontrolle zu übernehmen und meinen Kopf für seine ruckhaften Bewegungen gefangen zu nehmen. „Das willst du doch nicht, oder?"

Ich gebe einen Laut von mir und nicke und er brüllt, kommt. Sein heißer, salziger Samen spritzt gegen meinen Rachen und ich schlucke und schlucke, bis alles unten ist.

Jared büßt jedoch nichts von seiner Intensität ein. Er zieht sich aus meinem Mund, hebt mich hoch und wirft mich mit dem Rücken auf das Bett. Er taucht zwischen meine Schenkel und leckt mit heißen Zungenschlägen in mich. Er beißt und saugt und schnalzt, verschlingt mich mit einem Hunger, den ich nicht für möglich gehalten hätte. „Ich werde dich vögeln", knurrt er und schiebt seine Finger in mich. Er pumpt sie bis zu den Knöcheln in mich.

Ich wölbe mich vom Bett.

Er findet meinen G-Punkt und so schnell komme ich zum Orgasmus. Er wartet kaum, bis ich fertig bin.

„Ich kann jetzt nicht aufhören. Ich werde dich die ganze Nacht lang vögeln, Baby. Du wirst morgen nicht normal laufen können."

Ich erhebe keine Proteste. Ja, dieses Versprechen schüchtert mich ein wenig ein, aber mein Verlangen und meine Erregung überwiegen jegliche Furcht bei weitem.

„Fick mich", fordere ich ihn heraus.

Er hebt seinen Kopf und starrt mit diesen hübschen goldenen Augen auf mich hinab. „Ich werde nicht sanft sein." Es ist eine Warnung, die ich nicht brauche. Er ist bereits ein halbes Tier – seine Stimme ist tief und grob, die Leidenschaft hinter seinen Berührungen wirkt eher instinktiv als kontrolliert.

„Fick mich", wiederhole ich.

Er dreht mich auf den Bauch und packt abermals meine Haare, mit denen er meinen Kopf nach oben zieht, sodass ich mich nach hinten biege. „Ich werde dich von hinten vögeln, weil ich deinen Arsch liebe."

Leider stoppt er nicht, um ihn zu schlagen. Aber dann vergesse ich diese flüchtige Enttäuschung, weil er ein Kondom überrollt und sich in mich rammt. Ich weiß nicht, wie es sein kann, dass sein Penis schon wieder hart ist, aber das ist er. Das simultane Brennen an meinem Schädel und das tiefe Vergnügen, von ihm gefüllt zu werden, erhöhen meine Sensibilität. Ich stöhne nach mehr.

Jared reitet mich, wobei er meine Haare benutzt, um mich besser zu kontrollieren, bis er der Stellung müde wird und meine nassen Locken loslässt. Er dreht meine Hüften zur Seite und hebt ein Knie, um mich tiefer und härter zu vögeln. Dabei hält er mich im Nacken und am Schenkel fest, um sich tiefer in mich zu rammen.

Es ist alles ein einziger Mischmasch aus Empfindungen und Lust. Ich habe keine Kontrolle über die Situation, weshalb ich mich unterwerfe und ihm erlaube, meinen Körper zu benutzen, wie es ihm in den Sinn kommt. Und es kommt ihm definitiv viel in den Sinn. Er drückt mich auf den Rücken und fällt wie ein verhungerter Mann über meine Brüste her, während er fortfährt, sich mit seiner Härte in mich zu hämmern. Dann bin ich auf Händen und Knien und seine Finger bohren sich in meine Hüften, während er seine Hoden gegen meine Klit klatschen lässt. Er greift um mich und massiert diese magische Stelle und ich komme wieder, während ich gegen ihn bocke. Er zieht meinen Oberkörper nach oben an seine Brust und drückt meine Brüste grob, während er in meinen Hals beißt.

Dann sind wir nicht mehr auf dem Bett. Er beugt meinen Oberkörper auf die Matratze. „Spreiz deine Beine weit."

Weit ist leicht für eine Tänzerin. Ich nehme die zweitweiteste Position in *relevé* ein – was die schicke französische Art ist, auf meinen Fußballen zu sagen – und drücke den Rücken durch.

Er knurrt bewundernd und lässt Hiebe in einer raschen Folge auf mich prasseln. Er versohlt mir den Hintern, die Rückseite meiner Schenkel, meine Pussy. Sogar die Innenschenkel erhalten seine köstliche Form der Folter.

„Wenn du nicht so gottverdammt feucht wärst, könnte ich mich zurückhalten", knurrt er. „Aber wie kann ich das, wenn du genauso gerne nimmst, wie ich austeile?"

„Mehr", ist das Einzige, das ich hervorwürgen kann.

„Ich kann mich nicht genug in Zaum halten, um deinen Hintern sanft zu nehmen. Aber du willst das, oder?"

Ich vermute, das will ich. Es ist intensiv – so intensiv – aber die Lust ist nicht von dieser Welt.

Er schlägt zwischen meine Beine. „Ich werde diese Pussy schlagen müssen, bis du kommst. Denkst du, du kannst kommen, nur weil dir die Pussy versohlt wird?" Er schiebt einen Finger in meinen Kanal, dann zieht er ihn raus und umkreist meinen Anus damit.

„I-ich weiß es nicht", keuche ich.

„Ich denke, du kannst es, Baby. Du wirst es für mich tun."

Er schlägt mich schneller, nur zwischen den Beinen, während er weiterhin um meinen Anus kreist. Er schlägt dort viel leichter zu, als er das sonst bei meinem Hintern tut, doch jetzt übt er etwas mehr Kraft aus.

„Au", wimmere ich.

Er hört nicht auf, sondern macht mit den gleichmäßigen, festen Schlägen weiter. „Du wirst kommen und dann werde ich deine wunde kleine Pussy vögeln, bis ich wieder komme. Und das wird dich lehren, keinen Wolf so kurz vor Vollmond in Versuchung zu führen."

Seine Worte bringen mich zum Kommen. Allein von seinem Wolf zu hören, erregt mich unfassbar. Meine Pussy zieht sich zusammen und verkrampft sich um nichts und mir ist egal, wie wund er meine Mitte gemacht hat, ich will ihn definitiv noch mal in mir haben.

Er hebt mich auf dem Bett auf die Knie und drückt meinen Oberkörper flach auf die Matratze. Er verpasst mir noch mehr Hiebe, aber ich registriere nichts mehr als Schmerz – es ist alles Lust. Es sind alles heiße, kribbelnde, fabelhafte Berührungen. Er verteilt scharfe Schläge auf der Rückseite meiner Beine und meinem Hintern, bestraft erneut meine Innenschenkel. Dann fixiert er meine Hände hinter meinem Rücken und stößt sich in mich.

Ich liebe das Gefühl, seine Gefangene zu sein. Er zieht an meinen Ellbogen, um sich tiefer in mich zu rammen, und bestraft mich mit seinem dicken Schwanz. Er hämmert sich härter, schneller in mich, sodass seine Lenden ein klatschendes Geräusch an meinem brennenden Hintern erzeugen.

Ich beginne, zu brabbeln und zu flehen. Ich muss kommen, aber noch wichtiger, ich will, dass er kommt. Ich will, dass er mit mir seine Befriedigung erreicht.

„Fuck ja. Ich liebe es, wenn du bettelst, Baby", knurrt er.

„Wer färbt deinen Arsch rot und macht dich gierig nach seinem Schwanz?"

„Du tust das. Jared! Jared, *bitte*."

„Ich kann nicht genug kriegen." Er vögelt mich so hart, dass meine Zähne klappern.

„Bitte!"

Ein schauerliches Knurren durchschneidet den Raum und Jared kommt. Ich verkrampfe mich um ihn während des überwältigendsten Orgasmus meines Lebens.

Er vögelt mich weiterhin mit harten Stößen und brüllt ohne Unterlass.

Und dann sind wir irgendwie auf unseren Bäuchen, sein Körper liegt auf meinem und sein Atem weht heiß in mein Ohr. Er knabbert und leckt und beißt meinen Hals, während er sein Glied nach wie vor in mich pumpt, jetzt jedoch sanft.

„Bist du okay?", murmelt er.

Einen Moment lang kann ich nicht antworten, weil ich zu sehr außer Atem bin, zu erschöpft bin. Im Nu zieht er sich aus mir und dreht mich auf den Rücken. Seine Augen sind wieder grün und sein Blick ist besorgt.

„Mir geht's gut", bringe ich hervor. „Mir geht's großartig."

Seine Augenbrauen ziehen sich zusammen und er weicht zurück, während er meine Hüften von einer Seite auf die andere rollt. „Ich habe dir blaue Flecke zugefügt."

Ich lächle. „Das ist mir egal."

Doch Kummer schwappt über sein Gesicht und er fährt sich mit einer Hand durch die Haare. „Mir ist es nicht egal."

Ich greife nach oben, packe sein T-Shirt und ziehe ihn für einen Kuss nach unten. „Hör auf, so dumm zu sein. Ich habe deine Aggression geliebt."

Seine Brauen heben sich und er holt scharf Luft. „Das hast du?"

„Ja."

Er zieht eines meiner Knie nach oben und führt seinen Schwanz wieder an meinen Eingang. Ich zucke zusammen, als er in mich sinkt, denn – yeah. Ich habe bereits viel eingesteckt.

Er sieht, dass ich zusammenzucke, und zieht sich sofort aus mir. „Scheiße, Baby. Ich muss hier raus." Er macht sich daran, seine Beine in seine Boxershorts zu schieben.

Ich setze mich auf und ziehe die Decke über mich, als würde sie mich davor schützen, von ihm verlassen zu werden.

„Ich meinte es ernst, als ich sagte, dass ich dich die ganze Nacht lang vögeln würde. Ich meine, ich kann wirklich nicht aufhören. Und ich habe Angst, dass beim nächsten Mal etwas Schlimmes passieren wird. Schlimmeres als Blutergüsse." Er zerrt seine Jeans nach oben und den Reißverschluss zu. „Glaub mir, ich will bleiben. Aber es geht einfach nicht. Du bist mir viel zu wichtig, als dass ich dein Leben auf diese Weise in Gefahr bringen würde."

Er stoppt, um mich zu küssen. Ich rechne mit einem kurzen Küsschen – ich denke, dass er das eigentlich vorhatte, doch plötzlich erobert er meinen Mund mit der gleichen Aggression, mit der er meinen Körper beansprucht hat. Seine Zunge taucht zwischen meine Lippen und seine Hand liegt grob auf meinem Hinterkopf.

Er flucht, als er sich von mir löst. „Ich muss gehen." Es liegt eine Dringlichkeit in seinem Tonfall, als wäre er eine tickende Zeitbombe, die gleich explodieren wird. „Wirklich."

„Okay." Ich kann meine Enttäuschung nicht verbergen. Meine Traurigkeit.

Er sieht es und Reue legt sich auf seine Züge, doch dann ist er fort, geht ohne einen weiteren Blick und sein Motorrad erwacht draußen brummend zum Leben.

Ich kann die Tränen nicht daran hindern, über meine Wangen zu rinnen.

Natürlich ist er fort. Ich wusste von Anfang an, dass es so enden würde.

～

JARED

„VERDAMMT!" Ich ziehe den Bohrer aus dem Sperrholz und zupfe das zerbrochene Stück heraus. Es ist die vierte Schraube, die ich zerbrochen habe, weil ich mich zu fest auf den Bohrer gelehnt habe. Ich arbeitete die ganze Nacht und den heutigen Tag an Angelinas Lagerhaus. Ich habe im hinteren Teil ein Studio eingerichtet, komplett mit einem gefederten Hartholzboden, Spiegeln und Barres. Sie kann dort Tanz unterrichten, falls sie Kurse geben will, oder ihn als Probenraum verwenden. Der Hauptbereich dieses Lagerhauses ist ihr Auftrittsraum. Das ist der Teil, an dem Trey und ich gerade arbeiten. Ich baue momentan die Bühne fertig auf.

Alles, um mich davon abzuhalten, zurück zu Angelinas Haus zu eilen und sie zu markieren. Trey hatte recht – der Vollmond hat den Drang in mir ausgelöst.

Sie ist definitiv meine Gefährtin.

Was diesen Lagerhausumbau umso wichtiger macht. Die Transformation des Lagerhauses und meine eigene.

Ich versuche, mich selbst durch die Augen ihrer Eltern zu sehen. Würden sie mich in einem anderen Licht sehen, wenn ich benachteiligte Jugendliche trainierte? Oder würden sie noch immer nur den Kerl sehen, der mit Tattoos übersät ist und seine Fäuste einsetzt, um seinen Lebensunterhalt zu bestreiten?

Einer, der ihre Tochter in einem Trägerkleid hinten auf seinem Motorrad mitfahren lässt?

Beim Schicksal, ich bin ein Arschloch. Ich brachte sie auf meinem Motorrad in Gefahr und letzte Nacht drohte ihr Gefahr von mir. Aber ich werde ihr, und ihren Eltern, beweisen, dass ich es wert bin.

Und dann kann ich sie vielleicht behalten, ohne sie zu markieren. Ich könnte während des Vollmonds einfach verschwinden. Mich zu ihrem Schutz fernhalten.

In zwei Tagen ist Vollmond. Parker hat den ersten Kampf auf morgen Abend gelegt, was den Wolfteilnehmern – meinem Rudel – einen Vorteil verschafft. Das heißt, wenn wir gegen andere Arten von Gestaltwandlern kämpfen.

„Hey Jared, soll es so sein?" Trey steht oben auf einer Leiter und hängt die Trapeze auf für die Tänze in der Luft, die Angelina vorschweben.

„Yeah, sieht gut aus. Häng drei von denen so auf."

Als Nächstes werde ich Holzplatten bauen – etwas wie Raumteiler auf Rollen, die sich arretieren lassen, sodass sie sie herumschieben kann, um den Raum auf jede Weise zu verändern, wie sie es möchte. Ich habe auch haufenweise schwarze Bühnenvorhänge bestellt, die ebenfalls auf fahrbaren Untersetzern installiert werden können.

Ich weiß nichts über Kunst, aber während ich baue, was Angelina skizziert hat, werde ich zunehmend aufgeregter. Sie hat wirklich eine unglaubliche Vision.

„Also wirst du einfach hier drinnen arbeiten, bis du zusammenbrichst?", fragt Trey, als er von der Leiter runterkommt. „Hast du seit gestern irgendetwas gegessen?"

„Ne. Ich habe keinen Hunger."

„Du versuchst, dich zu beschäftigen, damit du sie nicht markierst. Geht es bei dem Ganzen darum?"

Ich wische die Sägespäne von meinen Händen. „Yeah."

„Wenn du dir darüber klargeworden bist, dass sie deine Gefährtin ist, warum bist du dann nicht dort drüben und findest einen Weg, wie du sie für dich beanspruchen kannst, ohne zu großen Schaden anzurichten?"

Ich hebe noch ein Brett auf und bringe es in Position. Trey hält es für mich fest, während ich eine Schraube hineinbohre. „Ich kann sie nicht einfach für mich beanspruchen. Nicht ohne ihre Erlaubnis. Nicht bis ich bewiesen habe –" Ich wische den Schweiß weg, der mir in die Augen tropft, und lasse meinen Kopf hängen, da ich zum ersten Mal die Müdigkeit fühle. „Deswegen bin ich hier. Um alles aufzubauen, damit ich ihr etwas zu bieten habe."

„Ah."

Ich kann das Mitleid, das ich in dieser einzelnen Silbe höre, nicht ertragen.

„Denkst du wirklich, dass das nötig ist? Ich meine, ich glaube, sie mag dich bereits um deinetwillen."

Ich schüttle den Kopf und bohre eine weitere Schraube in das Holz. „Du kapierst es nicht. Ihre Eltern haben Pläne für sie. Sie braucht jemand Respektablen. Jemanden, den sie ihnen vorstellen kann, ohne dass es peinlich wird."

„Wenn du diese Boxsache mit den Kindern nur für sie tust, dann –"

„Das tue ich nicht", falle ich ihm ins Wort. „Ich will es tun. Es ist die eine Sache, in der ich gut bin, stimmt's? Also wäre es nicht gut, wenn ich das nutzen würde, um Leuten zu helfen, anstatt ihnen wehzutun?"

Trey starrt mich einen langen Augenblick an. „Yeah. Aber nur wenn es das ist, was du willst. Nicht, wenn du es tust, um ein Mädchen zu beeindrucken."

„Das tue ich nicht." Dessen bin ich mir tatsächlich sicher. Angelina hat mich inspiriert und ja, ich versuche, ihren Eltern etwas zu beweisen, aber die Idee ist meine eigene. Und es ist eine Idee, die mich mit Begeisterung erfüllt.

„Okay. Ich werde eine Pause machen und mir etwas zu Essen besorgen." Er wartet einen Augenblick, um zu sehen, ob ich auch anbiete, Feierabend zu machen, aber das tue ich nicht. „Man sieht sich später."

„Jepp. Bis später."

Ich bin erleichtert, als er fort ist, obwohl ich seine Hilfe zu schätzen weiß. Aus irgendeinem Grund fühlt sich diese Reise persönlich an – etwas, das ich allein tun muss.

Ich ziehe mein Handy heraus und schreibe Angelina. Ich simste ihr letzte Nacht, nachdem mein Kopf wieder klar war, um mich bei ihr zu entschuldigen, dass ich einfach weggerannt war. Ihre einzige Antwort bestand in einem *Danke*, was mir mehr oder weniger die Brust aufriss.

Das bedeutet, dass ich sie verletzte, als ich ging. Und sie mir nicht vergeben hat.

Ich textete ihr wieder heute Morgen, um ihr mitzuteilen, dass ich mich noch von ihr fernhalten müsse, aber hoffe, dass sie einen tollen Tag habe.

Sie schickte nur ein Herz Emoji zurück. Das war alles.

Also hoffe ich, dass ihr diese SMS zeigen wird, dass ich wirklich an sie denke.

Ich will dir mein Lagerhaus zeigen. Das könnte dir Ideen für deine Show liefern. Ich arbeite heute daran, aber kannst du morgen Nachmittag vorbeikommen? 874 S. Ryndall.

Sie antwortet sofort. *Ich habe eine Probe, aber ich werde danach vorbeikommen.*

Ich lächle mein Handy wie ein Idiot an. *Spitze. Kann es nicht erwarten.*

Ich auch nicht.

Und einfach so, ändert sich meine Laune von gequält zu glücklich.

Dieser Plan ist gut. Er wird funktionieren.

Angelina

ZUM TEUFEL NOCH MAL.

War ja klar, dass das erste Mal, dass mich Jared diese Woche sehen will, der Abend ist, an dem meine Eltern beschließen, bei mir vorbeizukommen und mich zum Abendessen einzuladen.

Ich sitze in dem Restaurant im Stadtzentrum und esse meinen Salat ohne Dressing, während mein Magen völlig verkrampft ist.

Alles an diesem Essen fühlt sich falsch an.

Ich sollte bei Jared drüben in dem Lagerhaus sein. Ich simste ihm, aber habe keine Antwort erhalten. Als ich versuchte, ihn anzurufen, landete der Anruf direkt auf der Mailbox, als wäre der Akku seines Handys leer oder so etwas.

Nachdem ich das halbe Essen hinter mich gebracht habe, wird mir endlich der Grund meiner Sorge klar. Was soll ich sagen? Ich bin größtenteils blind, wenn es um Familiendynamiken geht. Ich verrate Jared schon wieder. Ziehe meine Eltern ihm vor. Zeige ihm, dass er für mich weniger wichtig ist als sie.

Dass ich ihn nicht mit zu dem Abendessen nahm, sorgte für den ersten Riss zwischen uns. Der Vollmond ist ein weit kleinerer Riss und einer, den ich verstehen kann. Einer, der tatsächlich recht schmeichelhaft ist, wenn ich so darüber nachdenke.

Ich lege meine Gabel ab und räuspere mich. „Also, ich

date jemanden."

Okay, das lindert die Anspannung in meiner Mitte nicht, sondern vergrößert sie nur noch, aber ich werde jetzt nicht stoppen. Ich habe es satt, vor den Leuten, die mich großzogen, zu verstecken, wer ich wirklich bin. Vor den Leuten, die mich eigentlich am besten kennen sollten.

Mein Dad verzieht keine Miene. Meine Mom hebt ihre Augenbrauen. Irgendwie spüre ich ihr Urteil, obwohl ich ihnen noch nicht erzählt habe, wen ich date. Oder vielleicht bilde ich mir das alles auch nur ein. Projiziere meine Ängste auf die Situation. Das muss es sein.

„Sein Name ist Jared. Er arbeitet in dem Club, in dem ich tanze."

So. Der Zorn, mit dem ich gerechnet habe, ist auf beiden ihren Gesichtern zu sehen.

„Und was tut er da?", fragt mein Dad.

„Er ist ein Türsteher." Ich kämpfe den Drang nieder, mehr zu erklären. Warum braucht Jareds Job eine Rechtfertigung? Es ist ein absolut anständiger, legitimer Job. Nein, man benötigt keinen Collegeabschluss dafür, aber wen juckt's?

Mein Dad verdreht die Augen.

„Nun, jeder braucht eine kleine Affäre", trällert meine Mom.

Ich recke das Kinn. „Nein, ich mag ihn wirklich und…" Mein Mund wird trocken. „Ich würde ihn euch gerne vorstellen." Oh Gott, habe ich das wirklich gesagt? Ja, das habe ich. Und jetzt gibt es kein Zurück mehr.

„Nun, ich glaube nicht, dass das notwendig ist." Meine Mom hat bereits beschlossen, dass er es nicht wert ist, sie kennenzulernen.

Zum Teufel mit ihr.

„Doch. Ich will, dass ihr ihn kennenlernt. Nach dem

Abendessen. Wir werden bei seinem Lagerhaus vorbeifahren."

Das erregt die Aufmerksamkeit meines Dads. Immobilien sind etwas, an dem er immer interessiert war. „Er hat ein Lagerhaus?"

Ich zucke mit den Achseln. „Ich schätze schon. Du weißt doch, dass dem Eigentümer des Eklipse die Hälfte der Immobilien in der Innenstadt gehören. Es würde mich nicht überraschen, wenn Jared auch investiert hat. Er scheint stets reichlich Geld zu haben."

Mein Dad wechselt einen skeptischen Bick mit meiner Mom.

Ich schiebe den halb aufgegessenen Salat von mir und winke einem Kellner. „Bringen Sie uns bitte die Rechnung."

Es ist witzig, dass sich solch ein winziger Akt der Unabhängigkeit wie eine Rebellion anfühlt. Wir haben alle Rollen. Meine ist es, die pflichtbewusste Tochter zu sein. Ich verlange nicht die Rechnung, weil ich nie bezahle. Das ist die Rolle meines Dads.

Tja, ich habe den Verdienst vom Tanzen am Samstagabend. Ich ziehe die Scheine hervor und werfe sie auf den Tisch. „Das Abendessen geht auf mich."

Meine Eltern starren mich mit offenem Mund an.

Jepp. Die Dinge ändern sich. Gewöhnt euch daran.

Ich steige in das Auto meiner Eltern und gebe die Adresse, die mir Jared nannte, in mein Handy ein. Mein Dad gibt sich die gesamte Fahrt über ungeduldig und verärgert, aber er fährt dennoch dorthin.

Der Parkplatz, der zu der Reihe Lagerhäuser gehört, ist gerammelt voll mit Autos und Motorrädern. Ich überprüfe noch einmal die Adresse, aber es ist die richtige. Zumindest ist die Adresse, die er mir gegeben hat, auf einer Seite des Lagerhauses. Es ist die andere Seite, die die Menschenmenge anzieht. Eine Garagentür steht offen und Körper drängen sich um den offenen Eingang.

Ich klopfe an die Tür der Adresse, die er mir gegeben hat, aber niemand öffnet. Die Leute starren uns an, als würden wir *ihr gehört hier nicht her* Neonschilder um den Hals tragen. Und ich schätze, wir gehören auch nicht hierher. Denn die Menge wirkt taff. Sehr taff.

Sind diese Kerle alle Gestaltwandler?

Ich kenne sein Motorrad nicht gut genug, um zu wissen, ob eines davon seines ist, weshalb ich beschließe, einfach einen Blick in das Gebäude zu werfen.

Zwei kräftige Männer treten mir in den Weg.

„I-ich bin nur hier, um Jared zu besuchen. Wissen Sie, ob er hier ist?"

Einer der Kerle beugt sich nach vorne und atmet meinen Geruch tief ein.

„Angelina", sagt mein Dad scharf.

Der Kerl, der an mir geschnüffelt hat, streckt einen Arm zwischen mir und meinen Eltern aus. „Du kannst reingehen. Sie bleiben hier draußen. Dein Junge ist drinnen, aber er ist im Moment beschäftigt."

Schreie und Jubelrufe dringen aus dem Inneren, als würde dort irgendeine Show ablaufen. Ich dränge mich durch die Menge.

In der Mitte des Lagerhauses ist ein großer Käfig aufgebaut worden und die wilde Menge schart sich darum, hängt an dem Maschendrahtzaun, ruft Anfeuerungen und verspottet die Leute im Käfig.

Ich komme nicht dahinter, was hier los ist, aber irgendetwas treibt mich dazu, mich weiter nach vorne zu kämpfen. Ich bin so weit gekommen, ich muss Jared sehen. Sie sagten, dass er hier sei.

Ich höre das Geräusch von dumpfen Schlägen und mein

Magen verknotet sich noch mehr. Was geht in diesem Käfig vor sich? Ich schiebe mich durch die Menge.

„Wohin denkst du, dass du gehst, Rotschopf?" Ein riesiger Mann mit einem abgebrochenen Zahn reißt mich von den Füßen.

Ich kreische und schlage ihm auf den Arm zur gleichen Zeit, wie ich ein Brüllen höre. Von meinem erhöhten Aussichtspunkt kann ich jetzt in den Käfig blicken.

Jared ist dort drin, oberkörperfrei, Schweiß glänzt auf seiner muskulösen, tätowierten Brust. Er kämpft gegen jemanden und seine nackten Fingerknöchel krachen mit einem knochenzerschmetternden Geräusch in das Gesicht eines Mannes.

Ich keuche und Übelkeit schießt mir in den Magen.

Im gleichen Moment dreht sich Jared um und richtet seinen Blick auf mich, als hätte er meine Anwesenheit gespürt. Sein Gegner nutzt diese Gelegenheit, um ihm ins Gesicht zu schlagen, womit er seine Nase bricht. Blut spritzt auf den Betonboden.

Der Kerl, der mich festhält, beginnt, mich von dem Kampf wegzutragen, und ich kämpfe darum, freizukommen.

Jared brüllt – ein hundertprozentiger Werwolflaut – und Chaos bricht überall um mich herum aus.

*J*ARED

BLUT STRÖMT IN MEINE AUGEN, während ich zur Käfigtür stolpere. Eine Hand landet auf mir und ich schnelle herum, ramme meine Faust in das Gesicht meines Gegners. Er fällt zu Boden. Die Menge brüllt lauter und Gesichter pressen sich an den Maschendrahtzaun. Hinter ihnen ein Aufblitzen roter Haare – Angelina. Sie ist in den Armen eines Gestaltwandlers und ihre kleinen Hände stemmen sich gegen den tätowierten Grobian. Er lacht und hebt sie mühelos hoch, wobei er ihren wütenden Schrei ignoriert.

Ein Brüllen schwillt rasch in meinem Körper an.

Mein Gegner kommt taumelnd auf die Füße und torkelt auf mich zu und ich trete ihm so hart in den Bauch, dass sein Körper gegen die gegenüberliegende Käfigwand fliegt. Ich knalle gegen meine Seite des Käfigs und rasiermesserscharfe Krallen schießen aus meinen Fingern. Ich denke nicht nach. Ich packe den Maschendraht und ziehe, teile das Metall. Nach zwei, drei Mal Ziehen bin ich frei. „Angelina!"

Schockierte Gesichter erheben sich um mich herum und fallen weg, während ich durch den Raum stürme, dem Gestaltwandler auf den Fersen. Sie sind auf halbem Weg zur Tür, als ich sie einhole.

Ich ramme den Gangster und reiße an seinem Körper. Er lässt Angelina fallen und ich springe vor sie, während ich herausfordernd brülle.

„Was zum Geier?", schreit der Wolf, aus dessen zerfetztem Shirt Blut tropft. Ein Wolf, den ich kenne – Clubname Bruiser. Aus dem Rudel von Garretts Dad. „Fuck, Mann, ich hab sie hier für dich rausgeholt. Sie ist hier drin nicht sicher."

Das ist mir scheißegal. Er hat mein Mädel mit seinen Händen angefasst. Er wird bluten.

„Mein", brüllt mein Wolf.

„Jared, warte, stopp." Trey schiebt sich durch die Menge.

„Jared?" Ein leiser Schrei vom Boden. Angelinas Augen sind weit aufgerissen und Entsetzen reflektiert von dem Blau. Oh fuck – sie schaut mich an, als sei ich ein Monster.

Sirenengeheul erfüllt die Luft.

„Die Cops sind hier! Es ist eine Razzia!", schreit jemand und Gestaltwandler rennen zum Ausgang.

„Fuck", explodiert Trey.

„Angelina – es tut mir leid." Ich packe sie. Muss sie hier rausbringen. Muss sie in Sicherheit bringen. Ich befördere sie zur Tür. Wir platzen nach draußen – frische Luft schlägt mir entgegen. Ich blinzle, ein dämliches, widerwärtiges Biest, das mit Blut bedeckt ist.

„Oh mein Gott, du bist verletzt." Angelinas Hände flattern über meinen Körper. Ihre Nägel sind so wohlgeformt und perfekt, ihre blauen Augen vor Furcht geweitet. Sie ist so wunderschön und ich bin so ein Biest.

Ich schnappe mir mein Shirt und wische mir über die Augen, aber das bringt nicht viel. Angelinas bleiches Gesicht sieht so zerbrechlich aus. Blutspritzer haften auf ihrer Kleidung. Mein Blut. Das Blut eines Biestes.

„Regierungsagent. Alle Mann stehen bleiben!", brüllt ein Kerl hinter uns.

Mein Blut wird kalt.

Wie zum Henker ist ein Regierungsagent *in* das Lagerhaus gelangt? Kein Mensch hätte reinkommen sollen.

„Jared?", würgt Angelina hervor. Sie schaut mich an, als sei ich ein Verbrecher. Kann das hier noch schlimmer werden?

Wie viel hat sie gesehen? Hat sie den Kampf gesehen? Wie ich die Kontrolle verloren habe? Ich will nicht, dass sie das hier sieht. Nichts davon.

„Verschwinde von hier, Baby. Alles wird gut werden." Ich mache Anstalten, sie zu berühren, und stoppe. Ich werde sie nur mit noch mehr Blut besudeln. Mein Gestank breitet sich überall auf ihr aus. Sie sollte nicht hier sein. Was zum Henker macht sie hier?

Warum zum Henker dachte ich jemals, sie könnte mit einem Kerl wie mir zusammen sein?

Mein, heult mein Wolf. Er hat einen Stahlkäfig zerrissen, um zu ihr zu gelangen. Das ist der Beweis, dass er Anspruch auf sie erhoben hat. Das ist der Beweis, dass ich ein viel zu großes Monster bin, um sie jemals zu verdienen.

Der Regierungsagent hat seine Augen auf mich geheftet und kämpft sich durch die Menge, aber ich werde nicht auf ihn warten. Ich ducke mich hinter Angelina nach draußen. Ich muss mich vergewissern, dass sie sicher ist.

Lichter blitzen überall. Die Sirenen heulen und Cops brüllen in Megaphone.

„Alle kooperieren", schreit Trey. „Das ist ein Missverständnis." Er hat genügend Alphadominanz in seiner Stimme, dass die Zuschauer gehorchen. Gott sei Dank. Das hier könnte zu einem Massaker werden.

Ich sehe mich um und auf meinen schlimmsten Alptraum. Bewaffnete Polizisten, die Gestaltwandler festnehmen, Pistolen im Anschlag. Manche tätowierten Typen fallen auf die Knie, die Hände auf dem Kopf. Die Cops treiben sie rasch zusammen und befragen sie. Einige glückliche Gestaltwandler schaffen es zu ihren Motorrädern und brausen davon.

„Angelina", schreit eine Frau. Sie kommt zu uns gerannt.

„Oh mein Gott." Ein Mann in einem Polohemd folgt ihr, Abscheu steht ihm ins Gesicht geschrieben. „Was ist hier los? Angelina, geh weg von ihm!"

„Verschwinde von hier, Engel", sage ich. „Geh einfach."

„Nein." Ihre Unterlippe schiebt sich vor. „Du bist verletzt. Schon wieder. Ich werde mich vergewissern, dass es dir gut geht."

„Die Polizei ist hier. Angelina, sei kein Narr –" Der Mann legt seine Hände auf sie und ich packe die Vorderseite seines Hemdes.

„Fass sie verdammt nochmal nicht an." Mein Wolf ist von der Leine. Meine Augen müssen momentan wie Kryptonit leuchten.

Das Gesicht des Polohemd-Typen wird weiß.

„Jared, stopp", beschwört mich Angelina. „Lass ihn los. Dad – es ist okay – nur –"

„Dad?" Ich taumle zurück und mustere das ältere Paar. Und tatsächlich, die Frau ist klein und reizend wie ihre Tochter und in den Haaren des Polohemd-Typen schimmert es rötlich.

Fuck. Fuck. Fuck. Mein Mädchen hat seine Eltern mitgebracht, damit sie mich kennenlernen – mitten in einer Polizeirazzia bei meinem Käfigkampf.

Ich nehme meine Hände so schnell von dem Typen, dass er taumelt. Seine Frau fängt ihn auf. Sie weint und Mascara läuft ihr übers Gesicht.

„Angelina –", setze ich an, als ein Polizist brüllend zu uns rennt.

„Das ist er!", ruft der Regierungsagent.

„Auf den Boden! Auf den Boden!" Der Cop fuchtelt mit seiner Pistole. Ich sehe wieder rot – wenn er nicht aufpasst, wird er Angelina erschießen.

„In Ordnung", rufe ich, trete zwischen sie und den verrückten Cop, die Hände auf dem Kopf, nur um auf Nummer Sicher zu gehen. „Beruhigen Sie sich, wir kooperieren."

„Auf den Boden", brüllt er erneut. Ich falle auf die Knie. Er packt mich und ich erlaube ihm, mich auf den Boden zu werfen.

„Stopp", heult Angelina. „Er kooperiert – er blutet. Können Sie nicht sehen, dass er verletzt ist?"

„Angelina, halt dich von ihm fern", schreit ihr Vater.

Ein Stiefel trifft meine Seite. Ich grunze, aber bleibe

unten. Der Cop kniet sich auf meinen Hals und legt mich in Handschellen, wobei er meine Wange in den Schotter presst. Ich schaue zu meinem hübschen Mädchen hoch.

„Angelina", hauche ich ihren Namen über gesprungene Lippen. „Es ist okay. Mir geht's gut. Bitte geh."

„Aber du bist verletzt", protestiert sie. Ihre Eltern greifen nach ihr und sie schüttelt sie ab. „Ich werde nicht gehen."

„Geh einfach, Baby. Geh."

Das Gesicht gequält verzogen, formt sie meinen Namen mit den Lippen, während ihre Eltern sie wegschleifen. Indem ich an den Stiefeln des Cops vorbeispähe, beobachte ich, wie sie in einen glänzenden Mercedes steigt. Ein Jaulen löst sich aus einem Abgrund tief in mir, als das Auto mit quietschenden Reifen vom Parkplatz braust und meine Gefährtin mit sich nimmt.

AGENT DUNE

„DIESER KERL HAT ALSO Wetten angenommen?", fragt ihn der örtliche Polizist zweifelnd. Als die Polizei beim Lagerhaus auftauchte, blieb ihm nichts anderes übrig, als seine Marke zu zeigen und Anspruch auf die Szene zu erheben. Er wollte sie auf keinen Fall dort drin haben, wo sie alles vermasseln würden.

Er hat noch immer nicht herausgefunden, wer den Notruf absetzte, auf den die Polizei reagierte. Allerdings würde er sein Geld darauf verwetten, dass es der Dad des Rotschopfs war.

Und der Rotschopf scheint mit diesem Kerl in Verbindung zu stehen.

Mit demjenigen, den er befragen will.

Er erlaubte dem Rest der Drahtzieher absichtlich, zu fliehen. Parker und die anderen zwei Buchmacher schlüpften hinten raus, als das Chaos ausbrach. Sie sind für ihn nützlicher, wenn sie auf freiem Fuß sind. Er würde durch Überwachungen mehr über ihre Art herausfinden.

Also erlaubte er den Cops, diesen Kerl zu schnappen, denjenigen, der in dem Käfig gekämpft hatte. Denjenigen, der vor dem Gebäude ein großes Theater veranstaltete. Und jetzt würde er darauf bestehen, ihn zu befragen. Unter vier Augen.

Denn nachdem er Jared Johnson kämpfen sah, weiß er, dass er genauso wie Nash ist. Verändert. Irgendwie verbessert.

Er blickt durch den Einwegspiegel auf den blutverschmierten, tätowierten Riesen der an den Tisch gefesselt ist.

„Ich weiß nicht, ob wir ihn mit irgendwelchen Anklagen hier festhalten können, die auch Bestand haben werden", meinte einer der Cops. „Wir werden ihn wahrscheinlich gehen lassen müssen."

„Nicht bevor ich ihn befragt habe."

„Allein? Sind Sie sich da sicher, Agent?"

„Ziemlich sicher."

Dune schlüpft aus seiner Jacke, faltet sie und legt sie über einen Stuhl. Er ist ein großer Mann, nicht so groß wie der Kämpfer, der darauf wartet, befragt zu werden, aber kräftig gebaut und auf eine Weise muskulös, die eine Besessenheit von Krafttraining zeigt, das über die grundlegenden Fitnessanforderungen hinausgeht.

„Es ist Ihre Show", murmelt einer der Cops.

„Merken Sie sich das", warnt er. Nachdem er seine Pistole überprüft hat, schlendert Agent Dune in den Raum.

Jared beobachtet ihn wachsam. Misstrauisch. Nicht schuldbewusst wie ein Krimineller. Nein, er benimmt sich eher so, wie es ein Agent tun würde. Bereit für Ärger von jeder Seite. Argwöhnisch. Er ist viel mehr als ein dummer Typ mit großen Muskeln. Er ist ein Krieger.

Wie Dune.

Er nimmt Jared gegenüber Platz und heftet einen ruhigen Blick auf ihn.

Jared starrt zurück. Er wird nicht nervös, wie es die meisten Männer bei einer Befragung werden, und Dune hat schon viele Männer befragt. Er kennt und nutzt Foltermethoden, die ihm von der Regierung beigebracht wurden und die dazu gedacht sind, jeden Mann zum Reden zu bringen.

Er hat nicht vor, viele von ihnen heute zu benutzen. Nicht auf einem örtlichen Polizeirevier, wo überall Kameras angebracht sind. Aber da die Cops seine Ermittlung verpfuschen mussten, würde er diesen Mann auf jeden Fall befragen.

„Ich sah Sie kämpfen", sagt Dune schließlich.

Jared antwortet nicht. Wendet den Blick nicht ab.

„Sah, wie Sie einen Stahlkäfig mit bloßen Händen aufrissen."

Er antwortet noch immer nicht.

„Was für ein… Mann… besitzt diese Art von Kraft?"

Jared schürzt die Lippen, aber antwortet nach wie vor nicht.

„Jemand, der nicht nur ein Mann ist. Jemand, der verbessert wurde. Das denke ich zumindest."

Jared schüttelt den Kopf. „Ich weiß nicht, wovon Sie reden."

„Wissen Sie irgendetwas über zwei Labore, die im südlichen Kalifornien in die Luft gejagt wurden?"

Ein kurzes Zucken, bevor er es verbirgt. Ja, er weiß etwas. Dunes Instinkte haben ihn nicht getrogen.

„Was wissen Sie?"

Jared schüttelt den Kopf. „Habe keine Ahnung."

Dune lässt seine Faust auf den Tisch krachen. „*Schwachsinn.*"

Jared zuckt nicht zusammen. Er versteift sich nicht einmal, was Dune verrät, dass der Kerl sich nicht im Geringsten von ihm bedroht fühlt. Denn wenn er von Data-X verändert wurde, wäre er auch keine Bedrohung für ihn, oder?

„Was haben sie mit Ihnen gemacht? In diesem Labor? Haben sie Sie zu einem Monster gemacht?"

Leichte Falten erscheinen auf Jareds Stirn, bevor sie sich glättet. Was bedeutet, dass irgendetwas an Dunes Fragen nicht korrekt ist. Also kam der Kerl nicht aus diesen Laboren. Er musste von einem anderen gekommen sein.

Er stürzt sich auf Jared, packt seine Haare und reißt seinen Kopf nach hinten. „Ich weiß, dass Sie übermenschliche Kraft besitzen." Er hofft, den Kerl so wütend zu machen, dass er sehen kann, wie er sich verändert, so wie er sah, dass sich Nash veränderte.

Er rammt Jareds Kopf nach unten auf den Schreibtisch und reißt ihn wieder hoch. Seine Nase bricht erneut und Blut strömt heraus, doch Jared kneift nur die Augen zu, damit er nicht feststellen kann, ob sie ihre Farbe geändert haben.

„Öffnen Sie Ihre gottverdammten Augen", knurrt er.

„Verpiss dich."

Er drückt seinen Daumen in das Auge des anderen Mannes und zwingt ein Augenlid nach oben. Die Iris scheint gelb zu sein, aber der andere Mann zieht seinen Kopf zurück, um ihm eine Kopfnuss zu verpassen, und Dune muss dieser ausweichen, weshalb er sich nicht sicher ist.

Dann steht der Mann auf, wodurch er die Kette an seinen Handschellen straffzieht. „Sie wissen nicht, was ich bin, oder?"

Es liegt ein merkwürdiger Triumph auf dem Gesicht des

anderen Mannes, der ein warnendes Kribbeln in seinem Nacken auslöst.

„Sie wissen nicht, was *Sie* sind", setzt er mit leiser Stimme hinterher und seine Mundwinkel biegen sich nach oben.

Die Tür fliegt auf und eine kleine Blondine in einem Anzug und Stöckelschuhen marschiert herein, flankiert von zwei Polizisten. Die Cops scheinen ihr gegenüber eigenartig beschützend zu sein, obgleich sie, wenn sie eine Anwältin ist – und er würde darauf wetten, dass sie eine ist – nicht auf ihrer Seite sein kann.

„Treten Sie von meinem Klienten weg, Agent Dune." Ihre Stimme ist eiskalt. „Haben Sie seine Nase gebrochen?"

„Er kam mit einer gebrochenen Nase hierher."

Die hübsche Anwältin schüttelt den Kopf. „Das sieht für mich wie eine frisch gebrochene Nase aus."

Also muss Blondie wissen, was er ist, oder sie würde nicht wissen, wie schnell der Typ heilt. Gut zu wissen.

„Sie haben kein Recht meinen Klienten hier festzuhalten. Es wurde keine Anklage erhoben und er hat keine Gesetze gebrochen. Ich verlange, dass er sofort freigelassen wird."

Dune zuckt mit den Achseln, obwohl er gerade Fortschritte gemacht hat bei Jared Johnson. Bei den Einheimischen für Ärger zu sorgen, würde ihm nur noch mehr Probleme einhandeln. Es ist besser, ihn gehen zu lassen und eine Überwachung in die Wege zu leiten.

Später, in einem Moment absoluter Ehrlichkeit, würde er sich eingestehen, dass er sich von dem verunsichern ließ, was der Mann sagte. Woher wusste er es?

Angelina

. . .

SCHOCK RAST DURCH MICH, während wir von dem Lagerhaus wegfahren. Meine Eltern brüllen mich beide gleichzeitig an, aber ich habe keinen blassen Schimmer, was sie sagen.

Was zum Kuckuck ist gerade passiert?

Jared hat in einem Käfig gekämpft?

Mein Dad fährt mich geradewegs zum Haus meiner Eltern. Ich glaube, es gab eine Diskussion darüber, dass sie mich dorthin bringen anstatt zu meinem Haus, aber ich kann mich nicht daran erinnern – ich war zu sehr damit beschäftigt, die surrealen Szenen in dem Lagerhaus noch einmal gedanklich durchzugehen.

Warum führten sie Jared in Handschellen ab? Hatte er etwas falsch gemacht? Er ist kein Verbrecher. Das kann er nicht sein.

Oder?

Mir wird bewusst, dass ich nicht genug über Jared weiß und darüber, wie er sein Geld verdient. Wie kommt es, dass er bei dem Gehalt eines Türstehers genügend Geld hat, um dieses riesige Lagerhaus zu mieten? Hat er noch andere, weniger legale Einnahmequellen?

Aber ich verwerfe die Idee schnell. Nein. Nicht Jared. Er ist zu ehrenhaft.

„Geh und nimm eine Dusche", befiehlt meine Mutter, sowie wir im Haus sind. „Du bist *ekelhaft*."

Ich schaue an meinen Kleidern hinab, doch da ist nichts an mir. Oh warte – ein Blutspritzer. Ich tue, was sie befiehlt, nur weil ich in diesem Moment nicht richtig für mich selbst denken kann und eine Dusche vielleicht helfen könnte.

Leider ist das die schlimmste Entscheidung aller Zeiten, denn ich kann nur an diese unglaubliche Dusche mit Jared denken. Die Dusche, bei der er meinen Körper verehrte und mir das Gefühl gab, eine Göttin zu sein. Die Dusche, bei der er mir etwas Bedeutsames gab. Etwas, von dem ich nicht denke, dass er es mit jemand anderem geteilt hat.

Oder ist das nur meine Fantasie, die da aus mir spricht?

Ich weiß nicht mehr so richtig, was real ist und was nicht. Werwölfe? Vampire? Kämpfe in einem Käfig?

Es scheint alles so unmöglich zu sein. Ich trete aus der Dusche und trockne mich ab. In meinem Kinderzimmer schlüpfe ich in ein altes Paar Jogginghosen und ein Top und krieche in mein Bett.

Hier, in meinem alten Zimmer, zu sein, sorgt dafür, dass ich mich klein fühle. War es erst gestern, als ich das Gefühl hatte, alles wäre möglich?

Jetzt ersticke ich wieder wie ein Teenager unter dem Dach meiner Eltern.

Ich weiß nicht, wie lange ich dort liege. Ein oder zwei Stunden. Und dann höre ich das Geräusch eines Motorrads.

Ich renne zum Balkon meines Schlafzimmers und reiße die Tür auf.

„Jared!"

Er springt von seinem Motorrad und rennt wie der Blitz zum Balkon. „Angelina – geht es dir gut? Wurdest du verletzt?"

Meine Brust zieht sich zusammen. Ihm wurde gerade erst in die Rippen getreten und er wurde in Handschellen aufs Polizeirevier gebracht und er fragt mich, ob es *mir* gut geht?

Ich beuge mich über die Brüstung in dem Versuch, einen genaueren Blick auf ihn zu werfen. Sein Hemd ist blutbedeckt, aber er wirkt, als ginge es ihm gut. Nun, natürlich geht es ihm gut – ich habe mit eigenen Augen gesehen, wie schnell er heilt. „Geht es dir gut? Was ist mit der Polizei passiert, Jared?"

Er schüttelt den Kopf. „Es war ein Missverständnis. Alles ist okay – es wurde keine Anklage erhoben."

Ich schlucke. „Was war das für ein Kampf?" Meine Kehle ist eng und Druck baut sich hinter meinen Augen auf.

Reue schwappt über Jareds Gesicht. „Lass mich zu dir hochkommen, Baby. Ich muss dich aus der Nähe sehen. Von Angesicht zu Angesicht mit dir reden."

Ich nicke zittrig und mache mich auf den Weg zur Tür, um ihn reinzulassen, doch er klettert bereits die Regenrinne hoch und balanciert dann seitlich über den Fensterrahmen des Fensters im Erdgeschoss, um den Balkon zu erreichen.

Und das ist der Moment, in dem die Hölle ausbricht.

Mein Dad rennt auf den Balkon, als Jared ein Bein über die Brüstung schwingt. Er richtet eine Pistole – ja, eine Pistole – auf Jared. Ich wusste nicht einmal, dass er eine Pistole besitzt!

„Dreh dich um und geh wieder den gleichen Weg nach unten, den du hochgeklettert bist", knurrt mein Dad. „Ich habe bereits die Polizei gerufen. Ich bezweifle, dass du heute Nacht einen zweiten Ausflug aufs Revier unternehmen willst."

„Dad, hör auf. Das ist verrückt. Jared versucht nur, mit mir zu reden –"

„*Geh*. Jetzt."

„Hören Sie zu, Mr. Baker –"

Mein Dad macht einen bedrohlichen Schritt nach vorne und ich renne zwischen sie. „Das ist verrückt. Dad, du musst gehen."

„Mr. Baker, ich bin –"

„Den Teufel werde ich tun und gehen", brüllt mein Dad. „Das hier ist *mein* Haus. *Mein* Grundstück, auf dem er sich widerrechtlich aufhält." Er lehnt sich um mich, um die Pistole wieder auf Jared zu richten. „Verschwinde von hier. Kontaktiere meine Tochter niemals wieder. Wenn du es tust, werde ich dir das Leben zur Hölle machen. Verstanden?"

„Das reicht!", schreie ich und drehe mich um, um meinem Dad direkt ins Gesicht zu blicken. „Du darfst diese Entscheidungen nicht für mich treffen."

„Und ob ich das darf. Meine Tochter wird *nicht* mit einem Mitglied einer Motorradgang herumrennen, das sich zum Spaß in Kämpfe verwickeln lässt. Du stehst so weit unter ihr, dass es lachhaft ist. Geh zurück zu der Höhle, aus der du gekrochen bist."

Etwas in Jared verändert sich. Als wäre ein eisiger Wind durchgeweht und hätte ihn zu Eis gefroren.

„Dad!", kreische ich und lege buchstäblich meine Hände auf seine Brust und schubse ihn. „Geh. Raus. Tatsächlich, geh aus meinem Weg. Ich gehe mit Jared."

„Nein." Jareds Stimme klingt hohl. „Nein, bleib, Angelina. Ich werde gehen." Er lässt sich fallen, sodass er vom Balkon hängt, dann lässt er los und landet leise mit den Füßen auf dem Boden darunter.

„Nein." Ich kämpfe mich an meinem Dad vorbei und stürze zur Treppe. Ich sause mit meinen nackten Füßen nach draußen, gerade als Jared sein Motorrad anlässt. „Warte!", brülle ich.

Er dreht seinen Kopf in meine Richtung, aber schaut mich nicht an. Sein Fokus ist eine Million Meilen entfernt. Er ist zu einer Hülle seines normalen Selbst geschrumpft.

„Jared, warte. Mir tut das Ganze wirklich schrecklich leid. Ich weiß nicht, warum sich mein Dad so verrückt benimmt. Es war ein merkwürdiger Abend."

„Nein", unterbricht er mich. „Dein Dad hat recht. Das hier wird nicht funktionieren." Er lässt den Motor aufheulen und legt den Gang ein.

„Warte." Ich packe seinen Unterarm. Wenn ich ihn doch nur dazu kriegen könnte, mich anzuschauen.

Zu mir zurückzukommen.

Aber er ist fort. Nicht körperlich, noch nicht. Aber emotional. Der Jared, den ich kenne, ist nicht da.

„Jared, bitte. Können wir reden? Ich verstehe nicht einmal, was hier passiert."

Er dreht sich um und sein Gesichtsausdruck ist hart. „Doch, das tust du. Du und ich sollen einfach nicht sein, Engel." Dass er den Kosenamen ohne das übliche Gefühl benutzt, zerstört mich. „Wir wussten es von Anfang an und wir haben gegen das Schicksal angekämpft. Es ist besser, wenn wir jetzt die Verbindung kappen, bevor die Dinge noch schwieriger werden."

Er betrachtet mich noch einen Augenblick länger, während ich um Worte ringe, und dann lässt er das Motorrad aufheulen und schießt davon, die Straße hinab.

„Jared!", schreie ich seinem Rücken hinterher, aber er dreht sich nicht um. Reagiert nicht. Er fährt nur weg und sein breiter Rücken wird kleiner, bis er um eine Biegung verschwindet.

Ich sinke auf die Knie. „Nein."

„Angelina, Angelina, komm *rein*." Die empörte Stimme meiner Mom erreicht mich, aber ich rühre mich nicht. „Was ist nur los mit dir? Steh auf, Schätzchen. Das ist lächerlich." Sie zerrt an meinem Arm, bis ich die Tränen so weit wegblinzle, dass ich aufstehen und mich nach drinnen schleppen kann. Zurück zu meinem dämlichen, kitschigen Schlafzimmer, wo ich auf dem Bett zusammenbreche und mich in den Schlaf weine.

KAPITEL ZWÖLF

 ared

ICH BIN DER HOHLE MANN.

Wie hieß dieses dämliche Gedicht von T.S. Eliot noch mal, das wir in der Highschool lesen mussten? Ich kann nicht fassen, dass ich mich daran erinnere. Das kann ich wirklich nicht. Ich erinnere mich nur an sehr wenig aus der Highschool, aber aus irgendeinem Grund ist es dieses Gedicht, das mir jetzt in den Sinn kommt.

Weil ich ein liebeskranker Idiot bin, schaue ich es auf meinem Handy nach.

Auf diese Weise endet die Welt. Nicht mit einem Knall, sondern mit einem Wimmern.

Yeah, das fasst es mehr oder weniger zusammen. Kein Wunder, dass mir dieses Gedicht in den Kopf gekommen ist. Es ist der gleiche deprimierende Bullshit, den ich gerade empfinde.

Es ist fünf Tage her, dass ich vom Haus von Angelinas Eltern weggefahren bin. Fünf schlaflose Nächte. Einhundertzwanzig Stunden, die ich in dem Lagerhaus eingesperrt war und alles für Angelina gottverdammt perfekt machte.

Ist es ironisch, dass ich ihr noch immer helfen muss, obwohl sie sich nicht daran erinnern wird? Obwohl sie nicht wissen wird, warum ich es tue?

Dass ich sie liebte – nein, *liebe*, Präsenz?

Denn Garrett hat den Befehl erteilt, ihre Erinnerungen löschen zu lassen. Er war zuerst geduldig – gab mir einige Tage, um sicherzugehen, dass ich meine Meinung nicht ändere. Ich weigerte mich, mit irgendjemandem – selbst Trey – darüber zu reden, was zwischen uns vorgefallen ist. Das Einzige, das ich sagte, war, dass es zum Besten wäre.

So müssen die Dinge nun einmal sein. Angelinas Dad hatte recht. Ich habe ihrem hübschen aufsteigenden Stern nichts zu bieten. Ich würde sie nur runterziehen.

Ein Nachtclub Türsteher, der seine Fäuste häufiger einsetzt als sein Gehirn? Ich bin nichts im Vergleich zu ihr.

Also kam Garrett gestern zum Lagerhaus, nahm eine Farbwalze und einen Farbeimer und half mir, die ganze Kulisse schwarz zu streichen. Dann informierte er mich darüber, dass es getan werden müsse, und fragte mich, wie ich wolle, dass es erledigt wird.

Trey war da und bot an, sich darum zu kümmern, was eine Erleichterung war. Denn er ist der einzige Mann, dem ich vertraue, und ich werde mit diesem Scheiß auf keinen Fall klarkommen. Ich schätze, ich bin ein beschissener Feigling.

Ich fragte nicht, wann es passieren würde. Ich will es wirklich nicht wissen. Solange es bis zum nächsten Mal, wenn ich sie sehe, erledigt wurde. Denn ich will nur Freude auf dem Gesicht dieses Mädchens sehen. Wenn ich noch mehr Schmerz sehe, werde ich das Dach von dieser verdammten Lagerhausreihe reißen.

Ich weiß noch immer nicht, wie ich ihr das Lagerhaus präsentieren soll. Vielleicht kann ich sie im Club ansprechen und erwähnen, dass ich über einen tollen Aufführungsraum gestolpert bin und ich denke, dass sie ihn sich anschauen sollte.

Und dieser Gedanke fühlt sich ungefähr so gut an, wie von einem Zug überfahren zu werden. Oder einem Auto. Nein, ich würde mich jederzeit wieder von Angelinas Auto anfahren lassen. Ich würde mich an diesen Tag immer wieder zurückerinnern, weil es die Nacht war, in der ich sie endlich küssen durfte. Sie berühren durfte. Sie vor Lust zum Schreien brachte.

Sie ist noch immer meine Gefährtin, auch wenn ich sie nicht haben kann. Ich werde über sie wachen und sie beschützen bis zu dem Tag, an dem ich sterbe. Auch wenn das bedeutet, dass ich zuschauen muss, wie sie irgendein menschliches Arschloch zum Ehemann nimmt. Ich werde gottverdammt glücklich für sie sein, solange sie glücklich ist.

Und ich werde tun, was auch immer ich kann, um sicherzustellen, dass ihre Träume erfüllt werden.

Selbst wenn das bedeutet, meine eigene Chance auf Glück zu opfern. Meine eigene Zukunft mit einer Gefährtin und Welpen.

Es ist mir egal.

Solange Angelina nicht verletzt wird.

Angelina

. . .

ICH FAHRE von der Probe nach Hause und parke mein Auto vor meinem Haus.

Ich weiß nicht, wie es mir gelungen ist, heute Morgen aufzustehen. Mich zur Schule zu schleppen. Ich bin wie ein Zombie. Ich kann nicht essen. Ich schlafe nicht. Ich nehme mein Handy in die Hand und starre es an in der Hoffnung, etwas von Jared zu sehen, aber es kommt nie eine Nachricht.

Anfangs versuchte ich ein paar Mal, ihn zu erreichen. Ich entschuldigte mich für das Verhalten meines Dads. Erzählte ihm, dass ich nicht genauso empfand und ich ihn wirklich sehen musste. Aber er schrieb nicht zurück.

Also vermute ich, dass ich weiß, wo ich bei ihm stehe. Wir sind fertig miteinander.

Und dieser Gedanke bringt mich dazu, mich zu übergeben. Ich steige aus dem Auto und würge, aber nichts kommt hoch.

Argh. Da ich nicht essen kann und mich jedes Mal übergebe, wenn mir klar wird, dass es mit Jared vorbei ist, habe ich bereits fünf Pfund abgenommen.

Das sollte meine Mom freuen.

Aber nein. Ich bin fertig mit meiner Mom. Fertig mit meinem Dad. Ich würde nicht sagen, dass es unbedingt ihre Schuld ist, weil ich erwachsen genug bin, um meine eigenen Fehler einzusehen. Hätte ich meinen Eltern nicht erlaubt, mein Leben zu bestimmen, hätte Jared gewusst, dass ihre Missbilligung mich nicht von unserer Beziehung abbringen würde.

Aber ich erlaubte ihnen, mein Leben zu bestimmen.

Ich erlaubte ihnen, meine Karriere zu wählen. Mein Aussehen. Mein College. Sogar meine Freunde bis zu einem gewissen Grad – zumindest in der Highschool. Aber nicht mehr. Sie wählen nicht meine festen Freunde.

Sie haben kein Mitspracherecht, wenn es darum geht, wen

ich date. Mit wem ich schlafe. Wen ich heirate. Wenn ich einen drogendealenden Gangster mit Goldzähnen heiraten will, werden sie sich damit abfinden müssen oder ihre Beziehung zu mir verlieren. Wenn ich mich entscheide, eine Frau zu heiraten, werden sie sich damit abfinden müssen. Wenn ich irgendetwas entscheide, an dem sie Anstoß nehmen, dann ist das ihr verdammtes Problem.

Und ich gehe dort auch nicht mehr sonntags zum Abendessen hin.

Es ist Zeit, dass ich mein Leben für mich lebe.

Ich betrete mein Haus und zucke zusammen wegen all der Erinnerungen, die auf mich einstürmen in dem Moment, in dem ich es betrete. Jared, der mich durch den Flur jagt. Der mich auf dem Sofa auf seinem Schoß festhält. Der Takeout nach Hause bringt. Jared, der lacht. Zuhört. Mir so viel Aufmerksamkeit schenkt.

Ein Klopfen erklingt an der Tür und für eine halbe Sekunde stelle ich mir vor, dass er es sein könnte. Mein Herz macht einen Satz und fliegt, bevor mir einfällt, dass es nicht er sein kann. Weil er mit mir Schluss gemacht hat.

Ich spähe durch das Guckloch. Es ist Jareds Freund Trey, noch ein Türsteher im Club. Der Kerl mit den nachdenklichen Augen und einer gepiercten Lippe.

Ich öffne die Tür, nicht überrascht, ihn zu sehen. Ich ging davon aus, dass früher oder später einer aus ihrem Rudel vorbeikommen würde. „Hey."

Trey scheint sich unwohl zu fühlen. „Hey."

„Bist du hier, um mein Gedächtnis löschen zu lassen?" Ich sehe ein Aufflackern von Erleichterung auf seinem Gesicht, aber er setzt schnell eine herzliche Miene auf.

„Nicht dein Gedächtnis. Nur ein paar Erinnerungen."

„Nein, nimm sie alle. Ich will mich nicht daran erinnern,

dass Jared überhaupt existiert." Ich kann die Bitterkeit nicht aus meiner Stimme verdrängen.

Jared hat uns aufgegeben. Er hat mich verlassen. Ich bin mir nicht sicher, ob ich ihm das jemals vergeben werde. Wie gut, dass ich es nicht tun muss.

Überraschung huscht über Treys Gesicht und ein Hauch von etwas anderem. Wut? „Yeah?"

Ich zucke mit den Achseln und knirsche mit den Zähnen, um die Woge an Emotionen zurückzuhalten, die durch mich zu schwappen droht. Ich will nicht vor Trey weinen. Ich will einfach nur, dass das alles vorbei ist. „Ja."

Trey lässt das Thema nicht fallen. Er ist jetzt definitiv kalt geworden. Er tritt beiseite und winkt mich aus dem Haus, aber während er mir zu dem Range Rover folgt, der vor meinem Haus geparkt ist, sagt er: „Du bist sauer auf ihn, hm?"

Meine Nase brennt, meine Augen kribbeln. „Ich will nicht darüber reden." Es gelingt mir nicht, die Tränen aus meiner Stimme zu halten.

Er stoppt, lehnt sich an das Auto und mustert mich. „Hast du mit ihm Schluss gemacht oder er mit dir?"

Eine Träne fällt und ich fluche und wische sie weg. „Das geht dich nichts an." Wenn Jared es ihm nicht erzählt hat, werde ich es sicherlich nicht tun.

Sein Kiefer verkrampft sich. „Tatsächlich geht es mich etwas an. Jared ist mein bester Freund. Er hat sich die letzten zwei Wochen beinahe umgebracht, damit er dir würdig ist, aber ich schätze, das hat nicht gereicht."

Die Anschuldigung tut weh. So viel mehr als ich es für möglich gehalten hätte. Es fühlt sich an, als wäre mir ein verflixter Speer in die Brust gerammt worden.

Tränen strömen aus meinen beiden Augen und laufen über meine Wangen. „Das stimmt nicht."

„Weißt du von dem Fitnessstudio?"

Ich schüttele den Kopf und beiße auf meine Lippe, damit Trey nicht sieht, wie sie zittert.

„Er hat angefangen, benachteiligte Kinder im Boxen zu unterrichten. Sagt, er will seine Talente nutzen, um der Welt etwas zurückzugeben. Etwas darüber, dass er ein moderner Krieger oder Ritter sein will."

Mein Herz macht einen Satz und zieht sich mit überwältigender Zärtlichkeit zusammen. Er bringt benachteiligten Kindern das Boxen bei? Er ist ein verfluchter Heiliger. Ein echter Held. Aber ich habe das nie von ihm gebraucht. Für mich war er bereits ein Held. „Das ist fantastisch. Aber ich habe nie von ihm verlangt, dass er sich für mich ändert." Ich will, dass Trey das weiß.

Treys Gesicht bleibt steinern. „Hast du das andere Lagerhaus gesehen?"

Ich schüttle den Kopf und wische die Tränen mit meinen Händen weg.

Er öffnet mir die Tür. „Steig ein. Ich werde es dir zuerst zeigen. Du solltest wissen, was du aufgibst, bevor du ihn aus deinem Leben löschst."

Mein Temperament geht mit mir durch. „*Ich* lösche *ihn* nicht." Ich pieke Trey mit meinem Finger in die Brust, obwohl ich weiß, dass er mich mit einem Wink seiner Hand zerquetschen könnte. „*Er* ist derjenige, der uns aufgegeben hat. Ich vermute, dass ich ihm nicht so viel bedeutet habe, wie er mir bedeutet."

Treys Miene zergeht in Mitleid. „Komm." Seine Stimme ist jetzt sanfter. „Ich muss dir wirklich etwas zeigen."

Ich steige in das Fahrzeug und fische ein Taschentuch aus meiner Handtasche, um mir die Nase zu putzen.

Trey fährt uns zu dem gleichen Lagerhaus, wo ich den Kampf sah. Und tatsächlich kann ich im Tageslicht ein frisch

gestrichenes Schild an einem Ende des Lagerhauses sehen –
Boxstudio. Das Lagerhaus in der Mitte ist der Ort, an dem ich
ihn kämpfen sah.

Doch Trey führt mich zu dem Lagerhaus am anderen
Ende. Er schließt die Tür auf und ich trete in… ein
Tanzstudio?

Das ist es – ein perfektes Tanzstudio, komplett mit Spiegeln und einem Hartholzboden. Barres an den frisch gestrichenen Wänden.

„W-was ist das hier?", wispere ich.

Trey antwortet nicht. Er winkt mich nur durch die Tür am
Ende, die zu einem anderen Raum führt.

Mein Mund klappt auf und frische Tränen lassen meine
Sicht verschwimmen. Es ist ein Aufführungsraum. Genau so,
wie ich ihn skizzierte. Nein – besser. Die Bühne befindet sich
an einer Wand und Seile und Seide hängen von der Decke für
Luftakrobatik. Eine ganze Reihe schwarzer verschiebbarer
Trennwände stehen entlang einer anderen Wand und warten
darauf, den Raum in kleinere Bereiche zu unterteilen.

Jemand kommt auf der anderen Seite zur Tür herein und
erstarrt.

Oh Gott. Es ist Jared. Er sieht schrecklich aus – abgezehrt
und bleich. Allein ihn zu sehen, sorgt für eine neue Wunde in
meiner Brust.

„Angelina?" Er räuspert sich und schaut fragend zu Trey.

Er weiß nicht, ob mir bereits das Gedächtnis gelöscht
wurde. Dass er zulassen würde, dass man das mit mir macht,
kommt mir wie ein neuerlicher Verrat vor und ich marschiere
direkt zu ihm und verpasse ihm eine Ohrfeige. Genauso wie
ich es beim ersten Mal tat, als er mir die Erinnerungen zu
nehmen versuchte.

„Angelina."

„Wie kannst du es wagen, uns einfach aufzugeben, du

Arschloch! Ich bin dir wichtig. Du hast das alles hier", ich breite die Arme aus und drehe mich noch einmal in dem unglaublichen Raum im Kreis, „für mich gemacht. Aber dann schickst du mich einfach mit deinem Kumpel los, damit ich dich vergesse? Wie konntest du nur? Ich liebe dich, Jared. Ich. Liebe. Dich. Selbst wenn du mir mein Gedächtnis eintausend Mal löschen würdest, würde ich dich noch immer lieben. Mein Herz weiß, zu wem es gehört. Wenn du also so verdammt dumm bist, dass du uns einfach aufgeben willst, nur weil meine Eltern engstirnige Arschlöcher sind, dann bist du nicht der Held, für den ich dich hielt. Du bist –" Ich verstumme stotternd, weil ich, selbst so wütend wie ich bin, wirklich nicht dazu in der Lage bin, ihn zu beleidigen. Nichts passt. Er ist mein ein und alles.

Und dann sehe ich etwas, wegen dem sich meine Welt dreht und mir auf den Kopf fällt.

Jared blinzelt Tränen zurück.

Mein Jared. Der stärkste Mann in der ganzen Geschichte. Weint. Wegen mir.

Ich werfe mich in seine Arme, meine Beine um seine Taille und klammere mich wie eine Klette an ihn. „Bitte lass mich nicht gehen", flehe ich und drücke mein feuchtes Gesicht an seinen Hals.

Er fällt auf die Knie. „*Niemals.*" Seine Stimme ist leidenschaftlich. „Ich werde dich nie wieder gehen lassen. Es tut mir leid – ich bin ein Idiot. Ich habe mich in meinen Gedanken verrannt. Ich dachte, ich würde dir einen Gefallen tun. Ich will dir niemals wehtun, Baby. Wirklich niemals."

Ich weiche zurück und verpasse ihm noch eine Ohrfeige. Nicht fest, weil er mir zu nah ist, um richtig auszuholen. Es fällt eher wie ein liebevoller Klaps aus. Eine Geste der Zärtlichkeit zwischen uns. „Du hast mir wehgetan."

„Ich weiß. Es tut mir leid. Es tut mir so verdammt leid."

Ich presse meine Stirn an seine und reibe sie über seine. „Das sollte es auch." Ich weine noch immer, aber es werden jetzt eher lachende Freudentränen.

„Baby, du musst wissen, was das bedeutet. Wenn ich dich markiere, bist du dein Leben lang mein. Verstehst du das? Und du wirst Teil des Rudels – du wirst zur Geheimhaltung verpflichtet werden, deren Bruch mit dem Tod bestraft wird."

Ich nicke und Freude sprudelt wie eine Quelle puren Glücks in mir hoch. „Dein fürs Leben klingt perfekt."

„Bist du dir sicher? Du bist ziemlich jung, um diese Entscheidung –"

Ich schlage ihn erneut, dieses Mal ist es definitiv ein liebevoller Klaps. „Stell du nicht auch noch meine Lebensentscheidungen infrage."

Er lacht. „Ich liebe dich."

„Dito."

„Komm." Er steht auf, wobei er mich nach wie vor um sich geschlungen trägt. „Ich muss dich jetzt zur Meinen machen. Bevor meine Brust explodiert."

„Klingt gut in meinen Ohren."

Ich sehe mich um, doch Trey hat sich taktvoll zurückgezogen. Ich schulde ihm ein riesiges Dankeschön, weil er mich hierher anstatt zu dem Vampir gebracht hat. Ich meine wirklich riesig. Im Sinne von, dass ich unser erstes Kind nach ihm benennen sollte.

„Werden wir Gestaltwandlerbabys haben?", frage ich, während mich Jared nach draußen zu seinem Auto trägt.

Er lacht und hebt mich höher auf seiner Hüfte.

„Das hängt davon ab. Manche Halblinge können sich verwandeln, manche nicht. Manche Frauen verwandeln sich, wenn sie von einem Gestaltwandler geschwängert werden – die DNA des Babys neigt die Waage."

„Ich hoffe, wir bekommen Werwolfbabys."

„Für mich spielt es keine Rolle", verspricht er. „Ich werde sie so oder so lieben."

„Das will ich auch hoffen." Ich beiße in sein Ohr.

Angelina

ICH ZITTERE, als wir schließlich zu meinem Haus zurückkehren – nicht aus Angst. Vor Verlangen. Erregung.

Jared wird mich markieren.

Mir ist sogar egal, ob es wehtut.

Er schält sein Shirt in der Sekunde, in der er durch meine Tür läuft, von seinem Körper und tritt anschließend die Stiefel von seinen Füßen. Ich kreische, als er mich über seine Schulter wirft und mich durch den Flur zu meinem Schlafzimmer trägt. Er stellt mich langsam auf die Füße und zieht mir mein Shirt über den Kopf.

„All deine Klamotten runter. Jetzt." Er benutzt einen herrischen Tonfall. Das ist neu. Ich habe Befehle mit einer neckenden Note gehört, aber nie das. Jetzt schwingt in seinem tiefen Rumpeln ein dunkles Versprechen mit.

Schauer rasen durch mich, während ich meine Kleider ausziehe und mich nackt vor ihn stelle.

Seine Augen verändern ihre Farbe zu gelb. Hübscher, hübscher Wolf.

Langsam öffnet er seinen Gürtel, wobei er seinen Blick auf mich gerichtet hält.

Ein Hauch von Angst steigt wieder in mir auf, aber er vergrößert meine Erregung nur. Wird er mich damit auspeitschen, wie er es mir angedroht hat, wenn ich ihn jemals wieder eifersüchtig mache?

Oh Gott. Ich hoffe es.

Er zieht seinen Gürtel aus den Schlaufen und knickt ihn in der Mitte, sodass er doppelt ist, woraufhin er sich damit in die Handfläche schlägt. Ich mache einen kleinen Satz.

„Geh und hol mir deine Strumpfhosen. Vier Paare."

Vier Paar Strumpfhosen? Was könnte – oh. Ich bin mir ziemlich sicher, dass ich weiß, was er mit ihnen tun wird und ein aufgeregtes Flattern setzt in meinem Körper ein. Ich mache mich an meiner Kommodenschublade zu schaffen und ziehe einen Haufen Strumpfhosen heraus.

Er nimmt sie und reckt sein Kinn in Richtung Bett. „Auf deinen Bauch. Alle Viere von dir gestreckt."

Oh Gott, ja.

Ich krabble auf dem Bett nach oben und strecke meine Arme und Beine weit von mir. Mit den Strumpfhosen bindet er meine Handgelenke an das Kopfbrett und meine Fußknöchel an das Fußbrett. Dann schiebt er ein Kissen unter meine Hüften, um meinen Hintern anzuheben.

Er hat mich in all dieser Zeit nicht berührt und all meine Nerven sind angespannt, meine Sinne geschärft. Ich brenne auf seine Berührung, verzehre mich geradezu danach.

„Jared?"

Da. Er streichelt zwischen meinen Beinen. Ein Schauer rast mein Rückgrat hoch und runter.

„Du bist schrecklich feucht für ein kleines Mädchen, das gleich gespankt werden wird."

Meine Pussy zieht sich zusammen. *Ja, bitte.*

„Ich muss dich einfach spanken, weißt du auch warum, süßer Engel?"

„Warum?" Meine Stimme zittert.

„Damit ich deinen Hintern ganz warm und bereit für deine Markierung machen kann."

Ich hebe leicht verwirrt den Kopf. „Du wirst meinen Hintern markieren?"

„Jepp. Ich habe viele Stunden damit verbracht, mir zu überlegen, wo und wie man einen Menschen markieren könnte. Ich darf keine Ader treffen und ich will keine Narbe hinterlassen, die andere sehen könnten. Und ich weiß, wie viel Haut du bei deinen Auftritten zeigst. Daher bleiben mir nicht gerade viele Optionen. Es läuft auf deine Brüste oder Hintern hinaus. Du weißt, dass ich auf Ärsche stehe. Ich liebe diesen knackigen Arsch." Er drückt meine Pobacken grob und ich schaukle mit den Hüften.

„Also werde ich diesen perfekten Hintern mit meinem Gürtel aufwärmen. Dann werde ich dich lang und hart vögeln. Du wirst mit dem Orgasmus warten, bis ich dir die Erlaubnis erteile. Verstanden?"

„Ja, Daddy."

Er knurrt zustimmend. „Falls es zu viel wird, Baby, sag einfach stopp. Ich werde dich niemals irgendwo hinbringen, wo du nicht hingehen willst. Okay?"

Ich wackle mit dem Hintern. „Hör auf zu reden und fang mit dem Spanking an."

„Frech." Er wickelt das Gürtelende mit der Schnalle um seine Faust, bis die Länge auf ungefähr einen halben Meter verkürzt ist. „Allein dafür werde ich auch deine Pussy schlagen."

Ich kreische und versuche, meine Beine zusammenzupressen, aber ich kann nicht. Er hat sie weit gespreizt gefesselt. Ich ziehe und zerre an all meinen Fesseln und liebe das Gefühl, von ihm gefangen zu sein. Zu seiner Verfügung zu stehen.

Er schlägt leicht mit dem Leder auf meinen Po – eher ein Kuss als ein richtiger Hieb. Er fährt damit fort, wobei seine Schläge immer fester werden und ein Brennen mit sich bringen, das mich dazu veranlasst, meine Pobacken anzuspannen und zusammenzuzucken.

Es ist noch immer kein Schmerz – nur köstliche Empfindungen. Er fängt an, sein Tempo zu beschleunigen und schlägt gegen die Unterseite meiner Pobacken sowie die Rückseite meiner Beine. Ich reibe mich an dem Kissen, da ich wild vor Verlangen werde.

„Dieser Arsch gehört jetzt mir", sagt er. „Ich hoffe, du verstehst das. Ich bin der Mann, der ihn versohlen darf. Ihn vögeln darf. Ihn noch einmal versohlen darf. Ich bin der Mann, der dich Nacht für Nacht bestrafen wird, nur weil du so einen knackigen Hintern hast."

Ich stöhne.

„Ich bin der einzige Mann, der dich zum Schreien bringen wird. Der das Vergnügen hat, zuzuschauen, wie du einen Orgasmus erreichst. Wieder und wieder, falls ich es beschließe."

Ich reibe mit meinen nackten Brüsten über die Bettdecke und mit meiner Klit über das Kissen. Ich brauche Erleichterung. Jetzt. „Bitte, Jared", wimmere ich.

„Nicht, bis ich es sage, Baby." Die Warnung ist entschieden und ich liebe es, wenn er mir gegenüber den Strengen mimt.

Er stoppt, um seine Jeans und Boxershorts loszuwerden. Ich bin mir sicher, er wird mich jetzt für sich beanspruchen, doch stattdessen setzt er sich rittlings auf meine Taille, meinem Hintern zugewandt. Er umfängt meine Pobacken grob und spreizt sie weit. „Da ist dieses enge kleine Loch, dass mich ganz verrückt macht. Heute Nacht werde ich dich dort nicht nehmen, Baby, aber du wirst oft in diesen Arsch gevögelt werden. Jedes Mal, wenn ich diese Hüften kreisen sehe. Diese Schenkel, die mich nur so anbetteln, sie zu spreizen und meine Zunge über deinen Lustpunkt schnellen zu lassen." Er massiert besagten Lustpunkt und ich bocke unter ihm. „Aber ich glaube, ich habe dir versprochen, deine Pussy zu schlagen."

„Oh", stöhne ich und bin mir unsicher, was ich von richtigen Schlägen auf meine Pussy halten soll. Mit einem Gürtel.

Doch natürlich weiß Jared, wie man es richtig macht. Er tippt mit der flachen Seite des Leders zwischen meine Beine, dann holt er leicht aus.

Es ist wundervoll.

„Mehr."

„Gieriges Mädchen." Er schlägt mich wieder. Und wieder.

Ich stöhne und winde mich, schaukle mit den Hüften in dem Versuch, Befriedigung zu erlangen. Er stoppt und stimuliert meine Spalte mit seinen Fingern. „Ich wette, du hast Lust auf meinen Schwanz."

„Ja, Daddy."

„Braves Mädchen. Ich liebe es, wenn du mich Daddy nennst." Er wechselt die Position und ich höre das Ratschen einer Folienpackung, was mir verrät, dass er ein Kondom überzieht. Dann ist er da, zwischen meinen Beinen. Direkt dort, wo ich ihn gebraucht habe seit dem Moment, als wir mein Haus erreicht haben.

Er neckt mich, indem er seine Spitze durch meine Säfte zieht, aber nicht in mich dringt.

„Bitte."

Er stöhnt und dringt langsam in mich. „Baby, ich werde nicht sanft sein. Ich habe versucht, mich damit abzufinden, dass ich dich nie wieder nehmen darf, und jetzt da ich dich unter mir habe –" Er zieht sich zurück und rammt sich in mich. Wäre ich nicht so fest ans Bett gebunden, wäre ich nach vorne geflogen.

Es ist ein wundervolles Gefühl der Unterstützung – als

wären meine Fesseln da, um das hier noch angenehmer für mich zu gestalten, anstatt mich gefangen zu halten.

Jared legt seine Fäuste neben mir auf das Bett und hämmert mit seinen Lenden gegen meinen Hintern. Jeder Stoß erzeugt noch mehr Befriedigung als der vorhergehende, bis ich eine stöhnende, verzweifelte Frau bin. Er stößt härter, schneller zu. Meine natürlichen Säfte machen mich so glitschig, dass er mit Leichtigkeit vor und zurück gleitet, obwohl er grob und fordernd ist.

Ich kralle mich in die Bettdecke, mir absolut sicher, dass ich keine einzige Sekunde mehr warten kann.

Jared rammt sich tief in mich und brüllt: „Jetzt, Engel!"

Mein Körper reagiert, bevor mein Gehirn den Befehl auch nur verarbeitet hat. Während meine Pussy seinen Schwanz in kurzen Intervallen drückt, strömt Wonne durch meinen gesamten Körper. Jared zieht sich aus mir zurück, bevor ich bereit bin. Doch dann ersetzen seine Finger seinen Schwanz und seine Zähne versinken in dem Fleisch meiner linken Pobacke.

Ich beiße in die Bettdecke, um mich davon abzuhalten, laut zu schreien. Ich werde nicht lügen – es brennt. Aber das Fingern und das Ende meines Orgasmus verleihen dem ganzen eine sexuelle Note, sodass mein Gehirn den Biss als erotischen Kitzel anstatt als Schmerz registriert.

Er löst seinen Griff um mich, zieht sich zurück und leckt die Wunden.

Meine Pussy kontrahiert um seine Finger während der letzten Reste meines Orgasmus.

Jared küsst meinen Rücken hoch zu meinem Hals. „Bist du okay, Baby?"

„Ja. Total." Ich will nicht, dass er sich Sorgen macht. „Bin ich jetzt dein?"

„Du bist mein." Es schwingt Stolz in seiner Stimme mit,

wegen dem mein Kopf in einem glücklichen Delirium schwimmt. Er macht sich daran, die Knoten an meinen Strumpfhosen zu öffnen und mich zu befreien und dann wiegt er mich auf seinem Schoß und hält einen kalten Waschlappen an meine Wunden.

Seine Augen sind von einem klaren Grün – das Gelb ist vollständig verschwunden und sein Blick ist scharf und wachsam, wandert über mein Gesicht und beobachtet mich.

Mir dreht sich der Kopf. Es ist keine unangenehme Empfindung – eher so, als hätte ich zu viel getrunken. „Ich fühle mich ein bisschen komisch", gestehe ich.

Er streichelt meine Wange mit der Rückseite seiner Finger. „An meinen Zähnen haftet ein Mittel – das Serum, das ich in deine Haut eingebettet habe – es betäubt dich leicht. Es sollte bald verfliegen." Seine Stirn runzelt sich.

„Es ist okay. Ich mag es. Aber es erregt mich. Ist es sicher, noch einmal Sex zu haben?"

～

*J*ARED

MEIN MÄDCHEN BRAUCHT meine Zunge die ganze Nacht lang zwischen ihren Beinen. Am Morgen sind die Wunden so weit geschlossen, dass ich sie meinen Schwanz reiten lassen kann, während sie oben sitzt und meine Hände auf ihren Hüften liegen, um ihr zu helfen.

Sie kann nicht genug kriegen.

Selbst nach ihrem dritten Orgasmus seit dem Aufwachen hat sie noch die glasigen Augen einer Nymphomanin. Ich würde ja Trey anrufen, um zu fragen, ob das normal ist, wenn ein Mensch beansprucht wird, aber ich denke mir, dass das ein Problem ist, mit dem ich allein zurechtkommen werde.

Du weißt schon, es ist ein harter Job, aber einer, den ich gewillt bin, in Angriff zu nehmen. Es *ist* meine Pflicht und alles. Zur Hölle, yeah.

Letzten Endes plaudert sie sogar aus, dass sie ein paar Vibratoren besitzt, weshalb ich sie an das Bett fessle und ihre beiden Löcher fülle.

„Komm *nicht* zum Orgasmus, bis ich dir die Erlaubnis dazu erteile, Kleines."

Ihr wilder Blick folgt mir, aber sie nickt. „Ich werde dich so liegen lassen. Den Orgasmus aufbauen lassen. Wenn wir warten und dein Orgasmus heftig genug ist, wird dich das vielleicht mehr als eine Minute befriedigen."

Sie jammert und zerrt an ihren Fesseln.

Ich zupfe an ihren beiden Nippeln, zwicke und zwirble sie, während ich ihre Miene beobachte. Dort ist nur Vergnügen zu finden. Nur Lust.

„Bitte, Jared. Ich bin jetzt bereit. Lass mich dich noch einmal reiten."

Ich schüttle entschlossen den Kopf. „Du kannst mich anflehen, Baby. Ich liebe es, wenn du bettelst. Aber ich werde nicht einknicken. Du brauchst es, dass sich die Spannung aufbaut."

Ich beuge mich über sie, sauge an ihren Brüsten und streichle jeden Zentimeter ihres Körpers, bis sie sich windet und schreit. „Bitte, bitte, bitte, bitte, Jared. Ich brauche dich. Ich brauche dich so sehr. Ich brauche dich jetzt. Du musst mich kommen lassen. Ich muss kommen. Bitte, Jared."

Mein Schwanz ist härter als Stein, aber ich muss eine andere Stellung wählen, bei der sie oben ist. Ich öffne ihre Fesseln und entferne die Vibratoren. Anschließend erlaube ich ihr, sich breitbeinig auf meine Taille zu setzen, und setze mich an der Bettkante auf. Sie senkt sich mit einem heiseren Schrei auf meinen Schwanz, der von einem Kondom verhüllt wird.

Hübsches Mädchen.

Es gibt kein Aufwärmen. Sie bewegt ihre Hüften auf und ab, als hinge ihr Leben davon ab.

„Das ist es, Engel. Nimm dir, was du dir nehmen musst –"

„Darf ich?", krächzt sie.

„Fast." Ich lege eine Hand auf ihren unteren Rücken und helfe ihr, mich mit jedem Stoß tiefer aufzunehmen. Mein eigener Orgasmus ist ebenfalls nah, meine Schenkel zucken, meine Hoden ziehen sich zusammen.

„Jared", keucht sie. Ich glaube, sie wird wieder betteln, aber sie sagt: „Ich liebe dich. Du bist auch für immer mein. Mein, mein, mein."

Ich brülle und komme, wobei ich fast vergesse, ihr die Erlaubnis zu erteilen. „Komm, Engel!", schreie ich und sie tut es, in einem stummen, aber gewaltigen Höhepunkt. Ihr gesamter Körper wird von der Explosion durchgeschüttelt.

Danach fällt sie in meine Arme, schlaff und zitternd. Und dann schläft sie. Mein Mädchen hat endlich genug und kann sich ausruhen. Ich lege sie auf ihr Bett und krümme meinen Körper schützend um sie.

„Schlaf, Engel", murmle ich und küsse ihre Haare.

KAPITEL DREIZEHN

 ared

Ich drücke Angelinas Hand, während wir die Einfahrt zum Haus ihrer Eltern hochlaufen, um an deren Cocktail-Party teilzunehmen. Angelina wollte gar nicht hingehen. Ich glaube, sie wollte ihre Eltern dafür bestrafen, dass sie mich nicht akzeptieren, aber ich bestand darauf, dass sie hingeht.

Sie bestand darauf, mich mitzubringen. Ich schätze, dass ist ihr *ihr könnt mich mal* an ihre Eltern. Aber ich zog ein Button-Down-Hemd und ein Paar Khakis an und gab mein Bestes, respektabel auszusehen. Angelina ist mein Mädchen. Ich werde einen Weg finden müssen, mit ihren Eltern klarzukommen. Denn ich werde nicht zulassen, dass mein Mädchen wegen ihrer Partnerwahl mit Unbehagen und Anspannung durchs Leben gehen muss.

Sie drückt die Tür weit auf, ohne anzuklopfen, und wir laufen hindurch. Das Haus ist riesig und hübsch eingerichtet.

Sehr schickimicki. Ich bin mir ziemlich sicher, dass ich einen Pool hinter dem Haus riechen kann. Angelina zieht mich zur Küche, wo ein Barkeeper hinter der Arbeitsplatte steht, bereit, zu bedienen.

„Bier?", frage ich zweifelnd, weil ich nicht weiß, womit ich zu rechnen habe. Vielleicht trinken sie auf diesen Soiréen nur Champagner.

Der Barkeeper rattert eine ganze Reihe an Optionen herunter und ich entscheide mich für ein India Pale Ale.

„Angelina!" Ihre Mom entdeckt uns. Angelina erzählte ihren Eltern, dass sie mich mitbringen würde, weshalb ich kein Anzeichen von Schock sehe, aber das Gesicht ihrer Mom ist angespannt.

Ich trete nach vorne und strecke meine Hand aus. „Jared Johnson."

Ihre Mom wirkt einen Augenblick, als hätte ich sie aus der Fassung gebracht, schüttelt dann jedoch meine Hand und errötet. „Delia. Freut mich, dich kennenzulernen." Sie wendet sich an Angelina und sagt mit leiser Stimme: „Ich glaube, er ist gerade angekommen."

Angelina presst die Lippen zusammen und tritt an meine Seite. Ich schlinge beschützend einen Arm um sie.

Ich weiß nicht, wer *er* ist oder warum Angelina deswegen so angespannt ist, aber ich werde es auf jeden Fall herausfinden.

Die Eingangstür öffnet sich und Delia stürzt dorthin. Ihr Ehemann rennt ebenfalls in diese Richtung. Ein breitschultriger Mann scheucht eine hübsche Brünette herein und ich muss mich abwenden, damit ich nicht loslache.

Anscheinend ist der Ehrengast Jackson King.

Reichster Wolf im Land. Guter Freund des Rudels.

Angelina schaut fragend zu mir auf und ich führe sie zum Foyer. Ihr Vater ist dort angekommen und schüttelt Jacksons

Hand. Es macht den Anschein, als hätte er sich absichtlich so positioniert, dass er mich abblockt. Ich vermute, er denkt, ich werde ihn blamieren. Vielleicht eine Prügelei anzetteln. Ich kann es dem Mann nicht wirklich verdenken.

Jacksons Gefährtin Kylie späht um Delias Seite. „Jared!"

Ich grinse, schließe sie in meine Arme und lache mir den Arsch ab, als Angelinas Eltern ihre Arschkriecherei stoppen und starren.

Jackson kommt als nächster, um mir eine Männerumarmung zu geben, komplett mit Rückenklopfer.

„Jackson und Kylie, das ist mein Mädchen, Angelina Baker. Engel, weißt du noch die Hütte oben auf Mt. Lemmon, zu der ich dich gebracht habe? Jackson war der Freund, der so nett war, uns zu erlauben, sie zu benutzen."

Ich ignoriere die offenen Münder ihrer Eltern, aber Angelina tut das nicht. Sie wirft ihnen einen *habt ihr das gehört?* Blick zu.

Jacksons Nasenflügel blähen sich und ich weiß, dass er mich an Angelina riecht und realisiert, dass ich sie markiert habe. „Gut gewählt", murmelt er uns beiden zu, während er Angelinas Hand schüttelt. Angelina strahlt und schmiegt sich an meine Seite.

„Nun, äh… Sie beide kennen einander?" Angelinas Dad kann sich darauf keinen Reim machen. Er starrt vom einen von uns zum anderen.

„Klar."

„Woher?" Typisch ihr Dad, dass er gleich ans Eingemachte geht und nachfragt.

Ich zögere, doch Kylie antwortet liebenswürdig: „Jackson gehört zu Jareds Kampfklub."

Ich ersticke beinahe an meinem Bier und Angelina muss ihr Grinsen verdecken.

Selbst Jackson, der der stoischste aller Wölfe ist, muss

sich räuspern. „Ja." Er ist bekannt für einsilbige Antworten, weshalb ich annehme, dass dieses eine Wort die höchste Billigung ist, die ich von ihm erhalten werde. Dennoch ist das genug.

Angelinas Dad legt den Kopf auf die Seite. „Nein... nicht wirklich?"

„Doch", antworten Jackson, Kylie und ich wie aus einem Munde.

„Wo wir gerade davon sprechen – wir wollten mit dir über die Probleme reden, die du dort drüben hattest. Nachfragen, ob es irgendetwas gibt, das wir tun können, um dir zu helfen", sagt Kylie bedeutungsvoll. Sie und Jackson sind beide Genies in Sachen Informationssicherheit, aber Kylie ist vermutlich die beste Hackerin der Welt. Sie hat dabei geholfen, den verrückten Scheiß zu enträtseln, den unser Rudelmitglied Sam bei Data-X aufgedeckt hat, bevor er ihre Labore in die Luft jagte. Ich glaube, sie half auch Parker, Declan und Laurie mit neuen Ausweisen.

Garrett hat sie und Jackson bestimmt über die Befragung in Kenntnis gesetzt, die ich letzte Woche mit diesem rätselhaften Regierungsagenten hatte, aber sie wollen es wahrscheinlich direkt von mir hören.

Ich nicke. „Klar. Danke, ich weiß das zu schätzen."

„Nun, wie wäre es, wenn ich Ihnen einen Drink besorge und wir uns ein bisschen über Geschäftliches unterhalten?", versucht es Angelinas Dad.

„Später", sagt Jackson. „Ich werde mich zuerst mit Jared unterhalten."

Jackson ist immer geradeheraus. Er nimmt kein Blatt vor den Mund. Es ist schwer zu sagen, ob das hier einfach nur er ist, oder ob er Angelinas Dad absichtlich disst, aber ich entscheide mich fürs Dissen, weil es mich zum Lachen bringt.

Jackson hebt sein Kinn in Richtung der Tür, die zur Terrasse führt.

„Ich werde euch Getränke besorgen", bietet Angelina an, was ihre Mutter stolz strahlen lässt.

Einige Minuten später sitzen wir vier auf Terrassenmöbeln und schauen über den Pool. Ich gehe gleich ans Eingemachte. „Der Agent war ein Wolf. Oder zumindest teilweise ein Wolf. Mir war nicht klar, wie er ins Lagerhaus gelangen konnte, bis ich ihn roch. Ich weiß nicht, ob er ein weiteres Versuchskaninchen wie Parkers Gang ist. Er scheint nicht einmal von dem Gestaltwandlerteil zu wissen, weshalb ich darauf tippe, dass er sein Tier nie kennengelernt hat. Er fragte nach den Explosionen. Versuchte, mir wehzutun, damit sich meine Augenfarbe ändert."

Angelina starrt mich mit großen besorgten Augen an und ich realisiere, dass es noch so vieles gibt, das sie nicht weiß. Ich greife nach ihr und ziehe sie auf meinen Schoß. „Es tut mir leid, du weißt von all dem noch nichts, Baby. Es gibt eine sehr lange Geschichte über das Rudel, die ich dir erzählen werde, wenn wir nach Hause kommen, okay? Du sollst nur wissen, dass ich bei dem Großteil davon nicht involviert war."

„Okay." Sie lehnt sich an mich und die weichen Wellen ihrer Haare streichen über mein Gesicht. Ihr Vanilleduft schießt direkt in meinen Schwanz. Ich muss mein Mädchen bald für mich allein haben. Genug Geschäftsgerede.

„Ich habe seine Daten überprüft – musste mich in eine Menge Datenbanken hacken, um sie zu erhalten. Er ist ein Gespenst. Es gibt kaum etwas über ihn", berichtet Kylie. „Ich kann dir erzählen, was ich weiß."

Ich zucke mit den Achseln. „Yeah. Er könnte Ärger bedeuten. Ich glaube nicht, dass ich ein spezielles Ziel bin. Ich war nur der Einzige, der während diesem Kampf seine

Fähigkeiten gezeigt hat. Wenn es um Gesetzesbruch gegangen wäre, hätten sie Parker und die anderen Buchmacher mitgenommen."

„Dem stimme ich zu", sagt Jackson. „Was will Garrett tun?"

„Fürs Erste nichts. Er setzt nicht einmal den Kämpfen ein Ende. Wenn überhaupt denkt er, dass es diesen Typen hervorlocken könnte. Und beim nächsten Mal werden wir diejenigen sein, die *Dune* irgendwohin zu einer Befragung bringen."

Jackson nickt.

„Und jetzt zu den *wichtigen* Neuigkeiten." Kylie dreht sich mit funkelnden Augen zu Angelina. „Herzlichen Glückwunsch zu deinem neuen Wolfgefährten."

Angelina lächelt. „Dankeschön."

„Ich bin eine Katze, Jackson ist ein einsamer Wolf. Ich nehme an, das hier ist das Haus deiner Eltern?"

„Ja." Sie errötet. „Meine Eltern haben seit Jahren versucht, ein Treffen mit Jackson zu arrangieren, und sie billigen Jared nicht. Also hast du alles auf den Kopf gestellt, als du sagtest, Jackson wäre Teil seines Kampfklubs."

Kylie zwinkert. „Ich habe mir gedacht, dass es so was in der Art ist. Ich habe einen Instinkt für diese Dinge."

„Vielen Dank."

Kylies Gesicht wird weich. „Selbstverständlich. Ich freue mich für euch beide."

Angelinas Dad schlendert zu uns, weshalb ich die Gelegenheit ergreife und aufstehe. „Wir werden euch übers Geschäftliche reden lassen", verkünde ich und ziehe Angelina um die Hausecke.

„Was machst du denn?" Sie kichert, als ich sie an die Lehmziegelmauer drücke und meine Hände unter dem Rock ihres Trägerkleides nach oben wandern lasse.

„Dich beanspruchen", knurre ich. „Direkt im Garten deines Vaters." Ich ziehe meine Hände ihre festen Schenkel nach oben, bis ich auf ihr Höschen treffe.

Sie hebt ihren Mund zu meinem und gibt so wunderbar nach, wie sie es immer tut. Sie vertraut mir trotz der Probleme, die sich für das Rudel zusammenbrauen, trotz der Art und Weise, wie ich sie das letzte Mal verließ, als wir bei diesem Haus waren. Sie liebt mich. Braucht mich so sehr, wie ich sie brauche und liebe.

Ich reibe mit meinem Fingerknöchel über ihre Klit und sie keucht an meinen Lippen. „Erzähl mir, dass du auch willst, dass ich dich genau hier, an dieser Wand vögle." Ich schiebe einen Finger unter den Zwickel ihres Höschens und streichle ihre feuchte Spalte.

„Ich will, dass du mich vögelst", haucht sie.

„Wo?"

„Genau hier."

Fuck. Ich kann nicht widerstehen. Ich fische ein Kondom aus meiner Tasche, öffne den Reißverschluss meiner Hose und rolle den Gummi über.

Sie hebt einen Schenkel und schlingt ihn um meine Taille, ehe sie meinen Schwanz in ihre Hand nimmt. Als sie ihn an ihren Eingang führt, erschaudere ich voller Vorfreude und ein Blitz sengend heißen Begehrens schlägt in den Ansatz meiner Wirbelsäule ein.

Ich sinke langsam in sie und sie schlingt ihr anderes Bein um meine Taille. Ich lege meine Arme hinter ihren Rücken, um sie davor zu schützen, mit dem Rücken gegen die Backsteine zu knallen, denn daraufhin bin ich verloren. Ich stoße mich besinnungslos in sie und mein harter Schwanz rammt sich in ihren süßen Kanal rein und raus.

Sie hüpft auf meinem Schwanz, hebt und senkt sich in meinen Armen. Ihr Atem entweicht ihr als kurzes, verzweifeltes Keuchen. Als sie zu schreien beginnt, verschließe ich ihren Mund mit meinem und schlucke ihre Schreie.

„Ich muss kommen, ich muss kommen, ich muss kommen", haucht sie an meinem Ohr, als ich ihre Lippen freigebe.

Ich will, dass es für immer andauert, aber um Angelinas Willen mache ich es schnell. Nach einigen weiteren Stößen, explodieren Feuerwerke. Ich ramme mich tief in sie und komme. „Jetzt, Baby", knurre ich.

Sie kommt leise, aber danach zu schließen, wie mich ihre Schenkel packen, wie sich ihre Pussy um meinen Schwanz zusammenzieht und ihre Arme um meinen Hals, kommt sie heftig.

Wir ringen gemeinsam nach Luft, aber ich stelle sie nur widerwillig auf den Boden. Ziehe mich nur widerwillig aus ihr.

„Ich liebe meinen neuen Wolfgefährten", summt sie und beißt mir ins Ohr.

„Ich bin so verdammt stolz darauf, dein Mann zu sein", erzähle ich ihr. „Du hast keine Ahnung."

Sie küsst meinen Hals. „Ich denke, das habe ich. Du hast mich immer wie eine Prinzessin behandelt."

„Denn das ist es, was du verdienst, Baby." Ich lehne meine Stirn an ihre. „Ich liebe dich."

„Mmm. Ich liebe dich mehr."

Ich muss innehalten und atmen, denn meine Brust fühlt sich zu voll an. Es hüpft zu viel Freude darin herum und lässt mein Herz auf eine unangenehme Größe anschwellen.

EPILOG

SECHS MONATE SPÄTER

J ared

ICH STECKE IN EINEM ANZUG. Ja, du hast richtig gehört. Ein waschechter beschissener Anzug. Ich stehe wie ein gottverdammter Oberkellner vor dem Lagerhaus. Angelina ist gerade irgendwo im Lagerhaus, flitzt wie eine Verrückte durch die ganze Halle und beantwortet die Millionen Fragen, die ihr von den Tänzern ihres Ensembles und den Rudelmitgliedern gestellt werden, die ich anheuerte, damit sie ihr dabei helfen, dass ihre erste Aufführung glatt über die Bühne geht.

In der Zukunft kann sie in richtige Theatertechniker investieren, wenn wir die Inszenierung erst einmal bis ins kleinste Detail ausgeklügelt haben und sie genau weiß, was sie braucht. Oder wir können auch einfach weiterhin die Rudelmitglieder helfen lassen, was Angelina zu lieben scheint. Vermutlich, weil sie sie wie eine gottverdammte

Prinzessin behandeln, denn sie wissen, dass ich ihnen ansonsten die Schädel einschlagen werde.

Trey fährt in Angelinas Wagen vor. Ich schickte ihn in letzter Minute noch auf eine Fahrt zum Supermarkt, damit er mehr Erfrischungen für den Empfang nach der Aufführung kaufte, denn, nun, Angelina war nicht so ganz klar, wie viel die Jungs aus dem Rudel essen.

„Das musst du dir anschauen." Trey schlägt mir mit einer gefalteten Zeitung auf den Bauch.

Ich falte den Daily Star auf und sehe als erstes den Kulturteil – den Bereich mit den Kunstveranstaltungen an diesem Wochenende. Dort auf dem Cover ist mein Mädchen. Sie fliegt in einem dramatischen Spagat an einem Seil durch das Bild. Ein Bein ist um das Seil gewickelt, das andere deutet gerade zum Boden. Die Überschrift verkündet, *Lokale Tanztruppe debütiert EngelWolf – eine Aufführung, die man gesehen haben muss.*

Trey deutet auf den Verfassernamen. „Das war der Reporter, von dem Angelina hoffte, dass er gestern Abend vorbeikam." Angelinas Ensemble führte gestern Abend vor Ambers Gruppe an Pflegefamilien die Generalprobe auf. Angelina fragte uns eine Million Mal, ob wir einen Reporter bei der Show gesehen hätten, aber keiner von uns konnte es mit Sicherheit sagen.

Ich grinse wie ein Volltrottel, als ich den Artikel lese.

Choreographin Angelina Baker hebt Tanz in ihrer dramatischen Inszenierung EngelWolf auf ein neues Niveau. Die interaktive Inszenierung kombiniert zeitgenössischen Tanz, Performance Art und Zirkustricks zu einer aufregenden Show, die Menschen jeder Altersklasse begeistern wird.

Gemäß dem Programmheft stellte die Absolventin der University of Arizona die Aufführung auf Grundlage der Vision zusammen, „Tanz der breiten Masse näherzubringen."

Die Qualität und Kreativität der Show kann es mit den Aufführungen großer Ensembles aufnehmen, wie sie ein Publikum in Las Vegas oder New York finden könnte. Dennoch hat Baker die Show mit einem Minimalbudget auf die Beine gestellt, hauptsächlich dank freiwilliger Arbeit.

„Meine Hoffnung ist es, diese Show als fortwährende Veranstaltung zu etablieren, sodass ich den talentierten Tänzern und Darstellern gleich hier in Tucson Arbeit anbieten kann", sagte Baker in einem Interview vor der Show.

Der Artikel fährt damit fort, einige der Auftritte während der Show zu beschreiben, benennt Lieblingsstellen und lobt die Darsteller.

„Danke, Mann. Ich kann es nicht erwarten, dass Angelina das hier sieht." Ich strahle Trey an, als wäre es meine Show, die diese Lobeshymnen erhält. „Ich werde schnell zu ihr gehen, damit ich es ihr noch vor der Show bringen kann. Kannst du hier an der Tür bleiben?"

Trey nickt und ich jogge durch den Aufführungsraum. Wäre ich kein Wolf, wäre es schwer, sie in diesem Labyrinth zu finden, das wir mit den verschiebbaren Wänden erschaffen haben. Doch ich folge einfach ihrem Geruch und finde sie vor dem Ankleideraum in einer Gruppenumarmung mit ihren Tänzern.

Ich räuspere mich und sie springen kichernd auseinander. „Ich will nur, dass ihr alle wisst, dass der Arizona Daily Star der Meinung ist, dass ihr gestern Abend ein großer Hit wart." Ich schwenke die Zeitung.

Die Tänzer greifen danach und scharen sich darum, aber Angelina stürzt sich auf mich und schlingt ihre langen Beine um meine Taille und ihre Arme um meinen Hals. Sie küsst mein Ohr. „Dankeschön", haucht sie.

Ich schüttle den Kopf. „Danke nicht mir. Das hier geht

alles auf deine Kappe, Baby. Dein Traum. Deine Vision. Deine Brillanz."

„Du hast es verwirklicht." Ihre Stimme klingt erstickt.

„Nein, ich habe nur geholfen, den Anfang zu machen. Den Rest hast du gemacht."

Sie küsst mein Ohr. „Ich liebe dich."

Ich senke sie auf den Boden. „Baby, ich habe etwas für dich." Ich schiebe meine Hand in meine Tasche. „Ich wollte eigentlich bis nach der Show warten, aber ich habe plötzlich das Gefühl, als sollte ich es dir jetzt geben." Meine Kehle wird ganz trocken.

Sie schaut mit ihrem großen, vertrauensvollen Blick zu mir hoch. „Ist es ein Geschenk?" Sie wippt auf den Ballen ihrer Füße, die ihn Ballettschuhen stecken.

„Jepp." Ich ziehe das kleine Ringkästchen hervor und öffne es. „Nach dem Gestaltwandlergesetz bist du bereits mein. Aber ich dachte, du hättest vielleicht gerne etwas, das du deinen Eltern zeigen kannst. Du weißt schon, damit sie verstehen, dass ich es ernst damit meine, dein Mann zu sein."

Ihre Augen weiten sich, als sie den rosa Diamanten im Smaragdschliff auf einem Goldring sieht.

„Ich, äh, habe ihn gekauft, weil er mich an deine Ballettschuhe erinnert hat. Ich meine deine Strumpfhosen." Oh beim Schicksal. Ich hätte einfach den Mund halten sollen. Wer kauft einen Verlobungsring, der zu Ballettstrumpfhosen passt? Ich bin ein verdammter Idiot.

Aber sie lacht und Tränen treten ihr in die Augen. „Ich liebe ihn!"

Mein Herz beginnt wieder zu schlagen. „Das tust du?"

Sie schiebt ihn auf ihren Finger. „Er passt perfekt. Kann ich anfangen, ihn zu tragen?"

Meine Kehle schnürt sich zusammen und ich kann lediglich nicken. „Ich verstehe, wenn du es nicht tun willst. Ich will nicht, dass du Blasen kriegst, wenn du an den Seilen tanzt oder so etwas."

Sie schiebt ihn auf ihren Ringfinger und streckt ihre Hand aus, um den Ring zu bewundern. Ich fange ihre Finger ein und führe sie an meinen Mund.

„Hey ihr zwei Turteltauben!", ruft Trey durch den Gang. „Kanal vier und neun sind hier und *wollen wissen, wo sie ihre Kameras aufbauen können.*"

Angelina und ich werfen einander übereinstimmende *heilige Scheiße* Blicke zu. „Ich werde mich darum kümmern." Ich drücke ihre Hand. „Viel Glück. Ich meine *merde.*" Ich liebe es, dass ich den Insider-Begriff kenne, den Tänzer benutzen, um sich einander einen guten Auftritt zu wünschen. Ich liebe es, dass ich alles über Angelinas Leben weiß.

„Dankeschön!", ruft sie über ihre Schulter, als wir uns trennen und rasch in entgegengesetzte Richtungen laufen.

Der Parkplatz vor den Lagerhäusern hat sich verändert. Tank, einer meiner Rudelkumpel, und seine Gefährtin Foxfire sind eingesprungen und spielen Platzanweiser, denn Autos strömen aus allen Richtungen auf den Parkplatz. Er ist voll, genauso wie die Straße vor dem Lagerhaus.

Fernsehcrews packen ihre Kameras aus Vans aus, die sie einfach hinter unseren Fahrzeugen geparkt haben.

Jackson, Kylie, Kylies Katzengestaltwandler-Oma und ihr Kleinkind kommen mit anderen Rudelfreunden Sam und Layne an. Jackson begrüßt Angelinas Eltern auf dem Park- platz. Ich mache mich etwas größer, als sie sich nähern, als würde das helfen, damit mich ihre Eltern in einem besseren Licht betrachten, aber heute zeigen sie nur ein strahlendes Lächeln.

„Hast du den Artikel in der Zeitung gesehen?", fragt mich ihr Dad, als wären wir alte Kumpel. Wir haben uns im

Verlauf der letzten Monate definitiv angestrengt, miteinander klarzukommen. Ich habe mich ihren sonntäglichen Familienabendessen angeschlossen. Nachdem ich ihnen eine Einladung zu einer Grillparty bei Jackson King im letzten Monat organisiert hatte, schien ich meinen Wert bewiesen zu haben. Vor allem weil Jackson danach zustimmte, in die Firma von Angelinas Dad zu investieren.

Ich lächle und nicke. „Ja, was Angelina hier macht, wird ein echter Verkaufsschlager werden." Ich spreche in Begriffen, die für ihn wichtig sind. „Und der Welt auch ihren kreativen Wert beweisen." Der Teil ist für ihre Mutter.

Sie strahlen beide.

„Kommt rein, ich habe euch für den ersten Auftritt Plätze in der ersten Reihe reserviert." Ich führe sie mit den anderen in die Halle und erlaube ihnen, an der wachsenden Schlange Menschen, die Eintrittskarten kaufen, vorbeizugehen.

„Wir werden ausverkaufen", murmelt mir Trey zu.

Ich liebe es, dass er *wir* sagte. Ich bin so dankbar für all die Unterstützung, die das Rudel dieser Show geschenkt hat. Garrett hat das Eklipse für den Abend dichtgemacht, damit alle Angestellte und Gäste heute Abend stattdessen hierherkommen. Er öffnet es später für eine Party nach der Vorführung – Einlass nur mit Einladung.

„Dein Mädel wird alle umhauen", sagt Garrett mit einem breiten Grinsen im Vorbeilaufen. Nachdem ich Angelina markiert hatte, nahm er sie im Rudel auf, ohne Hin und Her. Obwohl sie ein Mensch ist.

Ich bin wirklich dankbar für die Unterstützung meines Alphas und langjährigen Freundes.

Zur Hölle, ich bin unfassbar dankbar für die Großartigkeit jeden Tages, den ich als Angelinas Gefährte verbringe. Es wird einfach immer besser und besser.

Angelina

Iᴄʜ sᴛᴇʜᴇ auf der Bühne und nehme Standing Ovations entgegen. Einen Strauß weißer Rosen unter meinen Ellbogen geklemmt, bemühe ich mich, nicht zu weinen. Zu meiner Rechten erspähe ich meine Professoren von der Uni. Ich kann nicht fassen, dass sie gekommen sind! Einer von ihnen lächelt mich sogar an.

Aber um ehrlich zu sein? Mich interessiert nicht einmal, was sie denken. Es wäre mir egal, wenn sie es gehasst hätten, oder wenn es meine Eltern gehasst hätten – was sie nicht haben, wie ich weiß, weil sie die Ersten waren, die aufstanden.

Das Einzige, das für mich von Bedeutung ist, ist, dass ich meine Vision in die Tat umgesetzt habe. Etwas, das ich erschaffen wollte – für mich. Für meine Freundinnen.

Und ich tat das alles mit der Unterstützung des wundervollsten Wolfes im ganzen Universum.

Der ganze Rest? Das Tüpfelchen auf dem i.

Und es gibt eine Menge, mit dem wir prahlen könnten. Wir traten vor einem ausverkauften Publikum auf. Die Eintrittskarten sind bis zum nächsten Wochenende ausverkauft. Das Fernsehen hat den Auftritt übertragen, Zeitungen haben Rezensionen veröffentlicht. Der Eröffnungsabend deckte bereits den Großteil unserer Ausgaben ab, abgesehen von dem, was Jared in das Ganze investiert hat, wofür er mich einfach nicht bezahlen lässt.

Ich verbeuge mich und schalte das Mikrofon ein. „Vielen Dank Ihnen allen, dass Sie zu unserem ersten Auftritt gekommen sind. Wir hoffen, Ihnen hat die Show gefallen."

Die Jubelrufe setzen wieder ein. Pfiffe, Schreie. Das ist von den Gestaltwandlern.

„Wir fühlen uns geehrt, dass unsere Freunde, Familien und ehemaligen Lehrer hier sind, um uns zu unterstützen. Ich fühle mich besonders geehrt, die Unterstützung einer ganz besonderen Person in meinem Leben zu haben, die mir geholfen hat, das alles in die Tat umzusetzen." Meine Stimme zittert, aber ich spreche weiter. Ich muss das vor der Öffentlichkeit, vor Gott und allen sagen. Ich werde mich niemals, jemals für Jared schämen und ich will auch nicht, dass er jemals wieder so etwas glaubt.

„Der Mann, der mir heute Abend diesen Ring gegeben hat und mich gebeten hat, es offiziell zu machen" Ich halte meine Hand hoch und der riesige Ring funkelt im Scheinwerferlicht.

Der Mund meiner Mutter klappt auf.

Meine Freunde und Jareds Rudel beginnen zu jubeln und der Rest des Publikums klatscht höflich.

„Jared, kommst du bitte hier hoch?" Ich blinzle in die Lichter, da ich nicht weiß, wo er ist, aber dann sehe ich, wie sich seine große Gestalt durch die Menge schiebt. Er erklimmt die Stufen zur Bühne und läuft nach vorne mit seinem stolzen Gang wie an dem Tag, an dem ich ihn kennenlernte. Ich packe sein Revers. „Dieser Mann erlaubte uns, sein Lagerhaus zu benutzen, und er baute diesen Raum für die Show um. Er hat mich auf jedem Schritt des Weges ermutigt und feuert uns immer an. Dankeschön."

Jared legt einen Arm um meine Taille und zieht mich für einen Kuss an sich nach oben.

Das Publikum johlt und jubelt und ich lache, als er mich einen Augenblick zu lange festhält.

Jared packt das Mikrofon. „Wenn Ihnen die Show gefallen hat, erzählen Sie Ihren Freunden davon! Diese

Tänzer werden die Veranstaltung zu einer dauerhaften Sache machen."

Ich beuge mich nach vorne, um noch einmal zu sprechen: „Danke für Ihr Kommen. Gute Nacht!"

Genau aufs Stichwort geht die Beleuchtung an und alle reden. Körper setzen sich allmählich in Bewegung.

Ich bemerke nichts davon, denn Jared widmet sich wieder unserem Kuss, verschmilzt seinen Mund mit meinem und leckt zwischen meine Lippen.

„Ich liebe dich, Baby", murmelt er, als er mich schließlich nach Luft schnappen lässt. Er lehnt seine Stirn an meine. „Du bist eine gottverdammte Inspiration."

„Und du bist ein Held", informiere ich ihn, schlinge meine Arme um seinen Hals und biete ihm meine Lippen für weitere Küsse an. Denn, ja. Ich habe mich gerade verlobt.

Mit dem Wolf meiner Träume.

MEHR WOLLEN?

Bitte genieße diesen kurzen Auszug aus dem nächsten alleinstehenden Buch in der *Bad-Boy-Alpha*-Serie

Bad Boy Alphas

Alphas Versuchung

Alphas Gefahr

Alphas Preis

Alphas Herausforderung

Alphas Besessenheit

Alphas Verlangen

Alphas Krieg

Alphas Aufgabe

Alphas Fluch

Alphas Geheimnis

Alphas Beute

Alphas Blut

Alphas Sonne

ALPHAS KRIEG - KAPITEL 1

enali

NACHTS TRÄUME ich noch immer von ihm.

Seiner tiefen, rauen Stimme. Der Aura ruhiger Autorität, die er sogar als Gefangener ausstrahlte. Die gigantischen Wölbungen seiner Muskeln, wenn er sich bewegte. Wie er über mir zitterte und schwitzte, mich seine dicke Männlichkeit füllte und befriedigte.

Manchmal könnte ich schwören, dass ich die Zärtlichkeit seiner Berührung spüre, kurz bevor ich aufwache. Aber dann höre ich stets die Alptraumstimme. Das wilde Fauchen eines Löwen, der Schmerzen leidet.

Denali, ich komme zu dir.

Ich schieße im Bett in die Senkrechte und keuche. *Nur ein Traum. Ein Traum, ein Traum, ein Traum, ein Traum.* Noch ein Traum.

Nicht real.

Man muss kein Psychologe sein, um zu wissen, was der Traum bedeutet.

Ich schiebe die Erinnerungen an den Löwen, der mir mich markierte, ganz weit weg und ignoriere das vertraute Rumoren in meiner Magengrube.

Nash.

Hat er es dort jemals rausgeschafft? Oder ist er dort drin gestorben und es ist sein Geist, der mich nachts besucht?

Werden die Schuldgefühle darüber, dass ich nicht zurückging und versuchte, ihn zu retten, jemals verfliegen? Zweifelhaft.

Ich schlage die Decke zurück und tapse leise in die Küche, sorgsam darauf bedacht, keine Geräusche zu machen, damit ich Nolan nicht aufwecke.

Ich mache mir einen Kaffee und winke durch das Fenster meiner korpulenten Nachbarin und Vermieterin, Mrs. Davenfield, die schon früh draußen ist, um das Unkraut in ihrem Garten zu jäten. Sie ist der Grund, dass ich mich hier niedergelassen habe.

Nachdem ich geflohen war, hielt ich mich bedeckt. Nahm nur Schwarzarbeit an – Gartenarbeit und Saisonarbeit auf dem Land. Ich landete in Temecula – einem Weinbaugebiet – wo ich während der Erntesaison in den Reben arbeitete.

Mrs. Davenfield war gewillt, Bargeld zu akzeptieren und auf eine Bonitätsprüfung zu verzichten, sodass ich das kleine Cottage auf ihrem Grundstück mieten konnte. Sie warf einen Blick auf meinen gerundeten Bauch und beschloss, dass ich einer Situation häuslicher Gewalt entkommen sein musste. Ich korrigierte sie nie, denn sie schien das Drama und das Gefühl zu lieben, sie wäre meine Geheimniswahrerin. Und ich brauchte ihre Hilfe.

Und in gewisser Hinsicht war ich auch einer Situation häuslicher Gewalt entkommen. Nur nicht die Art, die sie sich vorstellte. Es war nicht der Vater meines Babys, vor dem ich hatte fliehen müssen.

Nein. Nolans Vater ist der einzige Teil meines schrecklichen Martyriums, der es wert ist, in Erinnerung behalten zu werden. Ich vermute, dass das der Grund dafür ist, dass er derjenige ist, der meine Träume am meisten heimsucht.

Denn ich entkam.

Und ließ ihn dort zum Verrotten zurück.

◡

Nash

KALTES LICHT. Graues Licht. Das Heulen schwillt in meinen Ohren an.

Die Betonwände verändern sich nie, aber nachts kommen sie näher. Mein Löwe kann im Dunkeln sehen, aber das heißt nicht, dass die Nacht keinen Einfluss auf mich hat. Ich weiß immer, wenn sie hereinbricht.

Und dieses Heulen.

Ich weiß nicht, ob es echt oder eingebildet ist. Ich habe so viele getötet. Ihre Schreie sind mein Fegefeuer. Wach oder träumend, es ist alles das Gleiche. Mein Leben ist ein Alptraum, der nie endet.

Jemand singt irgendwo.

„Wenn irische Augen lächeln…"

Gedämpftes Sonnenlicht kitzelt mein Gesicht. Ich liege in einem Bett, nicht auf einer Pritsche. Die Wände bestehen nicht mehr aus Beton, sondern sind schmutzig Weiß. Und hauchdünn. Ich höre im Wohnzimmer Stimmengemurmel zusammen mit der irischen Katzenmusik. Die Geräusche schwappen über mich und meine verknoteten Muskeln entspannen sich.

Mein Sichtfeld, das in Rot getaucht war, klärt sich, als sich mein Löwe zurückzieht. Ich bin in einem Schlafzimmer, nicht in einer Zelle, vor deren Tür Wachen stehen und nur darauf warten, hereinzuplatzen. Aber mein Tier ist bereit zum Kampf. Das ist es immer. Jahre der Misshandlung haben es dauerhaft gebrochen.

Schweiß durchtränkt das Betttuch unter mir. Noch eine schlimme Nacht voller Träume davon, in einer Zelle eingesperrt zu sein. Oder Flashbacks. Doch manchmal fühlen sich die Träume realer an.

Ich wuchte mich aus dem Bett und mache es mit militärischer Präzision, so wie ich es jeden beschissenen Tag seit der ersten Woche des Trainingslagers gemacht habe. „Man kann den Mann aus der Armee holen, aber nicht die Armee aus dem Mann", pflegte mein Rekrutenausbilder zu sagen. Er hatte recht. Aber manchmal frage ich mich, ob ich jemals in der Lage sein werde, den Mörder aus meinem Löwen zu holen.

Sowie ich meine Schlafzimmertür öffne, stoppt der Gesang.

„Nash?" Ein Kopf wird in den Flur gestreckt.

„Was machst du hier?" Ich funkle den Gestaltwandler finster an, der ein junges Gesicht hat mit einem Schopf vorzeitig ergrauter Haare.

Parker zuckt mit den Achseln und tritt einen Schritt zurück, sodass ich das Wohnzimmer betreten kann. „Wurde aus meiner letzten Bude rausgeschmissen. Sie sahen mein Tier herumrennen und sagten mir, dass *keine Haustiere erlaubt sind*. Und du hast ein freies Zimmer."

Darauf habe ich nichts zu erwidern, weshalb ich mich zu den zwei anderen Eindringlingen drehe, die auf der zerschlissenen Couch lümmeln. Zwei Männer, einer mit schwarzen Haaren und einer Flasche irgendeines Fusels in den Händen, der andere größer als wir alle und zu dünn. Der Große trägt eine dicke Brille und blinzelt ständig. Der Schwarzhaarige grinst.

„Ich habe euch doch gesagt, dass ihr nicht hierherkommen sollt", knurre ich zu dem gesamten Raum.

„Du hast die größte Bleibe." Parker versteckt ein Lächeln. Einen Augenblick ziehe ich in Erwägung, es ihm aus dem Gesicht zu schlagen und anschließend den Boden mit ihm zu wischen. Aber nein. Er ist mein Manager. Wenn ich ihn niederschlage, wer organisiert dann meine Kämpfe? Regelmäßig einen Gegner zum Bluten zu bringen, ist das Einzige, das mein Tier am Leben hält.

„Hey." Ich deute auf den schwarzhaarigen Mann, der gerade eine Flasche mit einem unleserlichen, handgeschriebenen Etikett öffnet. „Was zum Henker ist dieses Zeug? Riecht wie Lackentferner."

„Das hier? Ach, das is' nur ein bisschen Katerbier. Hatte gestern ne gute Nacht mit vielen Drinks und so was. Das hier wird mich wieder munter machen." Der irische Akzent durchdringt mein Gehirn und es spuckt einen Namen aus. *Declan.* Gestaltwandler – Tier unbekannt. Er riecht ein bisschen nach Wolf, ein bisschen nach… etwas anderem. Eine Gestaltwandlermischung, ein Produkt der Experimente, die in den Untergrundlaboren von Data-X durchgeführt wurden. Der Ire ist einer der Wenigen, die überlebten. Ich würde ihn ja Glückspilz nennen, aber das ist er nicht. Die Glückspilze starben oder flohen früh. Der Rest von uns leidet noch immer, obwohl wir entkamen. Obwohl wir den Laden niederbrannten.

„Willste was davon?" Declan bietet mir die Flasche an. Mein Löwe schießt an die Oberfläche. Ich zwinge ihn wieder zurück. So verführerisch es auch ist, sich noch vor dem Mittag zu betrinken, ich bin nicht aus dem Labor ausgebrochen, um meine Tage zu verschwenden.

„Nein. Trink es draußen. Oder noch besser, benutz es um das Gras in der Einfahrt abzutöten."

„Recht haste, Sir." Der schwarzhaarige Mann salutiert spöttisch. „Du bist der Alpha."

„Ich bin nicht dein Alpha", rufe ich, während ich in die Küche laufe. Frühstück. Essen. Normalität. Folge dem üblichen Trott, auch wenn normal ein fremdes Land ist, das ich nie wieder besuchen werde.

„Du bist der König der Biester, oder nicht? Wärst du in einem Rudel, stündest du an der Spitze."

„Wir sind kein Rudel." Ich öffne den Kühlschrank und schnappe mir das Erstbeste, das gut aussieht – ein Milchkarton. Ich neige ihn nach oben und trinke direkt aus dem Karton, wobei ich Parker ignoriere, der im Türrahmen lehnt.

„Bereit für den großen Kampf?"

Ich grunze.

„Noch ein Grizzlygestaltwandler. Dieser kommt aus Saskatchewan oder irgendeinem anderen gottverlassenen Ort. Ich schwöre, das Einzige, das sie auf den Holzplätzen tun, ist kämpfen."

„Gut." Damit ist die Chance geringer, dass mein Löwe ihn töten wird.

„Die Wetten sind ziemlich ausgeglichen", sinniert Parker. „Die Bären sind die Einzigen, die es mit dir aufnehmen können."

Ein Plastikbehälter, der mit einer Art selbstgemachter Brötchen gefüllt ist, steht auf meiner Arbeitsplatte. Ich klopfe darauf. „Was ist das?"

„Scones. Laurie hat sie gebacken." Sowie er das sagt, rieche ich den federigen Geruch des Eulengestaltwandlers zusammen mit dem intensiven zuckrigen Duft der Backwaren. Ich öffne den Behälter und nehme mir zwei.

Meine Tasche vibriert und ich ziehe mein Handy heraus. Eine SMS von einer unbekannten Nummer.

Layne und ich sind auf dem Weg. Wir haben Infos für dich.

Ich schreibe zurück: *Ich werde in der Grube sein.* Und weil ich mich nicht stoppen kann: *Was für Infos?*

Kylie hat einen Treffer bei einer Frau, die in Temecula wohnt. Wir werden das jetzt bestätigen, aber wir denken, dass es Denali ist.

Denali.

Rot. Schwarz. Die Zellentür öffnet sich, ich stehe bereit. Die Wachen kommen herein, die Waffen auf mich gerichtet. Ich habe sie erwartet.

Die Frau habe ich nicht erwartet. Der Geruch von Zimt hängt in der Luft. Zimt... und Erregung.

„Nash? Nash?"

Die Erinnerung wird dunkel und verblasst, sodass nur noch Parkers besorgtes Gesicht zurückbleibt. Hinter ihm stehen Declan und Laurie in der Tür und starren mich an.

Die Welt wird eine Sekunde lang in rot getaucht. Mein Löwe versucht, die Oberhand zu gewinnen. Diese Flashbacks sind nicht mehr zu beherrschen. Ich bin an einem guten Tag kaum noch bei Verstand. Was wird erst passieren, wenn es Denali *ist*?

„Ich muss los." Zwei Schritte zur Tür und ich drehe um, schnappe mir noch einen Scone und halte ihn hoch, damit ihn der hochgewachsene Mann sieht. „Danke. Die sind gut."

Der Eulengestaltwandler blinzelt mich hinter seinen dicken Brillengläsern an.

Ich laufe aus der Hintertür hinaus.

ALPHAS KRIEG

I markierte dich. Du gehörst zu mir.

Nash

Ich habe Himmelfahrtskommandos in Kriegsgebieten überlebt. Gestaltwandler-Labore. Die schlimmste vorstellbare Folter. Nichts hat mich in die Knie gezwungen... bis sie die hübsche Löwin in meine Zelle warfen. Wir hatten eine gemeinsame Nacht, bevor uns unsere Peiniger auseinanderrissen.

Jetzt bin ich frei und mein Löwe ist am Durchdrehen. Er wird mich von innen heraus zerstören, wenn ich meine Gefährtin nicht finde.

Ich weiß nicht, wer sie ist. Ich weiß nicht, wo sie wohnt. Ich habe lediglich ein Video von ihr. Aber ich werde sterben, wenn ich sie nicht finde und zur Meinen mache.

Ich komme zu dir, Denali.

Denali

Sie holten mich aus meinem Zuhause, sie töteten mein Rudel, sie sperrten mich ein und zwangen mich, mich zu paaren. Sie nahmen mir alles und trotzdem überlebte ich.

Doch eine Nacht mit einem Löwengestaltwandler zerstörte mich. Nash nahm sich die eine Sache, die meine Entführer nicht berühren konnten – mein Herz.

Irgendwie entkam ich und lebe seitdem in Angst, dass sie mich erneut holen werden. Es bringt meine Löwin um, aber ich muss mich verstecken – sogar vor Nash. Ich muss das Einzige beschützen, das ich noch zu verlieren habe.

Unser Löwenjunges.

RENEE ROSE: HOLEN SIE SICH IHR KOSTENLOSES BUCH!

Tragen Sie sich in meine E-Mail Liste ein, um als erstes von Neuerscheinungen, kostenlosen Büchern, Sonderpreisen und anderen Zugaben zu erfahren.

https://www.subscribepage.com/mafiadaddy_de

BÜCHER VON RENEE ROSE

Unterwelt von Las Vegas

King of Diamonds: Was in Vegas passiert, bleibt in Vegas, Band 1

Mafia Daddy: Vom Silberlöffel zur Silberschnalle, Band 2

Jack of Spades: Gefangen in der Stadt der Sünden, Band 3

Ace of Hearts: Berühmtheit schützt vor Strafe nicht, Band

4

Joker's Wild: Engel brauchen auch harte Hände (Unterwelt von Las Vegas 5)

His Queen of Clubs: Russische Rache ist süß (Unterwelt von Las Vegas 6)

Dead Man's Hand: Wenn der Tod mit neuen Karten spielt

Wild Card: Süß, aber verrückt

Wolf Ranch

ungebärdig - Buch 0 (gratis)

ungezähmt– Buch 1

ungestüm - Buch 2

ungezügelt - Buch 3

unzivilisiert - Buch 4

ungebremst - Buch 5

Wolf Ridge High

Alpha Bully - Buch 1

Alpha Knight - Buch 2

ÜBER DIE AUTORIN

USA TODAY Bestseller-Autorin RENEE ROSE liebt dominante, verbalerotische Alpha-Helden! Sie hat bereits über eine Million Exemplare ihrer erotischen Liebesromane mit unterschiedlichen Abstufungen verruchter sexueller Vorlieben und Erotik verkauft. Ihre Bücher wurden außerdem in *USA Todays Happily Ever After* und *Popsugar* vorgestellt. 2013 wurde sie von *Eroticon USA* zum nächsten *Top Erotic Author* ernannt und freut sich ebenfalls über die Auszeichnungen Spunky and Sassy's *Favorite Sci-Fi and Anthology Autor*, The Romance Reviews *Best Historical Romance* und Spanking Romance Reviews *Best Sci-fi, Paranormal, Historical, Erotic, Ageplay and Couple Author*. Bereits fünfmal gelang ihr eine Platzierung in der USA-Today-Bestsellerliste mit verschiedenen literarischen Werken.

Besuchen Sie ihren Blog unter www.reneeroseromance.com

ÜBER DIE AUTORIN

Lee Savino ist *USA Today*-Bestsellerautorin. Außerdem ist sie Mutter und schokosüchtig. Sie hat eine ganze Reihe von Büchern geschrieben, die alle unter die Rubrik »smexy« Liebesgeschichten fallen. *Smexy* steht dabei für »smart und sexy«.

Sie hofft, dass euch dieses Buch gefallen hat.

Besucht sie unter:
www.leesavino.com